文春文庫

虚像の道化師

東野圭吾

JN243216

文藝春秋

虚像の道化師・目次 contents

虚像の道化師

第一章

幻惑す

まどわす

1

厳粛と見るべきか、滑稽と捉えるべきなのか、里山奈美はすぐには判断がつかなかった。これまでの自分の感性を信じるならば、明らかに胡散《うさん》臭い。だが薄暗く細長い部屋の壁を背にし、向き合うようにずらりと並んで正座している十人の男女の表情を見るかぎりでは、自分たちの行為に疑問を抱いている者など一人もいないようだった。これがもしこちらを騙すための芝居なら、とてつもない結束力だと奈美は思った。おまけに全員が相当な演技力を備えていることになる。

ぞくり、と背筋が寒くなった。雰囲気が暗いだけでなく、窓が大きく開け放たれているせいでもあった。桜が散る季節とはいえ、今日は空気が冷たい。だがこの部屋で送念が行われる際には、いつも窓が開けられるのだという。魂や心の汚れを追い払うため、ということらしい。

さて、と口を開いたのは、上座の中央に座っている一人の男だ。名前は連崎至光《れんざきしこう》という。もちろん本名ではない。パンフレットによれば、ある夜枕元に聖人が立ち、その名を授けられたらしい。

「わざわざ集まっていただき、申し訳ありません。どうしても確かめておきたいことがあったものですから」連崎は穏やかな声と口調でいった。プロフィールによれば、年齢は五十五歳。痩身で、剃髪だ。白い作務衣はトレードマークになっている。

連崎の目が、一番下座にいる奈美に向けられた。

「『週刊トライ』さんでしたっけ。すみませんね、信者の修行の様子を御紹介するつもりが、こんなことになってしまって」

いいえ、と彼女は顔の前で手を振った。

「こちらのほうが余程参考になります。取材を認めてくださったこと、感謝します」

連崎は頷いたが、眉間には皺が刻まれている。

「本当は、このようなところを外部の人に見られたくはないのです。教団の恥でもありますからね。しかし、良いところを見せているだけでは、本当に私たちのことを知ってもらったことにはなりません。人は間違いを犯します。それは仕方のないこと。大事なのは、そのことを悔い改め、心を浄化できるかどうかです。私たちの教団には自浄作用があるということを、今日は知っていただきたいと思います」

奈美は深く頭を下げた。隣にいるカメラマンの田中も同じようにしている。

予想外に面白い展開だ、と嬉しくなった。どうやら何か問題が発生したらしい。

連崎が背筋を伸ばした。顔つきも一層険しくなった。

「今日、こうしてお集まりいただいたのは、重大な問題が見つかったからです。私は、我ら『クアイの会』は一枚岩だと信じておりました。全員が同じ方向を見つめ、同じものを求めていると思っていました。ところが残念なことに、そうではありませんでした。この中に一人だけ、クアイの力に守られていながら、じつは心の中では我々を裏切っている者がいたのです」

それまでは、ただぴんと張りつめていただけの空気が、一瞬ざわっと動いた。座り直す者が何人かいた。

「これは非常に残念なことです」連崎はいった。「私たちは心の浄化を目指しています。病や人間関係に苦しんでいる人々の多くは、自らの心にその原因があります。長年生きている間に様々な汚れが溜まり、それによって災いが引き起こされるのです。だからその汚れを取り除いてやることで殆どの人が幸せになれる、というのが当教団の理念です。ところが未だに心の浄化が成し遂げられていない人が幹部の中にいたということは、当教団が未熟、ひいては私自身が未熟だということになります」

「大師、そのようなことはございません」連崎に最も近い位置にいる初老の男性がいった。この会では皆が連崎のことを大師と呼ぶ。「仮にそのような不届き者がいたとすれば、それはその者自身が堕落したということです。決して大師のせいなどでは――」

「いや、私が未熟なせいだよ。だから私がすべきことは、その者を救うことだ。これから、その救済を行いたいと思う」

「といいますと、裏切りを働いた犯人がわかっているのですか」

弟子の言葉に連崎は頰を緩めた。

「犯人という言い方はやめておきましょう。我々は身内です。その人物は、ただ心の浄化が不十分なだけなのです。つまり、かわいそうな人なのです」彼は並んでいる人々の中程に視線を投げた。「第五部長、私の前に出てきてください」

呼ばれたのは、眼鏡をかけた太った男だった。年齢は四十過ぎというところか。瞬きを繰り返し、頰を強張らせている。「私……ですか？」

「そう、あなたです」

「なぜ私が……」

「その理由をこれから明かします。とにかく前へ」

第五部長と呼ばれる男は、当惑と不安が入り交じった顔で、おずおずと腰を上げた。連崎の前へ出ると、正座した。

『クアイの会』には十人の幹部がいて、彼等が連崎の下で会の運営を行っているという話だった。今ここにいるのが、その十人だ。ほかの者たちは驚きの表情で第五部長を見つめている。彼が名指しされることは、誰も予想していなかったようだ。

第五部長、と連崎が呼びかけた。その表情は優しげで、声も柔らかかった。

「ここは魂を浄化するところです。浄化とはすべてを告白することでもあります。何か隠していることがあれば、どうか正直に打ち明けてください。あなたの中にある黒いものを吐き出してください」

第五部長は焦った様子で首を振った。

「そんな……隠していることなどありません。私が大師を裏切っているとおっしゃるのですか。とんでもないです。絶対にそんなことはありません。私は潔白です」

「そうでしょうか。この連崎至光にはすべてが見えているのですがね。それとも、私の魂のほうが汚れているのでしょうか」

「いや、そんなことは……。たぶん何かの間違いです」

「そうですか。では、改めてあなたの心に問いかけてみましょう」

連崎は深呼吸をすると、瞑想するように瞼《まぶた》を閉じた。さらに両腕をゆっくりと上げ、第五部長に手のひらを向けた。

何をするつもりだろうと奈美が訝《いぶか》しんだ次の瞬間、第五部長が、「うわっ」と叫び声をあげた。正座を崩し、ものすごい勢いで後ずさりした。

連崎が両手を膝に置いた。

「どうですか。魂の汚れた部分が出ていくのがわかりましたか」

第五部長は四つん這いになったままで、自分の身体を見ている。その顔には恐怖と驚きの色が張り付いていた。

どうですか、と連崎が再度尋ねた。

第五部長は、ぶるぶると顔を横に振った。

「たしかに感じましたけど、違います。私は大師を裏切ってなどおりません」

すると連崎は先程と同じポーズを取った。数秒後、第五部長は悲鳴を上げ、畳の上でのたうち回った。

「まだ悪い魂が残っているようですね」手を下ろし、連崎はいった。「なぜあなたのような人が第五部長なのか不思議です。一体、いつ悪い心に取り憑かれたのですか」

「違います。誤解です。信じてください」第五部長は息も絶え絶えにいう。顔は恐怖で引きつったままだ。

大した演技力だ、と奈美は冷めた気分で成り行きを眺めていた。おそらくこれは、連崎に超自然的な力があることを宣伝するためのパフォーマンスなのだろう。週刊誌が取材に来るということで、急遽準備したに違いない。第五部長の迫真の演技は評価できるが、こんなものをこのまま記事なんかにしたら、読者に馬鹿にされるだけだ。いやそれ以前に、編集長からどやされるだろう。

それにしても、この茶番劇にどう決着をつける気なのか、と奈美は他人事《ひとごと》ながら心配になった。第五部長が罪を認めなければ連崎の力不足ということになるし、認めてしまったら、彼を追放もしくは降格しなければならないのではないか。それともこの男は元々第五部長などではなく、今日だけどこかから連れてこられた部外者なのか。

それなら話はわかる、と奈美は思った。たぶんこの男は役者なのだ。プロでないと、この芝居は無理だ。

ほかの者はどうなのだろう、と奈美は視線を周囲に向けた。全員が驚きと恐れの色を浮かべ、第五部長と連崎とを見比べている。その表情に作り物めいたものはない。全員が役者か。まさかとは思うが、その可能性も考えておいたほうがよさそうだ。

「これが最後のチャンスです」連崎がいった。「罪を認めますか」

だが第五部長は背中を丸め、うずくまったままで何も答えない。

連崎は小さく首を振り、目を閉じた。そして両手を太った弟子に向けた。

ぎゃあっ、という獣のような声を上げ、第五部長は跳ね起きた。そのまま窓に向かって突進した。奈美の横でカメラマンの田中がシャッターを切った。

止める暇など、誰にもなかった。第五部長は躊躇《ためら》いを見せることなく、窓からダイビングしたのだ。地上五階の窓から――。

2

間宮《まみや》による一回の説明だけでは、草薙《くさなぎ》には事情がよく呑み込めなかった。あれこれ質問し、ようやく理解できたが、それでもわからないことがあった。

係長、と草薙はいった。「これは事件ですか？」

間宮は自分の席でふんぞり返った。

「事件は事件だろう。人が死んでいる」

「それはわかりますが、我々が……警視庁の捜査一課が担当する事件ですか」

「話だけを聞けば、担当して当然の事件だろう。人が死んでいて、自分が殺したといって自首してきた人間がいる。五階の建物から落としたと」

「気合いで、ですか」

「気合いではなく、念だといっているらしい。念力の念だ」

草薙は右のこめかみを指先で押した。少し頭痛がしてきたからだ。

「係長、真面目におっしゃってるんですか」

「もちろん大真面目だ」

草薙は天を仰ぎ、ゆらゆらと頭を振った。

間宮が周囲を見回し、身を乗り出してきた。

「心配するな。課長も理事官も、捜査本部を立てる気なんてない。所轄が現場検証した結果でも、不審な点は何もないということだし、うちが駆り出されることはないだろう」

「じゃあ、どうして俺だけ所轄に行かなきゃいけないんですか」

「泣きついてきたんだよ、所轄が。こんな珍妙な事件は初めてだといってな。被疑者を名乗る人物が出頭してきたといっても、どう取り調べていいのかわからんらしい。警視庁捜査一課には、この手の事件に慣れてる刑事がいるそうだから、手を貸してもらえないかと課長のところへ要請があったんだ」

「ちょっと待ってください。その刑事っていうのは俺ですか」

「ほかに誰がいる？　内海《うつみ》は、まだまだひよっこだぞ」

草薙はがっくりと首を折った。身体中から力が抜けそうだ。

間宮が立ち上がり、草薙の肩に手を置いた。

「何をしょげている。当てにされるというのはすごいことだぞ。きっと歓迎されるだろうから、おまえのすごさを所轄の連中に見せつけてこい」

返事をする気力もなかったが、はあ、と間抜けな声で答えておいた。


宗教法人『クアイの会』から、信者が建物から飛び降りた、という知らせが警視庁に入ったのは、今日の午前十時過ぎのことだ。その信者は病院に搬送されたが、間もなく死亡が確認された。死因は脳挫傷だ。五階の窓からアスファルトの駐車場に落ちたのだから、助かる見込みのほうが少ない。

すぐに所轄の捜査員らが駆けつけ、その場にいた関係者らから話を聞くことになった。だが最初に話を聞いた教祖の連崎至光が、思いがけないことをいいだした。何と、信者を落としたのは自分だというのだ。しかも念力を使ったと主張している。西東京のはずれにある小さな警察署が右往左往することになったのは当然だった。

間宮から渡された資料によれば、『クアイの会』は発足して五年にもならない新興の教団だが、急速に信者を増やしていた。その原動力となっているのが、教祖連崎至光の特殊能力だ。彼は元々整体師だったが、三十代半ばから気功の研究に取り組み、四十歳を過ぎてから外気功診療を始めるようになった。その効能が評判を呼び、全国から患者が訪ねてきたりしていたが、その頃はまだ宗教活動といえるようなことはしていなかった。それが『クアイの会』に改称してからは教祖を名乗るようになり、宗教色を一気に強めていく。活動も、書籍の出版や講演と多様化し、信者を増やすことに繋がっていった。

この手の団体には、元信者が騙されたといって訴えるケースが必ずといっていいほどあるものだが、これまでのところ大きなトラブルはなかったようだ。地元住民と揉めたということもない。今回の事件が、教団にとって初の不祥事ということになる。

草薙が所轄の警察署に行くと、たしかに歓迎された。

「いやあ、助かった。こんな事件、初めてだからね。殺しなのか自殺なのか、それとも事故なのかもわからんし、困ってたところなんだ。専門家に来てもらったら一安心だ」

平たい顔の刑事課長は上機嫌だった。

「別に専門家ってことはないんですけどね。物理学者にコネがきくというだけで」

「いやいやいや、そういうことが大事なんだ。うちの奴らにも、もっと勉強させなきゃいけないなあ」

刑事課長は、がははと豪快に笑うと、「では、後はよろしく頼むぞ」と部下たちにいい、そのまま立ち去ってしまった。関わり合いになるのを避けているようだった。

藤岡という人の良さそうな顔をした小男が、この事件の実質的な担当責任者だった。

草薙に向かって、よろしくお願いします、と丁寧に頭を下げてきた。

「まあ、自分にできることはたかが知れていると思いますけどね」草薙は一応釘を刺しておいた。「で、出頭してきた人物というのは?」

「現在、取調室にいます。すぐにお会いになりますか」

「そうですね。まずは会ってみましょう」

取調室でおとなしく待っていたのは、白い作務衣を着た男だった。肌は浅黒く、頭は丸坊主だ。締まった体つきをしていて、顎は尖っている。修行を重ねた僧侶の雰囲気はある。

草薙が向かい側に座ると、男はそれまで閉じていた目を開け、ゆっくりと頭を下げた。

「警視庁捜査一課の草薙です。あなたのことはどのように呼べばいいですか」

藤岡から受け取った資料によれば、本名は石本一雄というらしい。職業は『クアイの会教祖』とある。

「連崎で結構です。前の名前は捨てましたから」落ち着いた口調で答えた。

「では連崎さん、あなたがやったことをできるだけ詳しく話してください。ええと、幹部会議中の出来事だったわけですね」

「そうです。どうしても確認したいことがあり、臨時幹部会議を開いたのです」

確認したいことというのは、教団の資産に関することだった。内部調査をしたところ、多額の使途不明金が見つかったのだ。疑わしいのは経理担当の第五部長である中上正和で、彼から真実を聞きだそうとした。その方法は、連崎が中上の心に念を送り、良心に訴えかけるというものだ。心が浄化されれば嘘をついていることなど不可能、というのが連崎の言い分だ。

「しかし私は配慮が足りませんでした。真実を早く引きだそうとするあまり、彼を追い込んでしまったようです。彼は心の痛みに耐えきれず、あのようなことを……。私が彼を殺したのです。私は人殺しです。そこで、こうして自首することにしたのです」連崎は苦悶の表情を浮かべた後、真っ直ぐに草薙を見つめてきた。

草薙は腕を組み、手元の資料に目を落とした。連崎の話は、間宮から聞かされていた内容とほぼ同じだ。本人の口から語られても、やはり信憑性は感じられなかった。

「念を送ったとおっしゃいましたよね。被害者の心に念を送ったと。具体的には、どのようにやるのですか」

「ですから、強く念じるのです。あの時には、第五部長の心が浄化されるよう念じました」

「どうやって？」

「どうって……私の場合は、こうやって相手の胸に両方の手のひらを向け、目を閉じます」連崎は、その姿勢をとり、すぐに手を下ろした。

草薙は、また軽い頭痛を覚え始めたが、顔には出さないよう気をつけた。

「今までにも同じようなことをしたことがあるのですか。つまり、嘘をついている人間の心に念を送り、真実を告白させたというようなことが」

連崎は深く頷いた。

「もちろんございます。というより、そういうことを私は毎日のように行っております。私のもとへは、全国から悩みを抱えた人々が訪ねてこられます。そのような方の心に念を送り、心を浄化させることで、悩みを取り除いてさしあげるのが私の務めなのです」

「なるほど。ではその儀式の最中に――」

「儀式ではなく、ソウネンといっていただけますか。念を送ると書きます」連崎は心外そうな顔を見せた。

「送念……ですか。はい、ではその送念をした時に、今回のようなことが起きたことはありますか」

連崎は首を横に振った。

「感極まって、その場で叫びだしたり、泣き崩れたりする方は時々いますが、あのようなことは初めてでした。いつもは、それぞれの人の心を救おうという気持ちだけで念を送るのですが、あの時には第五部長の不正を暴こうという私憤が混じっていて、それが過度に念を強めることに繋がったのかもしれません。いずれにせよ、遺族の方や関係者の皆さんには、大変申し訳ないことをしたと思っています」

本気でいっているのかどうか、草薙には判断がつかなかった。念を送って人の心を動かすことなど可能なのか。だが事件が起きたのは事実だ。

「一つ、お願いがあるのですが」草薙はいった。「私に、その送念というのをやっていただけませんか」

連崎が目を見開いた。「ここでですか」

「ええ。いけませんか」

連崎は少し黙り込んだ後、口元に笑みを浮かべた。

「わかりました。やってみましょう」

「どうすればいいですか」

「何もしなくて結構です。そのまま身体を楽にしてください」

草薙がいわれた通りにすると、連崎は先程と同じように草薙のほうに手のひらを向け、瞼を閉じた。その状態がしばらく――草薙の感覚では十秒ほど続いた。

やがて連崎が目を開けた。「いかがですか」

草薙は首を捻った。「特に何も感じませんでしたが」

「そうでしょうね。念を送っていて、わかりました。あなたは私に救いを求めていない。ただ私を試しているだけです。そういう人に念は届かない。あなたは強い人です」そういって連崎は、にっこり笑った。

3

「その話は物理学とは全く関係がなさそうだな」椅子の肘置きで頬杖をつき、湯川《ゆかわ》は興味がなさそうにいって、机に置いたマグカップを手にした。

「やっぱりそう思うか」草薙もインスタントコーヒーを啜《すす》った。

帝都大学物理学科第十三研究室に来ている。もちろん、『クアイの会』事件について友人の物理学者の意見を聞くためだ。

「それは明らかに心理学の領分だろう。暗示とかプラシーボ効果に近いものだ。詳しくは知らないが、催眠術なんかも関わってくるかもしれない」

「鑑識の連中もそんなようなことをいってた。といっても、奴らにしても、そのへんのことは詳しくないそうなんだけどさ」

一部の宗教活動では、所謂《いわゆる》マインドコントロールが行われる場合がある。それによって信者が正常な判断力をなくし、衝動的に自虐的な行為に走ることも少なくない。今回のケースもそれではないか、と顔馴染みの鑑識課員はいうのだった。

「信じる者は救われる――宗教は本来そういうものでなきゃいけないんだけどな。で、その教祖様はどうなるんだ。殺人犯として逮捕されたのか」

草薙は首を振り、カップを置いた。

「逮捕なんてできるわけない。相手に指一本触れてないんだぜ。やったのは、両手を向けて目を閉じただけだ。それでどうやって殺人罪に問える。勾留する理由すらない。というわけで、早々にお引き取り願うことになった」

「目撃者は信者たちだけだろ。本当に手を出してないのかな。教祖を守るために、全員が口裏を合わせてるってことはないのか」

「その可能性もあると思って、現場を見るついでに、事件に居合わせた幹部たちにも会ってきた」

『クアイの会』の本部は、町外れの丘にあった。藤岡に案内されて敷地に足を踏み入れた草薙は、まず建物のデザインに目を丸くした。五階建ての四角いビルの壁いっぱいに、連崎が座禅を組んでいるイラストが描かれている。その顔は実物よりもかなり美化されていた。

建物は、一階が道場、二階から四階が幹部信者の居室、五階の一部が連崎の居室で、五階の残りの部分が『浄めの間』と呼ばれる連崎が念を発揮する部屋に使われていた。事件が起きたのは、この『浄めの間』だ。

上座が五十センチほど高くなっている以外には、特に何の特徴もない四角い部屋だった。家具や調度品の類いは一切置かれていない。唯一の装飾といえば、上座の壁に飾られた、雪の結晶に似たマークぐらいか。このマークは建物内のいたるところで見られる。『クアイの星』と呼ばれ、連崎の守護神なのだという。

館内を案内してくれたのは、真島という初老の男だった。第一部長の肩書きがあり、連崎の一番目の弟子らしい。

「大師が早々に釈放され、本当に安心いたしました。自首するとおっしゃった時、私たちはお引き止めしたんです。大師が念を送った結果とはいえ、第五部長が飛び降りたのは、心の痛みから解放されるためです。つまり、自分で選んだ道だから自殺でしょうといってね。でも大師は納得されませんでした。怒りにまかせて力を抑えるのを忘れてしまった、自分が殺したも同じだとおっしゃるのです。本当に立派なお方です。もしこのまま大師が刑務所に入れられるようなことになったらどうしようと案じておりましたが、警察の方々が理性的な判断を下されたこと、心より感謝いたします」

恭《うやうや》しく頭を下げられ、草薙は居心地が悪くなった。馬鹿にされているのかな、とさえ思った。

真島を含め、事件発生時にこの部屋にいたという九人の幹部全員に会ってみたが、彼等の話に矛盾点や怪しい部分はなかった。被害者が暴れた様子については、人によって表現が多少違ったが、それはむしろ自然なことといえた。

事件に関しては、彼等も驚いている様子だった。

「大師のお力についてはわかっていたつもりですが、あれほどとは思いませんでした」

第六部長だという中年女性は畏怖の表情を漂わせていった。「私も時々念を授かりますけど、苦しむなんてことは一度もありませんでした。何かとても暖かいものに包まれるような気がするだけです。でもあの時は、たしかに大師の御様子はいつもと違っておりました。顔つきが怖く、念を送る姿勢にも力が入っていたように思います。第五部長が窓から飛び降りた後は、しまった、大変なことをしてしまったと悔やまれて……」

「その場ですぐに自首すると？」

「はい。でも第一部長と第二部長が、とにかく奥様にも相談しましょうといって、大師を隣の部屋に連れていったのです。警察が到着するまで四人で話し合っておられたようですが、結局大師の意思は固く、自首ということになりました」

草薙は連崎の妻にも会った。佐代子という名の小柄な女性だった。顔立ちは整っているが、おとなしく地味な印象だ。彼女も信者だが、連崎の家族は幹部になれないきまりなのだという。

「本当に申し訳ないことをしたと思います。私には難しいことはわかりませんが、自首すると大師が決めたなら、それを受け入れるしかないと思っていました。戻ってきて、ほっとしています」聞き取りにくいほど小さな声でいう。癖なのか、話しながら何度も頭を下げてきた。

草薙の話を聞き、湯川はわざとらしく欠伸《あくび》をした。

「それらの証言を鵜呑みにするのかい？　だとしたら、君たちに捕まえられる犯人はいなくなるぞ」

「話は最後まで聞け。事件現場には信者以外の人間もいたんだ。彼等からも話を聞いた」

「信者以外とは?」

「週刊誌の記者とカメラマンだ。たまたま取材に来ていたらしい」

『週刊トライ』の記者は里山奈美と名乗った。年齢は三十歳前後というところか。ボーイッシュな髪型をした、化粧気のない女性だった。

「元々は、『クアイの会』のインチキぶりを取材するつもりだったんですよね」銀座にある喫茶店で、里山奈美は楽しい悪戯《いたずら》を企んだような顔をした。「まず、うちの編集部に匿名で投書があったんです。最近になって信者を急速に増やしている、『クアイの会』という宗教団体を知ってるかって。投書の主によれば、家族が次々に信者になって家の資産を貢ぐものだから、結局は家庭が崩壊してしまったということでした。少し調べてみると、たしかに胡散臭い話が聞こえてくるんです。かなり強引な会員集めをしているとか、お年寄りの財産が殆どすべてお布施として奪われたとか、怪しげな壺をものすごく高い値段で買わされたとか。でもそういうのって、こういっちゃうと何ですけど、どこの宗教団体でも大なり小なりあることじゃないですか。わざわざ記事にするほどでもないかなあって思ってたんです」

彼女の考えを変えさせたのは、信者たちの言葉だったらしい。

「十人以上の信者に取材したんですけど、とにかく連崎至光のことを信頼しきっているんです。信者なんだから当然といえば当然ですけど、妄信的というより確信的なんです。大師のお力は本物だから、是非あなたも念を授かったほうがいいって、誰からもしつこくいわれました。一体どうすればここまで人の心を摑めるんだろうと不思議になって、それで一度教祖を直接取材してみようってことになったんです」

里山奈美によれば、最初は取材を断られたらしい。送念の場には信者しか立ち会えないというのが理由だった。だがしばらくすると『クアイの会』のほうから、信者たちの修行の様子なら取材に来てもいいといってきた。連崎が念を送る場面を見られないのではあまり意味がないと思ったが、とりあえず覗いてみようと思い、カメラマンを連れて訪れた。すると道場に信者が殆どいない。幹部に尋ねてみたら、『浄めの間』で幹部だけの臨時会議が行われることになり、修行は中止になったという。

こんなところまで来て手ぶらでは帰れない。ではその会議に同席させてほしいと頼んでみた。幹部は難色を示していたが、どうやら連崎の了承が得られたらしく、彼女たちの同席が認められた。こうして例の事件現場に立ち会えたというわけだ。

里山奈美の目は真剣さを増した。

「あれは本物です。最初は、あたしたちのことを意識したパフォーマンスだろうと思ってたんです。あの第五部長が悶え苦しみだした時も、迫真の演技だなあなんて呑気に眺めてました。でもあれは――」首を振った。「間違いなく本物でした。連崎至光は指一本触れてないのに、第五部長は悲鳴を上げて暴れ始めたんです。しっかりとこの目で見ていたから確かです。そもそも連崎至光は上座に座ったままで、腰すら上げていないんです。第五部長を窓から突き落とすなんてこと、不可能じゃないですか」

この事件のことは最新号で詳しく報じるつもりだから、楽しみにしていてほしい――別れ際に里山奈美は興奮した口ぶりでいった。

「カメラマンからも話を聞いたが、大旨《おおむね》内容は一致している。その時に撮った写真も見せてもらったが、女記者の言葉に嘘や誇張はなさそうだった」草薙は空になったマグカップの底を見ながら話を締めくくった。

湯川は流し台に立ち、二杯目のインスタントコーヒーを作っている。スプーンでかきまぜながら振り返った。

「今の話を聞くかぎりでは、疑問の余地はなさそうだな。飛び降りるよう強要したのならともかく、ただ単に使い込みの件を追及したというだけでは、到底立件は無理だろう。こんなことは僕がいうまでもないのだろうが」

「やっぱりそうか。これは物理学の問題じゃないよなあ。俺もそうじゃないかとは思ったんだけどさ」草薙は、邪魔したな、といって腰を上げた。

「ただ、その教祖だか主宰だか知らんが、その人物は運が良かったなとは思うね」

「どういう意味だ」

「だってそうだろう。今我々が話したように、その場に居合わせたのが信者だけだったら、そんな話を警察は信じたかな。じつは誰かが突き落としたんじゃないか、と考えるのがふつうだ。そうなっていたら、その教団の評判にも傷が付いていた。下手をすると冤罪で逮捕されていたかもしれない」

「それは俺も考えたことだ。あまりにもタイミングが良すぎるってな。もしかしたら、その週刊誌の記者やカメラマンもぐるじゃないかとまで考えた」

「しかし、そうではなかったわけだ」

草薙は顎を引いた。

「記者もカメラマンも、今回の取材まで『クアイの会』とは何の繋がりもなかった。利害関係もない。共犯の可能性はゼロといっていい」

「となると」湯川はマグカップを持ったまま椅子に座った。「僕はもちろんのこと、君の出番もなさそうだ」

「どうやら、そういうことらしい」軽く手を上げ、草薙はドアに向かった。

4

同じ部屋のはずなのに、中央に座っているというだけで、気分は全く違っていた。一人きりということも影響しているかもしれない。あの時には十人の幹部たちが両側の壁を背にして座っていた。

里山奈美は再び『クアイの会』の本部を訪れていた。もちろん、追加取材が目的だ。

例の件では編集長から褒められた。昨日発売の『週刊トライ』には、彼女の書いた記事が大々的に掲載されている。見出しは、『触れずに人を動かす　新宗教の教祖が放つ驚くべきパワー』というものだ。元々は、『触れずに人を転落死』だったが、校了間際に書き換えた。このネタをもう少し続けようということになったからだ。今後のことを考えると、『クアイの会』がへそを曲げるようなことは避けたい。

かすかに物音がし、前のほうの引き戸が開いた。前回と同様、白い作務衣を着た連崎至光が入ってきた。その顔には穏やかな笑みが浮かんでいる。

連崎は上座に飾られた『クアイの星』に一礼すると、奈美のほうを向いて胡座《あぐら》をかいた。

「週刊誌の記事を読みましたよ。あなたがお書きになったそうですね」

奈美は思わず肩をすくめた。「何かお気を悪くされたでしょうか」

いやあ、と連崎は首を捻った。

「上手にお書きになるものだなあと感心いたしました。臨場感たっぷりだ。ただ、今後は私の古い名前を出すことは控えていただきたいですね。それから経歴についても、当会のパンフレットに書かれていること以外は記載しないでください」

「あ、どうもすみません。以後気をつけます」奈美は何度も頭を下げた。

「週刊誌の売上げはどうですか」

「ええ、それはもうおかげさまで好調で」

「そうですか。こちらにも問い合わせがかなり来ているようです。皮肉なものだ。地道な布教活動ではなく、教祖の過ちがきっかけで教団の名が広まるとは」連崎は悄然とした様子で視線を落とした。

「過ち、でしょうか。悪いのは中上正和、第五部長だと思うんですけど」

いやいや、と連崎はかぶりを振った。

「彼が過ちを犯したのは確かですが、だからといって殺していいということはありません。もちろん殺そうと思ったわけではないが、自分の力を考えると、もっと手加減すべきでした。怒りのあまりそれができなかったのだとしたら、私は教祖失格だ。この会を続けていく資格はない。即刻解散すべきです」

奈美は驚いて目を見張った。「解散するんですか」

「しようと思ったんですがね、弟子たちに泣いて止められました。まだ自分たちの心の浄化は済んでいない、まだ大師の念が必要だといわれれば、いい返す言葉が見つからなかった。警察に出頭しても結局帰されてしまったし、私は一体どうすればいいんでしょうかねえ」そういって連崎は大きなため息をついた。

彼を見ていると、あまりに大きな力を授かったが故の苦悩を感じずにはいられなかった。その力がどんなものなのか、奈美はどうしても知りたくなった。

あのう、とおそるおそる切りだした。

「今日はお願いがあって伺ったんです。連崎さんのその力を、あたしに示していただけませんか」

連崎は怪訝《けげん》そうに眉をひそめた。

「それなら先日御覧になったはずですが。だからこそ、あの記事が書けたんでしょう？」

「いえ、ただ見るんじゃなくて、この身体で感じたいんです。あっ、身体じゃなくて心で感じるのかもしれませんけど」

連崎は苦笑を浮かべた。

「警察でも刑事にいわれました。その力を自分に試してみろと」

「おやりになったんですか」

連崎は首を振った。

「神聖な行為を取調室なんかではできません。しかも相手は単に興味本位でいっているだけです。断るのも面倒なので格好だけやりましたがね。刑事は何も感じないといって不満そうでしたが」

「あたしは興味本位でいってるんじゃありません。純粋に、その力を感じたいんです。そうすれば、あたし自身も何か変われるかもしれないし。お願いします」奈美は両手をつき、頭を下げた。

連崎が、ほーっと息を吐くのが聞こえた。「頭を上げてください」

奈美が顔を上げると、彼は優しく微笑みかけてきた。

「わかりました。あなたはあの刑事とは違うようだ。では少しだけやってみましょう。後ろの窓を開けていただけますか」

はい、と答え、奈美は立ち上がった。窓を開放すると、町並みを見下ろせた。やや冷たい風が入ってくる。

元の場所に戻り、座り直した。

「そのまま背筋を少し伸ばしてください。でも身体全体の力はなるべく抜いて」

奈美がいわれた通りにすると、連崎は真顔になり、両手を彼女に向けて瞼を閉じた。だが数秒で目を開き、口元を緩めた。

「煩悩が多いようですね。嘘や秘密も、かなりたくさん抱えておられる」

「あー、わかっちゃいましたか」

「でも、そのこと自体は仕方がないんです。空気清浄機は奇麗な空気を吐き出しますが、その代わりに中のフィルターはどんどん汚れていくでしょう？　それと同じで、人間は生きていくうちに心のフィルターに汚れが溜まっていくんです。それを少しずつ奇麗にしていこうというのが、当教団の目的です」

連崎は真顔に戻り、「先程の姿勢をとってください」といった。

奈美は背筋を伸ばし、肩の力を抜いた。連崎が先程と同じように両手を彼女に向けて目を閉じる。その姿勢で何秒間かが過ぎた頃――。

突然、何か暖かいものに包まれるような感覚が奈美を襲った。驚きのあまり、彼女は軽い悲鳴を上げ、正座を崩していた。

連崎が目を開け、両手を下ろした。「何か感じたようですね」

奈美は首を上下に何度も動かした。咄嗟《とっさ》に声が出なかった。

「かん……感じました。たしかに感じました。何かこう、身体がぽうっと暖かくなって」

連崎は頷いた。「念を感じたのです。あなたの心は、ほんの少しですが浄化されました」

不意に何ともいえない感動の波が押し寄せてきた。わけもなく涙が溢れた。

「ありがとうございますっ」奈美は深々と頭を下げた。

5

自分も読みたいというので、間宮の席まで週刊誌を持っていった。昨日発売の『週刊トライ』だ。間宮は老眼鏡をかけて読み始めたが、すぐにふんと鼻を鳴らして机に置いた。

「ずいぶんと連崎至光のことを持ち上げてるじゃねえか。まるで超能力者扱いだ」

「このネタでしばらく繋ごうっていう魂胆ですよ」草薙はいった。「最後のほうに、この教団からはしばらく目が離せそうにない、とあります。近々、第二弾をやる予定でしよう」

「ふうん、まあどうでもいいけどな」間宮は掲載されている写真を指した。「よく撮れてるな。この写真を見るかぎりじゃ、たしかに誰も被害者には手を触れてない。自分から窓の外に飛び出したのがよくわかる」

「そうですね」

間宮のいった通りだった。中上正和は何かから逃れるように顔をそむけ、さらに両手で身を防ぐような格好をしたまま、一目散に窓に向かっている。カメラマンの田中から話を聞いた時にも見せてもらった写真だ。

「所轄じゃ自殺ってことで処理することにしたそうだな」

「ええ。使い込みがばれ、気が動転して衝動的に飛び降りた――そういうことで落ち着きそうです」

「そうか。おまえとしちゃあ、よかったじゃないか。面倒なことに巻き込まれなくて」

「まあ、そうなんですけどね」草薙は週刊誌を手に取り、丸めた。

「なんだ。何か気に入らないことでもあるのか」

「そういうわけじゃないんですが……係長はネットって見ますか」

途端に間宮はしかめっ面になった。

「インターネットか。あれはだめだ。性に合わん」

「そうですか。じつは昨日から『クアイの会』に関する検索件数が鰻上りに伸びてるんです。明らかに、この記事がきっかけで世間が注目し始めたってことです」

間宮は下からじろりと睨《ね》め上げてきた。

「週刊誌がぐるっていうセンはないんだろ？　それとも教団が宣伝のために事件を起こしたっていうのか？　わざと信者を自殺させたと」

「そうはいいませんが……」

間宮は大きく手を振った。

「妙なことを命じたのは俺だが、本意だったわけじゃない。余計なことは考えず、そんな面倒臭い案件からはさっさと手を引け。いいな」

わかりました、といって草薙は自分の席に戻った。するとすぐに携帯電話に着信があった。見ると、所轄の藤岡だった。先日、番号を教え合ったのだ。

例の事件のことで大事な話があるので会ってもらえないかという。夜に会う約束をして電話を切った。

待ち合わせの場所は、虎ノ門にある居酒屋だった。個室があるので密談には便利だ。

藤岡は先に到着していた。紺色のスーツ姿だった。

「わざわざお呼び立てしてすみません」生ビールと料理を何品か注文した後、藤岡は頭を下げていった。

「いえ、それはいいんですが、大事な話というのは？」

藤岡は、はい、といって少し身を乗り出してきた。

「じつは、密告があったんです」

「密告?」

「垂れ込みの電話です。かけてきたのは男で、『クアイの会』の信者だといってました。男によれば、教団の金を着服しているのは中上ではなく別の幹部たちだというんです。もちろん経理係の中上が知らないはずはなく、ある程度のおこぼれには与《あずか》っていたようです。しかし彼はあくまでも利用されていただけで、主犯格はほかにいるとのことでした」

「その主犯格とは?」

藤岡は声を一層落とし、「第一部長と第二部長です」といった。

「第一部長というのは真島という人物ですね。第二部長は……」

「守屋という男です。守屋肇」

「待ってください。密告者は、なぜそれらのことを知っているんですか」

「中上本人から聞いたということでした。中上は真島と守屋に対して、かなり不満を抱えていたらしく、最近では、あの二人に手を貸すのはもう馬鹿馬鹿しくなった、と漏らしていたみたいです」

「それなら教祖の連崎に、そのことをいえばいいじゃないですか」

「問題はそこです。連崎は二人の行為には気づいているそうなんです。気づいていながら、見て見ぬふりをしているというのが密告者の言い分でした。真島と守屋の二人は『クアイの会』発足時からの弟子なのですが、気功師だった連崎をけしかけて教団を設立させた仕掛け人だという説があるんです。だから連崎も、彼等にはあまり強い態度を取れないらしいです。それがわかっているから、中上も連崎に直訴することもなかった。そんなことはせず、『クアイの会』を抜けることを考えていたそうです」

「抜ける？　教団を辞めてどうするんですか」

「別の宗教団体に移るんです」

「別の？」

草薙が尋ねた時、店員が生ビールを運んできた。乾杯をするムードでもなく、二人は黙ってグラスを傾けた。

「草薙さんは、『守護の光明』を御存じですか」

「あっ、聞いたことがありますね」

「十年以上前から活動している宗教団体です。こちらも怪しげな団体ですが、それなりに会員を集めています。ところが『クアイの会』とは活動範囲がかぶっていることもあり、ここ数年は会員を奪い合っている状態なんです。どうやら中上は、『クアイの会』を出た後は、そちらに入る気だったらしいです」

草薙は頭を振った。

「なんとまあ節操のない。信仰って、そういうものではないと思うんですが」

「彼等にしてみれば、宗教はビジネスですよ。金を得られるなら、宗旨替えなんて何でもないってところでしょ。密告者によれば、中上と『守護の光明』の間ではすでに話がついていて、後は中上がいつ『クアイの会』を抜けるかという段階だったようです。しかもその際には、手土産代わりに中上を慕っている信者を何人か連れていくとか」

「なるほどねえ。まあ、ありそうな話ではありますね」

料理が運ばれてきたので、また少し会話が中断した。

「『週刊トライ』は御覧になりましたか」店員が去った後で藤岡が訊いてきた。

「読みました。証言通りの内容でしたね」

「でも奇妙だと思いませんでしたか。あの記事によれば、連崎は横領のことなど一言もいってないのです。ただ、裏切っただろうといって中上を責めただけです」

「たしかにそうでしたが……」

「連崎がいった裏切りとは、横領ではなく、『守護の光明』への寝返りのことだったんです。そういう裏切りは許さないということをほかの幹部や信者たちにも示すため、いわば見せしめとして、あのようなことが行われたのではないでしょうか。しかしそれを公にするのはイメージダウンになると考えて、横領の罪を中上になすりつけることにした。どうでしょうか、この推理は」

料理をつまみ、草薙は頷いた。「悪くないと思いますよ」

「そうですよねっ」藤岡は嬉しそうな顔をした。「やはりあれは自殺なんかじゃないいんだ」

「でも、仮にそうだったとしても、警察にはどうすることもできません。そもそも、あれを殺人と考えること自体に無理があります。だって、手を触れてもいないんですよ」

「だからこそ、こうして改めて御相談に伺ったわけです。草薙さんはこの手の事件にお強いんでしょう？　何かいいアイデアはありませんか」

「前もいいましたが、俺が強いわけじゃないです。知り合いの物理学者にはすでに話しました。でも相手にしてもらえませんでした。物理学の問題ではないといって」

「そうですか」藤岡は肩を落とした。「でも、納得できないんですよねえ……」

それは俺だって同じですよ、という台詞を草薙は辛うじて堪えた。さっさと手を引け、と間宮からいわれたことを思い出していた。

6

今日五番目の相談者は、六十過ぎの男だった。中込書には自営業となっている。高級品を着ているわけではないが、身なりは悪くない。蓄えはかなりある、と真島は睨んだ。

男を『浄めの間』に案内した。窓は開放されたままだ。部屋の中央に、座布団が敷かれている。

「そこで正座してお待ちください。間もなく大師が参りますので」

真島がいうと、相談者の男は硬い表情のままで座布団に座った。真島も留まり、壁を背にして正座した。

やがて前の入り口が開き、『クアイの会』の教祖、連崎至光が入ってきた。相談者の男は深々と頭を下げた。

「顔を上げてください」上座に腰を下ろしてから連崎はいった。「かなりお悩みのようですね」

はい、と男は答えた。「もう、どうしていいのかわからなくなりました。人に誘われて株に手を出したり、商売を始めたりしましたが、少しもうまくいきません。せっかくの退職金も、こんなことではすぐになくなってしまうのではと気が気じゃなく、こうして御相談に伺ったわけなんですが……」

横で聞いていて、真島はほくそ笑んだ。株や商売で失敗したとはいえ、まだ退職金は残っているようだ。

「わかりました。では、ちょっと見てみましょう」そういって連崎は目を閉じ、両方の手のひらを男に向けた。だがすぐに目を開け、驚いたような表情を作る。「なるほど。これはいけませんね」深刻そうな声を出した。

何か、と相談者の男が訊く。すでに不安の色が顔に出ている。

「若い頃は、良い事がいろいろとあったようですね」連崎はいった。

「うーん、いやあ、それはどうでしょうか」男は首を捻った。「かなり苦労してきたつもりですが……」

「苦労だけではないでしょう？　少しは良い事だってあったはずだ。でも忘れている。違いますか。悪い事ばかりでは、今まで生きてこれなかったと思いますが」

「ああ、それはまあ、少しはありましたが……」

「そこなんですよ。あなたは自分だけが不当に苦労したと思っていますが、そんなことはありません。あるわけがない。じつは周りの人々にずいぶんと助けられ、良い事だってあったはずなのです。しかし現在の苦しい状況のせいで、それが見えなくなっている。それを私たちは、心に汚れが溜まっていると呼んでいます。その汚れが原因で、今の事態が引き起こされているんです。まずは汚れを取ることが先決です」

傍で聞いていて、相変わらず上手いものだと真島は感心する。良い事がいろいろあったようですねと尋ねておいて、もし相手があっさりと肯定した場合は、そのせいで油断が生じて心に汚れが溜まったのだ、とでもいうのだ。どんな回答が返ってきても平然と自分のペースに巻き込む。ほかに取り柄のない男だが、この話術にはいつも舌を巻く。

「どうすればいいでしょうか」男が訊いた。ここまでくれば、もう落ちたも同然だ。

「ではまず少しだけ念を送ってみます。身体を楽にしてください」例によって連崎が送念のポーズを取った。

すぐに、あっと男が小さな声を上げた。不思議そうに自分の身体を見ている。

「どうですか」連崎が訊く。

「いや、あの、今一瞬、身体が熱くなったような気がしました」

「そうでしょう。心の汚れがほんの少しだけ浄化されたのです。これを続けていけば、またきっと昔のように良い事が起きるはずです」

男は目を輝かせ、畳に額が触れそうなほどに頭を下げた。

一丁上がり、と真島は心の中で呟いた。入会金と修行代で合わせて百二十万円、この男ならもっと搾り取れそうだ。『クアイの星』の柄を焼き込んだ五十万円の壺も勧めてみようと考えていた。


空中で二つのロックグラスがぶつかった。

シングルモルトのウイスキーをがぶりと飲み、真島は熱い息を吐いた。向かい側の守屋も満足そうな表情だ。

二人は四階に作られたリビングルームにいた。時にはホステス代わりに女性信者数人を招き入れることもあるが、今夜は二人だけだった。

「いやあしかし、こんなにうまくいくとはなあ」テーブルに置かれたリストに目を落とし、真島はいった。「この数日間だけで五十人以上入会した。入会金だけで五千万。笑いが止まらないってのは、こういうことをいうんだな」

守屋はウイスキーを自分のグラスにどぼどぼと注いだ。

「私も驚きましたよ。中上が死んじまった時には、正直、これで何もかも終わりになるんじゃないかとさえ思いましたからねえ。ところが蓋を開けてみたら、この通りだ。終わりになるどころか、全部連崎のいう通りになった」

「あいつは本当に大した奴だ」真島は心の底からいった。「俺なんか、頭が真っ白になったが、あいつは喜んでたもんな。こんなにインパクトのある宣伝はないとかいってさ。こいつを敵に回したらまずい――改めて思った」

「おまけに自首ですからねえ。たしかにあの状況で教祖が自首したとなれば、間違いなくマスコミは騒ぎます。だけど、『クアイの会』のイメージアップに繋がるかどうかは疑わしいと思ってました。罪には問われないかもしれないけど、人が死んだってのはやっぱりまずいですからねえ。でもあそこまで腹が据わってると、逆らう気になれませんし
「逆らわなくて正解だった」真島はグラスを掲げた。「教祖の力が本物だってことを日本中に示せたからな。邪魔者の中上は始末できたし、会の知名度は上がったし、一石二鳥だ。『週刊トライ』様々ってところだな」

　記事が出て以来、ほかのマスコミからも取材が殺到した。そのうちのいくつかの記者には、実際に連崎の魔法を体験させてやった。誰もが例外なく驚き、興奮して帰った。彼等の記事は日本中に『クアイの会』ブームを巻き起こしつつある。

「そういや、あの週刊誌の女性記者、このところ連日来ているみたいですね」

　守屋の言葉に真島は深く頷いた。

「すっかり熱心な信者になったみたいだぜ。次の号でも、教祖様の力を取り上げてくれるそうだ」

守屋は身体を揺すって笑った。

「そいつはいいや。あの女、わりといい身体してましたよ。真島さん、どうですか」

真島は顔をしかめて手を振った。

「ああいう体育会系は好みじゃない。おまえが気に入ってるんなら、好きにしたらいい」

「そうですか。じゃあ、お言葉に甘えさせてもらいます」

それより、と真島は声を低くした。

「中上の件は、本当に片付きそうなんだな」

「それは間違いありません。藤岡っていう刑事があれこれ嗅ぎ回っているみたいですが、決定的なことは何も摑んじゃいません。自殺ってことで処理されるでしょう」

「それを聞いて安心した。枕を高くして眠れる。あとは、『守護の光明』だな。中上を寝返らせるとは、ずいぶんと舐めた真似をしてくれたものだ」

「あそこはここ数年で、ずいぶんと信者が減りましたからね。もはや手段を選んでる場合じゃないってところでしょう。だけど心配はいりません。今回の事件で、完全に波はこっちに来ました。信者を取られるどころか、逆に奪うチャンスです」

「それは俺も考えていたところだ。ところで連中はどうする？　中上と一緒に『守護の光明』に移ろうとしていた奴らは」

「ほうっておけばいいでしょう。大丈夫です。連崎至光の力を思い知り、移る気など消し飛んだそうですから」

「そういうふうにスパイが報告してきたのか」

「ええまあ」

真島はグラスの中で氷をからからと鳴らし、にやりと笑った。

「それなら安心だ。しかし信者ってのは馬鹿だな。自分たちの中にスパイがいるかもしれないって、どうして思わないのかねえ」

「だから信者なんですよ。簡単な手品にころりと騙される」そういって守屋は黄色い歯を剝き出した。

7

草薙には百合という姉がいる。その百合からの電話を受けた時、草薙はコーヒーショップにいた。『週刊トライ』の最新号を読んでいるところだった。『クアイの会』に関する記事の第二弾が載っているのだ。今回も記事を書いたのは里山奈美らしい。

困ったことになった、と百合はいうのだった。

「何だよ、一体。美砂ちゃんのことか」高校生になる一人娘の名前を出した。

「じゃなくて、おばあちゃんのこと」

「おばあちゃん？　誰の？」

「だからうちのおばあちゃん。一緒に住んでる」

ああ、と合点した。

「それならおばあちゃんじゃなくて、お義母《かあ》さんだろ。義兄《にい》さんのお母さんなんだから」

「いいのよ、我が家はこれで。そんなことより、相談があるんだけど」

「何だ。嫁姑問題なら、俺には無理だぜ」

「そんなことをあなたに相談するぐらいなら、隣の猫に話を聞いてもらったほうがましよ。そうじゃなくて、おばあちゃんが変なものに凝って困ってるの」

「変なもの？」

「『クアイの会』よ。あなた、知ってる？」

草薙は手元の週刊誌に目を落とした。

「知ってるよ。いろいろと話題になってるみたいだな」事件を担当していることはいわないでおいた。「お義母さん、あの宗教にはまっちまったのか」

「そうなのよ。知り合いの人に誘われて見学に行って、すっかり信じ込んじゃったみたい。入会するといってきかないの。それどころか、私や旦那にまで入れっていうのよ。うちに二人目の子ができなかったのは、心に汚れが溜まってるからだとかいって」

「二人目がほしいのか」

「ほしくないわよ、今さら。ねえ、知ってる？　『クアイの会』の入会金って百万円よ。おばあちゃんが自分のお金をどう使おうと自由だけど、絶対に騙されてると思うの」

うーん、と草薙は唸った。

「そうかもしれないな。で、俺にどうしろっていうんだ。まさか、お義母さんを説得しろとかいうんじゃないだろうな」

「説得してくれたらありがたいけど、あなたには無理でしょ。だから例のお友達の知恵を拝借したいんだけど」

「誰だよ、例のお友達って」

「湯川君よ、バドミントン部の。彼なら『クアイの会』がインチキだってことを証明してくれると思うんだけど」

百合は、草薙が何度か湯川の力を借りて事件を解決したことを知っている。

「無理だと思うぜ。じつは最近、あいつとそういう話をしたんだけど、まるで興味はなさそうだった」

「そんなこといわないで、一度相談してみてよ。お願いだから」

「うーん、じゃあ今度会った時にでも話すよ」

「そんな悠長なこといってないで、この電話の後、すぐに連絡して。わかった？　わかったといいなさい」

「うるせえな、わかったよ」

「お願いよ。お願いだからね」草薙の耳が痛くなるほどまくしたて、百合は一方的に電話を切った。

ため息をつき、湯川の携帯電話にかけてみた。講義中かなと思ったが、すぐに電話は繋がった。

「草薙か。今度は何の用だ」

「すまん。ちょっと厄介な話なんだ」

草薙は百合から頼まれたことを話した。一笑に付されるかと思ったが、湯川の反応は違った。

「じつは前回君から相談を受けて以来、何となく気になっていた。というのは、研究室でも『クアイの会』のことが話題になって、学生たちが議論を始めたんだ。彼等を指導する立場上、無視するわけにもいかない。そこで先週と今週の『週刊トライ』を熟読していたところなんだ」

「何か思いついたことはあるのか」

「いや、正直いうとまだ何もアイデアはない。ただ、もう少し詳しいことを知りたいとは思っていた。記事を読むかぎり、被験者はほぼ例外なく連崎氏の力を感じている。感じ方も殆ど同じだ。これを我々の言葉では再現性が高いという。再現性が高い現象は、必ず科学的に説明が可能なはずだ」

「わかった。そういうことなら俺が何とかする。どうすりゃいい？」

「まず、この週刊誌の記者に会わせてもらえないだろうか。記事によれば、彼女は連崎至光の力を体験したようだ。その時のことが聞きたい」

湯川は珍しく自分から乗り気になっている。何とかしてみよう、といって草薙は電話を切った。

その二日後、草薙は里山奈美を連れて帝都大学の門をくぐった。カメラマンの田中も一緒だった。

「ラッキーでした。じつはあたしも、連崎大師のお力を科学的に解説してくださりそうな方を探していたんです。でもどういう方面に当たればいいかわからなくて困っていたところ、たまたま草薙さんから連絡をいただきました」湯川に名刺を渡すなり、里山奈美は目を輝かせてしゃべりだした。

「それはよかった。まあ座ってください。汚いところですが。今、コーヒーでも淹れます」

「いえ、あたしたちなら結構です。それより早くお話を伺いたいんですけど」里山奈美は筆記用具とレコーダーを出してきた。

湯川は困ったような顔を草薙に向けた後、ため息をついた。

「先に断っておきますが、僕にはまだ連崎氏の力を説明することはできません。だからこそ、あなたにお会いしたいと思ったんです。もっと詳しい話を聞きたくて」

「詳しいことなら、記事にすべて書いてあります」

「あれは読みました。しかし定性的な表現が多くて参考にならない。もっと定量的なことを知りたいんです」

意味がわからないらしく、里山奈美は首を傾げている。

湯川は黒板の前に立ち、チョークで横長の四角形を描いた。

「まず部屋の大きさを教えてください。何もない部屋だということでしたね。幅はどれぐらいでしたか。そして奥行きは何メートルほどでしたか」

上座の高さは何センチぐらいか。天井の高さ、壁の色、事件発生時の人の配置などを湯川は細かく質問していった。里山奈美は記憶を辿りながら答えていく。時にはカメラマンの田中が横から補足した。

湯川が大きな反応を見せたのは、連崎至光が念を送る際には、後ろの窓を開放すると聞いた時だった。

「窓を開ける？　何のために？」

「心や魂の汚れを排出するためです」里山奈美はきっぱりと答えた。「大師から念をいただきますと、そうした汚れが身体から出ます。でもそれを室内に閉じこめておくと、またすぐに戻ってしまいます。それで窓を開けておくんです」

「汚れねえ……」湯川は得心のいかない顔で黒板を見ている。

「本当に心がすっきりするんですよ。送念を受けるたびに自分が変わっていくのがわかります」里山奈美はむきになって主張した。

里山さん、と草薙が声をかけた。「念を受けたのは一度きりではないんですか」

すると彼女は草薙のほうを見て、少し誇らしげに顎を上げた。

「世間に対して教団のことを正確に伝えてくれたお礼ということで、大師はあたしのことを特別会員に認定してくださったんです。入会金免除で信者になりました」

「へええ……」草薙は湯川と顔を見合わせた。

「記事によれば、何か暖かいものに包まれるようだということでしたね」湯川がいった。

「そうです。ほんの一瞬なんですけど、ぽっと体温が上がる感じです」

「床下にヒーターでも仕込んであるとか」草薙が思いつきを口にした。

途端に里山奈美が睨んできた。「そんなインチキじゃありませんっ」

「うん、ヒーターではそんなふうにはならないだろうな」湯川が冷静な口ぶりでいう。

「ですよねー」里山奈美は笑顔に戻った。「信者の間では、気功のさらにランクの高いものだろうといわれています」

「気功というと、中国の健康法のことですね」

「そうです。大師は以前、病気を治す気功師をしておられました。そのお力が向上し、今のようになられたのだとあたしも思います」

草薙は湯川を見た。「気功って、そういうものなのか」

「たしかに練達の気功師になると、手をかざすだけでその部分が暖かくなるという話を聞いたことはある。一説によれば手のひらから遠赤外線が発せられているとか。科学的に証明されたのかどうかは知らないが」

「大師は、それよりもっと高いレベルに達しておられるということだと思います」

「遠赤外線ねえ……」湯川は浮かない顔だ。「しかしそれでは人を窓から落とせない」

「何かに追い立てられている感じでしたからね」突然そういったのはカメラマンの田中だ。

全員の目が彼に集中した。

「どういうことですか」湯川が訊いた。

「いや、あの時の中上は、自分から飛び降りたというより、何かに追い立てられて、衝動的に窓の外に飛び出したって感じだったんです。火事になると、窓から飛び降りる人がいるでしょ。あんな感じです」

湯川は、「火事か」と呟き、考え込み始めた。立って腕組みをしたまま動かない。

あのう、と里山奈美が声をかけた。

不意に湯川が腕を下ろし、草薙を見た。

「君が取調室で連崎氏から念を受けた時は、何も感じなかったといったな」

「ああ、救いを求めていない者には念は届かないという説明だった」

「いえ、それは違います」里山奈美がいった。「その時のことは大師から聞きました。念を送る演技をしただけだとおっしゃってました。神聖なことを取調室なんかではできないからと」

「つまり、その儀式はこの部屋以外ではやらないわけだ」湯川は黒板に描いた見取り図を指した。

「そうです。『浄めの間』でしか行われません」

なるほど、と湯川は頷き、里山奈美を見つめた。

「やはりこれは科学の面からアプローチする必要がある。『週刊トライ』の取材ということで、僕に調査させてもらえませんか」

「あっ、それは是非お願いしたいんですけど――」

「決まった」湯川は指を鳴らした。「計測機器やスタッフはこちらで用意します。手の空いている学生なら、いくらでも確保できますからね」生き生きとした表情でいった。

「いえ、あの、それが……だめなんです」里山奈美が両手を振った。

「だめ？　何がですか」

「ですから、科学的な調査がです。うちの編集部でも、そういう話が持ち上がって、教団にお願いしたことがあるんですけど、それはだめだといわれました」

「どうして？」

「そういうものではないから、という説明でした。大師は相談者の心に働きかけているわけで、人の心を科学では読めないのと同様、その力を測定することなどできないし、やろうとすることは無意味だ、とのことでした。それに、部外者がぞろぞろいる中では、まともな送念ができないともいわれました。さっきあたしが科学的に解説してくださる人を探していたといったのは、実際の調査ができないからなんです」

彼女の説明を聞き、湯川は難しい顔つきになった。椅子に腰を下ろし、再び考え込んだ。

8

奈美は手のひらに汗をかいていた。こんなことをしてもいいのだろうかと不安になりつつ、思いがけない展開にわくわくしているのも事実だった。『クアイの会』の本部に来ている。今日は一人ではなかった。彼女の横には湯川がいる。

「噂には聞いていたが、かなり羽振りがいいようだね。家具も調度品も高級品ばかりだ」室内を見回して湯川がのんびりとした口調でいった。

壁には大きな絵画がかけられ、棚には骨董的価値が高そうな陶芸品が並んでいる。テーブルは大理石だし、ソファは革張りだ。奈美も初めてこの応接室に通された時には驚いた。

「すべて貰い物らしいですよ。信者の方が、大師のおかげで救われたといって、お礼に持ってきたんだそうです」

「ソファやテーブルも？」

「家具は違うでしょうけど」

湯川は立ち上がり、陶芸品の並ぶ棚に近づいた。無造作に手に取り、じろじろ眺めている。落として割ったりしないかと奈美は冷や冷やした。

ドアが開き、第一部長の真島が入ってきた。「どうもお待たせしました」奈美に向かって微笑みかけた後、やや警戒する目で湯川を見た。

湯川が奈美の横に戻ってきた。

「真島さん、御紹介します。うちの編集長です。編集長、こちらが『クアイの会』第一部長の真島さんです」

湯川が、横田です、といって名刺を渡している。本物の編集長から貰ってきたものだが、使い途を正確には話していない。本当のことを知ったら、怒鳴られるだろう。

「うちの里山がお世話になっております。おかげさまで今週号も完売しました。改めてお礼を申し上げます」淀みのない口調で湯川はいう。なかなかの役者だ。

真島が目を細めた。

「こちらは何もしておりませんよ。里山さんに対し、ほかの信者の皆さんと同じように接しているだけです。教団のことを正確に伝えてくださって、私共も感謝しております」

「そういっていただけると編集長として大変嬉しく思います。ありがとうございます」

湯川は丁寧に頭を下げた。

「ええと、それで」真島は奈美と湯川とを交互に見た。「今日はこのためだけにいらっしゃったのですか」

いいえ、と奈美が切りだした。

「編集長を連れてきたのは、個人的な事情もあるからなんです」

「といいますと？」

「私から説明するよ」湯川がいった。「じつはこのところ体調が悪く、悩んでいるんです。身体が重く、頭も重い。おまけに食欲不振で不眠症といった有り様です。医者に診てもらったのですが、どこも悪くないといわれます。するとこの里山が、だったら大師に見てもらったらどうかといいだしまして」

はあ、と真島が口を開いた。「大師の念を受けたいと？」

「だめでしょうか」湯川が尋ねる。

真島は首を横に振った。

「そんなことはありません。我々にはすべての人を受け入れる準備があります。ましてや里山さんの上司の方となれば、見過ごすことなどできません。少しお待ちください。大師の意向を伺ってきますので」そういって出ていった。

真島が戻ってくるのを奈美は無言で待った。極力余計なことは話さないように、と湯川から釘を刺されている。口には出さないが、どうやら彼は盗聴器が仕掛けられている可能性を考慮しているようだ。

一体どうなるのだろう、と思った。帝都大学でのやりとりが蘇る。科学的調査は教団から許可が下りないと知った湯川は、では何か理由をつけて自分が被験者になるといいだしたのだ。理由をつけるといっても、物理学者と知れば教団側はいい顔をしないだろう。すると湯川はあろうことか、『週刊トライ』の編集長になりすますことを提案してきた。たしかにそれならば、奈美と一緒に教団を訪ねてもおかしくはない。

ずいぶんと迷ったが、結局その提案に乗ることにした。連崎を騙すことには心が痛むが、あの力の正体を湯川に解明してほしいという気持ちのほうが強かった。自分は純粋な信者ではないな、と思った。記者としての好奇心には勝てない。

だが湯川が何をするつもりなのかはわからなかった。今日彼は小さな書類鞄を持ってきているだけだ。中に何が入っているのかも聞いていない。

間もなく真島が戻ってきた。

「大師に話してきました。そういうことなら、すぐにでもお会いしようとのことでした。よかったですね」

「御厚意に感謝します」湯川が立ち上がり、頭を下げた。

真島に案内され、エレベータで五階に上がった。絨毯を敷いた廊下の奥に『浄めの間』はある。

「こちらでお待ちください」引き戸を開けて真島はいい、湯川の鞄に手を伸ばした。

「荷物は、お預かりします」

奈美はぎくりとして湯川を見た。

「いや、これは結構。自分で持っています」湯川はいった。

真島は首を振った。笑顔だが、眼光は鋭い。

「不必要なものは『浄めの間』に持ち込まない。これは規則なのです。どうか、御理解ください」

湯川は瞬きした。「どうしてもいけませんか」

「お願いします」真島は軽く頭を下げた。

湯川は黙って少し考える顔をした後、鞄を開け、中から薄い大学ノートを取り出した。

「ではこれだけは認めてください。大師のお言葉をメモしたいので」

真島は一瞬だけ迷いの色を見せたが、頷いた。「いいでしょう」

鞄を預け、湯川は室内に足を踏み入れた。奈美も後に続いた。

中央に座布団が敷かれている以外は何もない、ひっそりとした部屋だ。すでに窓は開放されている。

「あれが『クアイの星』か」湯川が上座の壁に飾られているマークを見た。

そうです、と奈美は答えた。

「あっさりしたデザインだな。おや、小さい字で何か書いてある。ちょっと見てくれ」

「えっ、あたしがですか」

「そうだ」早くしろ、とばかりに目で促してくる。

奈美は躊躇いつつ、壇に上がった。数十センチの高さだが、上に立つと思った以上に天井が近い。長身の湯川のことさえ見下ろせる。いつも連崎はこんなふうに信者を見下ろしているのか、と思った。

『クアイの星』を見た。鏡を星形に切り取ったもので、特に何も書かれていない。奈美の顔が映っているだけだ。

「何も書いてませんよ」

彼女がいうと、そうか、と湯川はあっさり答えた。「それならいい」

何なんだ、と思いながら壇から下りた。その直後、足音が聞こえてきた。奈美はあわてて壁際に座り、湯川の顔を見ながら座布団を指した。それで彼もその上に正座した。

前方の戸が開き、作務衣姿の連崎が入ってきた。奈美に向かって目礼した後、湯川を見つめながら壇に上がった。いつものように『クアイの星』に一礼すると、真ん中で胡座をかいた。

この時奈美は、壇の正面に先程の大学ノートが立てかけられていることに気づいた。連崎が座っている場所の真下になる。当然連崎からは見えないだろう。

さて、と連崎が口を開いた。

「真島から話を聞きました。体調面でかなり悩んでおられるとか」

「ええ、参っています」湯川はいった。「何とかしていただけると助かるのですが」

ふむ、と頷き、連崎は目を閉じた。胸の前にすっと両手を出した後、少し驚いたように身体をぴくりと動かした。

「いけませんね」目を開けて彼はいった。「ずいぶんと心に汚れが溜まっています。こういっては失礼かもしれないが、これまでの人生で、かなりいろいろなことがあったようだ」

「ははあ、心の汚れですか」湯川は胸のあたりをさすった。

「恥じることはありません。純粋な心のままで生きていくことは容易ではない。ただ、心の汚れを放置しておくことは危険です。それはやがて肉体を蝕《むしば》んでいきます。心配事が多いと胃が痛くなるのと同じです。今日、ここに来られてよかった。もう少しで手遅れになるところでした」

「そんなに悪いのですか」湯川が目を剝いた。

「心配は無用です。私が心の汚れを取り除いてさしあげます。ただ、少し時間はかかるかもしれませんね。何しろ長年の汚れが相当溜まっているようですから。ええと、入会の意思はもう固めておられるのですか」

「それはまだです。一度体験してからと思いまして」

「なるほど」連崎は口元を緩めた。「疑っておられるわけだ」

「いえ、決してそういうわけでは」

「構いませんよ。皆さん、そうです。さあ、では肩の力を抜いて、楽になさってください。これから念を送ります。よろしいですね」

湯川が背筋を伸ばすのを見て、連崎は再び目を閉じた。湯川に向かって両手をかざす。

奈美は、他人が念を受けるのを、あの事件以来初めて見た。

湯川の顔色に変化があった。感じたのだな、と奈美は確信した。

連崎が手を下ろし、目を開けた。「いかがですか」

だが湯川は首を捻った。

「どうでしょうか。何か感じたような気もするのですが、錯覚かもしれません」

「そうですか。ではもう一度やってみましょう」

連崎が同じことを繰り返した。すると湯川の身体が後ずさるように動いた。

「どうですか」今度は感じただろう、とばかりに連崎はにやりと笑った。

しかし湯川はやはり首を傾げている。

「よくわからないですねえ。元々、暗示にかかりにくいんですよね」

「暗示?」

「以前、催眠術の取材をした時も、僕だけ全然かからなくて周りに迷惑をかけたことがあります」

連崎の顔から笑みが消えた。心外そうに湯川を睨んだ。

「横田さんとおっしゃいましたね。あなたは何か誤解しておられるようだ。私がやっているのは、暗示とか催眠術の類いではありません。もっと直接的な力を与えています」

「そうなんですか。じゃあ、鈍感なのかなあ」

「わかりました。では今度はもう少し強めにやってみましょう。きっと感じていただけるはずです」

連崎は険しい顔つきのままで両手を出した。だが目は閉じず、湯川を見つめている。

次の瞬間、わっと叫んで湯川が後ろにひっくり返った。あわてて起き上がったが、その顔は強張っている。

「どうやら、今度は感じたようですね」連崎は勝ち誇ったようにいった。

湯川は二度三度と頷いた。「感じました。たしかに……」

「これが念の力です。今の送念により、あなたの心の汚れはずいぶんと取り除けたと思いますよ。いかがですか。少し体調が良くなったと思いませんか」

「そういわれると、そんな気がします」

「そうでしょう。これを続ければ、きっと健康になるはずです。すぐに入会され、こちらに通われることをお勧めいたします」

「ええ、考えておきましょう」

「それがいいです。ではまた」連崎は立ち上がり、部屋を出ていった。

奈美は、「大丈夫ですか」と湯川に訊いた。

彼は頷きながら壇に近づき、立てかけてあったノートを手に取った。それを開くと、満足そうな笑みを浮かべた。

9

草薙たち警視庁の捜査員が藤岡たちと共に『クアイの会』本部を家宅捜索したのは、朝の九時を過ぎた頃だった。道場には一般信者もいたが、彼等は戸惑っているだけで抵抗はしなかった。

強く反発したのは幹部たちで、捜査員が上の階に行けないようエレベータをストップさせた。さらに第一部長の真島武雄と第二部長の守屋肇は、自分たちの居室である四階の階段の扉を封鎖しようとした。

間一髪で扉の隙間を通り抜けた草薙たちは、当初の予定通り五階まで駆け上がり、事前に用意してあった見取り図に基づいて、『浄めの間』と、その隣の部屋に押し入った。

隣室には連崎至光――本名石本一雄が、妻の佐代子と共にいた。彼等を退去させ、草薙たちは壁の書棚を調べた。すると目立たないところに金具があり、それを操作することで書棚が横にスライドすることが判明した。

書棚の向こうに隠されていたのは箪笥ほどの大きさの装置だった。そこからは何本かのケーブルが出ていて、床に置かれた別の機械に繋がっていた。その機械には三十センチほどの大きさの四角いパネルが、壁のほうを向くように取り付けられていた。

あいつの予想通りだな、と草薙は思った。

装置の実験は屋外で行われることになった。湯川と鑑識が話し合いながら様々な測定を行い、安全性を確認している。草薙たちは少し離れたところから、その様子を眺めていた。

湯川がやってきた。「よし、じゃあ始めよう」

「どうして俺なんだ」

「報告書を書くのは君だろ？　だったら自分が体験しておいたほうがいい。さあ、早く準備してくれ」そういって湯川は地面に敷かれた座布団を指差した。ほかの捜査員や鑑識たちはにやにやしている。

草薙は顔をしかめて靴を脱ぎ、座布団の上に座った。

湯川が近づいてきて、ハガキほどの大きさの紙を出してきた。ラップに包まれている。

「これを胸のポケットに入れておいてくれ」

いわれたようにして、草薙は背筋を伸ばした。「これでいいか」

「オーケーだ。覚悟はいいな」

「お手柔らかに頼むぜ。何しろ初体験だ」草薙は二メートルほど先に置かれた四角いパネルを見つめた。先日、教団から押収した機械だ。湯川によればアンテナの一種らしい。それとケーブルで繋がった四角い装置は電源だという。

「大丈夫。まずは通常の送念モードだ」

行くぞ、といって湯川が電源のスイッチを入れた。

おっ、という声が思わず草薙の口から漏れた。一瞬、身体が暖かくなったからだ。

「どうだ？」湯川が訊いた。

草薙は頷いた。「たしかに感じた。信者たちがいう通りだ」

「では本番といこう。今度は少々、辛い思いをするかもしれんが」

「脅かすなよ。わけのわからない機械の前で――」

そこまでしゃべったところで、うわっと声を上げた。突然、前方から炎に襲われたように身体が熱くなったからだ。とてもじっとしていられず、草薙は後ろに転がった。だが灼熱は追いかけてくる。夢中で逃げ出した。

すると、ふっと何も感じなくなった。熱くも何ともない。身体を見たが、どこも火傷《やけど》はしていない。狐につままれたよう、とはこのことだ。

「すごいな。火に包まれたみたいだった」

「出力を上げれば、さらに熱さを感じられるが」

「馬鹿。勘弁してくれ」

「いや、ほんとにすごい」そういったのは藤岡だった。「草薙さん、少し大げさにやってませんか」

「そんなことないですよ。演技だと思うなら、藤岡さんもやってください」

「いや、私は遠慮しておきます。湯川先生、もう一度仕組みを説明してもらえますか。

電子レンジと同じ原理だという話でしたが」

湯川は頷いた。

「マイクロ波を使っています。周波数の高い電磁波を浴びせることで、人の身体に含まれる水分を刺激します。水の分子が激しく運動を始めることで、身体が熱く感じるわけです」

「そんなことをして身体は大丈夫なんですか」

「この装置の場合、影響を受けるのは皮膚下数十ミクロンでしょう。熱くは感じても、傷は残りません。出力や通電時間を調節することで、熱の感じ方を変えることができます。アメリカでは、この原理を応用して、人を傷つけることなく暴動を鎮圧するための装置が開発されています。アクティブ・ディナイアル・システムというのですが」

「こんなものを使って新興宗教の教祖を騙《かた》るとはねえ。中上が窓から飛び降りたのも、こいつのせいと考えてよさそうですね」

「もちろんそうでしょう。前方から炎が襲ってくるような感覚に包まれるのだから、反射的に後方に逃げる。今の草薙のようにね。カメラマンが、火事の時に窓から飛び降りる人間のことをいっていたのがヒントになりました。送念のたびに窓を開けるのは、マイクロ波が窓ガラスに当たるのを防ぐためでしょう。万一表面に水滴がついていたりしたら、そこで熱が発生し、ガラスが割れるおそれがありますから」

「なるほどねえ。いや、よくわかりました。——草薙さん、どうもありがとうございました。署に戻って、上に報告します」

「刑事課長によろしくいっといてください」

「わかりました」

藤岡が部下を連れて引き上げていく。草薙も立ち上がった。

「さっきの紙を見せてくれ」湯川がいった。

草薙はポケットからラップに包まれた紙を取り出した。その表面を見て、おっと呟いた。白かったはずの紙が真っ黒になっている。

「あの時の紙と同じだな」草薙はいった。

里山奈美と共に教団に乗り込んだ湯川は、戻ってきてから草薙に一枚の紙を見せた。A4の紙で、片面が真っ黒だった。

感熱紙だ、と湯川はいった。熱に反応し、黒く変色する紙だ。それを水に濡らし、ラップに包んだ状態で大学ノートの間に挟み、連崎が座る壇の中央部に立てかけておいたのだという。教団のトリックがマイクロ波ではないかと見抜いた湯川は、里山奈美の話などから、そこに装置が隠されていると推察したのだ。マイクロ波が通過すれば、感熱紙の水分が熱せられ、表面が黒くなるというわけだ。

湯川によれば、ノートを仕掛ける際には、『クアイの星』の前に里山奈美を立たせたそうだ。マークが鏡でできているのを見て、それがマジックミラーで、向こうから監視されていると気づいたかららしい。

この情報を草薙が間宮に報告した結果、今回の大捜索が実施されることになった。捜査員たちが迷わず『浄めの間』の隣室に入ったのは、装置の場所が判明していたからにほかならない。

10

実験から一週間後、草薙は湯川の研究室を訪れた。改めて礼をいうためだった。

「おまえのおかげで上の連中は上機嫌だ。礼をいうよ」草薙は作業台の上に手土産を置いた。今回は奮発してドン・ペリニヨンだ。「所轄も喜んでいる。今度また不思議な事件が起きたら草薙さんに相談しますってさ。俺が謎を解いたんじゃないと何度いってもわからねえんだよな」

「いいじゃないか、そうしておけば。だけど殺人で起訴するのは難しいんじゃないか。マイクロ波を照射したからといって、相手が必ず飛び降りるとはかぎらない」

草薙は鼻の上に皺を寄せ、頷いた。

「残念ながら、その通りだ。中上の件では傷害致死が精一杯だろうな。だけど奴らの罪はそれだけじゃない。詐欺罪が成立するのは明白だ。二課の連中は張り切ってるし、一課としても貸しを作れた」

「大勢の人間の心を惑わせたんだ。それ相応の罰を受けてもらわないとな。マイクロ波のことは、幹部たち全員が知っていたのか」

「いや、これまでの調べでは、幹部たちで知っていたのは第一部長の真島と第二部長の守屋だけだ。第三部長以下は、何か仕掛けがあるのではと疑っていた程度で、詳しいことは何も知らなかった。中には、未だに連崎の能力だと信じている者もいる」

「するとその者たちは無罪か。首謀者は誰なんだ。やはり教祖か」

草薙は首を振った。

「あいつはただの手足だ。いいように利用されていたにすぎない。首謀者は妻の佐代子だった。あの女がすべての元凶だ」

湯川が目を見開いた。「妻が？」

草薙は口元を歪め、顎を引いた。

「そうだ。妻といっても、籍には入ってないんだけどな。あの女は根っからの性悪だ。あんな女と出会わなければ、あの男もあんなふうにはなっていなかっただろう」

取調室で佐代子と向き合った時のことを草薙は思い出した。初めて会った時とは印象がまるで違っていた。目には感情のかけらもなく、唇には冷たい笑みが浮かんでいた。そのくせ地味に見えたはずの顔立ちは、抜群に華やかになっている。着ている洋服さえも派手で洗練されていた。まるで蛹《さなぎ》が蝶に化けたようだった。

彼女自身の供述内容と、真島や守屋から聞いた話を総合することによって、『クアイの会』の実態はほぼ明らかになっていた。それは以下のようなものだった。

以前佐代子は別の男と結婚していた。夫は町工場を経営していて、特にマイクロ波加熱技術では多少知られる存在だった。

だが佐代子はその夫のことを全く愛していなかった。結婚したのは、財産目当てにほかならなかった。実際、その当時は工場の経営状態は良好だった。

ところが長引く不況の影響で、徐々に立ち行かなくなってきた。家事に追われ、節約を強いられる生活に嫌気がさし、佐代子は家を飛び出した。

その後、水商売をして生きていたが、夫が病気で亡くなったという噂を聞き、家に舞い戻った。離婚は成立しておらず、生命保険金を受け取れると思ったからだ。遺産も多少は残っているだろうと目論んでもいた。

ところが彼女が家を出ている間に、工場の状況はさらに悪くなっていた。土地も建物も手放さざるをえず、残ったのはわずかな現金と、夫が最後まで研究を続けていたわけのわからない機械だけだった。

困った佐代子が呼んだのが、ギャンブルで知り合った真島だった。真島は潰れた町工場から出る産業機器を、東南アジアなどに流す伝手《つて》を持っていた。夫が残した奇妙な機械を、少しでも金に換えられたらと思ったのだ。

だが真島は佐代子の夫が書き残した取扱説明書などを読み、「こいつは売れないな」と匙を投げた。なぜかと訊くと、産業機器ではないからだ、という答えが返ってきた。

「工作機械でも計測器でもない。こいつは強いていえば健康器具だ」

真島によれば、この機械を使ってマイクロ波を照射すれば、浴びた人の血行が良くなるのだという。試してみると、たしかに身体は熱くなる。佐代子の亡き夫は、マイクロ波を使って血行障害などの治療に使うことを思いつき、特許申請の準備まで始めていたらしい。

しかし残された記録によれば、医学的な裏づけがあったわけではなさそうだ。むしろマイクロ波などの電磁波は、一般には身体によくないとさえいわれている。

ではこれを使って一儲けしたらどうか、という話になった。癌か何かの新しい治療法だということにすれば、全国から病人が集まってくるのではないか。

いや、それでは嘘がすぐにばれてしまう。機械は隠しておいたほうがいい。壁の素材を選べば、マイクロ波は隣室からでも照射できる。何もないのに自分の身体が熱くなったら、誰もが驚くだろう。何らかの超能力ということにすればどうだろう。

そこで新たに仲間に加えたのが、真島と同じくギャンブル仲間でもある守屋だ。守屋には、霊感商法で一儲けした実績があった。宗教法人格を取得するルートも摑んでいた。三人は佐代子を中心に、綿密に計画を立てていった。どこかに新興の教団を立ち上げる。目玉はマイクロ波を使ったトリックだ。問題は誰が教祖役かということだ。自分たちがやるわけにはいかなかった。いざという時に責任逃れができなくなるからだ。

そんな時、石本一雄と出会った。石本は気功師の看板を上げ、病気の治療を行っていた。よく効くという評判もあれば、まるで役に立たないという噂も多かった。

この男は使える――初めて石本を見た時、佐代子はそう思った。見た目は悪くないし、知性を感じさせる雰囲気がある。パフォーマンス能力も高い。何より、自分自身に陶酔できる能力には特筆すべきものがあった。佐代子は気功など怪しいと思っていたが、石本自身は自分の力を信じていた。彼には患者を騙そうという気持ちはない。だからこそ言葉に説得力があり、聞く者を信じさせる。

佐代子は石本に近づいた。独身だった石本は女性との付き合いになれておらず、うぶだった。誘惑すると、すぐに引っ掛かった。佐代子に夢中になるのに時間はかからなかった。

頃合いを見て、佐代子は石本に教団発足の話を持ちかけた。最初は躊躇いを見せたが、「教祖になれるのはあなたしかいない」とおだてると、乗り気になった。真島や守屋にも紹介した。

こうして新興の教団『クアイの会』は発足した。クアイに特別な意味はない。苦と愛をくっつけ、カタカナにしただけだ。教祖は石本だが、教団の仕組みは佐代子が中心になって考えた。「心の汚れ」という概念も、「送念」という言葉もすべて彼女が作りだした。連崎至光という名前を案出し、石本に名乗るよう命じたのも彼女だった。教祖はカリスマ性のある名前でなくてはならないと考えたからだ。じつは連崎は佐代子の旧姓で、前夫と別居している時に使っていた。だから真島や守屋は、未だに彼女のことを連崎と呼ぶ。

町外れに借りた小さな一軒家から、彼等の活動は始まった。マイクロ波装置の威力は想像以上だった。人を集め、少しデモンストレーションを行えば、誰もが石本の、つまり連崎至光の超能力を信じた。

サクラを雇い、送念の効果を吹聴させた。やがて本当に送念のおかげで健康になったという人間が現れるようになった。所謂プラシーボ効果だ。こうなると後は何をやってもうまくいく。お守りや壺といった縁起物グッズを作り、集会場に並べれば、どんなに高価でも飛ぶように売れた。ゴーストライターを雇い、連崎至光の名で刊行した書籍は、すでに五冊。いずれもベストセラーになった。

教団の本部は、たったの二年で小さな一軒家から五階建てのビルになった。その頃には幹部の数も増えていた。ただし、彼等にもマイクロ波装置のことは黙っていた。秘密を共有する人間は少ないほどいい――これもまた佐代子の提案だった。

教団は順調に信者を増やしてきたが、最近になってやや頭打ち状態が続くようになった。口コミだけで人を集めるのには限度がある。何とかして知名度を上げたいところだった。

そんな時、信者たちの間に妙な噂が流れていることが判明した。一部の幹部が教団の資産を私物化している、というものだった。それが真島と守屋を指しているのは明白だった。

真島たちはスパイを使い、噂を流している連中を突き止め、動向を探った。驚いたことに、噂の発信源は金庫番の中上正和だった。しかも中上は、ライバル教団である『守護の光明』に仲間たちと共に移る決意を固めていた。

怒った佐代子は、じつに大胆なことを考えた。中上に連崎至光の本当の力を味わわせ、裏切りなど許されないことを肝に銘じさせようというのだ。通常の送念の時は、マイクロ波の出力を極めて小さく絞っているが、最大まで上げてやると、炎に包まれたように全身が熱くなることがわかっている。

だが中上を殺す気などはなかった、飛び降りることなど予想もしていなかった——佐代子も真島たちもそう主張している。

「奴らの言い分は不自然ではあるが、主張を覆すのは難しい」草薙はいった。「おまえもいったように殺害方法として確実な手段ではないからな。実際にやってみると、どうなるかはわからない。マイクロ波が照射される範囲は広くないので、横によければ熱さは感じなくなるんだろ?」

「その通りだ」湯川は頷いた。「ただ、送念の正体がマイクロ波だと知らない人間に、そんな冷静な対応ができるとは思えないがね」

「単なる脅しなんかじゃない。最初から殺意があったんだよ。少なくとも、死んでもいいとは思っていたはずだ。あの女を見れば、おまえだって確信するだろう。しかもあの女の恐ろしいところは、その殺人さえも教団の宣伝に利用しようと考えたことだ。本人は偶然だといい張っているが、『週刊トライ』の記者たちを同席させたのは、計算ずくに決まっている」

「機械を操作していたのは、その女なのか」

「そうだ。『浄めの間』の隣に潜んでいて、おまえが見破ったマジックミラーの裏から様子を窺いながら操作していたらしい」

「ふうん、話を聞くかぎりでは、裏方が好きそうな女だとは思えないんだが」

「本人は裏方のつもりじゃなかった。自分のことをプロデューサーだと思っていた」

再び草薙の脳裏に佐代子の顔が浮かんだ。

「面白かったですよ」稀代の悪女はしゃあしゃあといった。「どんなに疑っている連中でも、スイッチひとつでころりと変わる。簡単に信者になってくれる。誰でも彼でもこちらの思うがまま。頼まなくてもお布施を払ってくれる。しかも感謝までしてもらえる。人間って本当に単純だなあって、改めて思いました」

悲壮感などまるでなかった。殺人で起訴されることはないと見越しているのだろう。

中上を殺した時も、ゲーム感覚だったのではないか。

しかも佐代子は詐欺罪すらも認めていない。マイクロ波を使ったのは、単なる演出だといい張っている。

「教会でオルガンを弾いたり、聖歌を合唱したりするのと同じですよ。信者の気持ちを高めるための演出です。それのどこがいけないんですか」罪悪感など全く抱いていない顔で、草薙に食ってかかってきた。

「どうやら、どこまでも図太い女のようだな。で、教祖様はどうなんだ」湯川が訊いてきた。「突然、詐欺師にまで転落したわけだが」

「ある意味、あいつは最大の被害者かもな」草薙はいった。

取調室に連れてこられた石本には、自分が詐欺グループの一味だという自覚は乏しいように見受けられた。それどころか、マイクロ波装置によるトリックのことも、正しくは把握していなかった。

「補助する機械だと聞いています。私の力を最大限に引き出すための装置だと。実際、あの機械を使うようになってから、多くの人を救済できるようになりました。私自身も、一人で気功をしていた頃とでは比べものにならないほど精神的に進化したという手応えがあります。どうか佐代子に伝えてください。もう機械なんて使わなくていい、二人で一からやり直そうと。私がそういっていると伝えてください」

とぼけているだけではないか、と捜査員の誰もが思った。だがじっくりと話を聞くうち、どうやらそうではなさそうだということが判明してきた。

「あいつは信じているんだよ。自分の力は本物で、本当に信者たちを救ってきたと思っている。だから事件が起きた時も、本心から自首するといいだしたらしい。本当に自分が殺したようなものだと思い込んでいたからなんだ。そこで佐代子たちは、あいつのそんな思い込みを利用することにした。教祖が自首すれば、宣伝効果は一層高まると考えたんだ。どうせ有罪にはならないとたかをくってもいただろう。看守に聞いたところ、留置所にいる時でも、石本はずっと瞑想しているそうだ。その様子は演技には見えないってさ」

草薙の話を聞くと、湯川は沈痛な表情を浮かべた後、眼鏡を指先で押し上げた。

「教団に心を惑わされていたのは信者だけでなかった、ということか。それ以上に教祖が惑わされていた」

「そういうことだ。ああ、ところで――」草薙はポケットから封筒を取り出した。「姉貴から預かってきた。お姑さんが教団に騙されるのを食い止めてくれたお礼だそうだ」

「そんな気遣いは無用なんだがな。中身は何かのチケットかな」

「そうらしい。入場券だとかいってたな」

湯川は封筒を開け、チケットを取り出した。一緒にメモも入っているようだ。それらを見た途端、眼鏡の向こうで目が丸くなった。

何だ、と草薙は訊いた。

湯川はチケットの表を草薙のほうに向けた。「全国占いフェスティバル、だってさ」

「占い？」

「メモには、『このたびはありがとう。すごくよく当たるそうなので、彼女とでも行ってください』とある」

「あの馬鹿女……すまん、捨ててくれ」

「とんでもない。よく当たるんだろ？　興味深い。ありがたく貰っておくよ」湯川はチケットを白衣のポケットに入れた。

第二章

透視す

みとおす

1

これからもう一軒どうだと誘ってみると、無表情で食後の茶を啜っていた湯川の目が、ほんの少し光ったように見えた。

「いい店を見つけたんだ」草薙はグラスを傾ける仕草をした。「面白い店といったほうがいいかな。どうしてもおまえを連れていきたくてさ」

「どういう店だ」

「それは行ってからのお楽しみ。期待していいぞ。美人が揃っている」

湯川の眉がぴくりと動いた。「まあ、どうしてもというのなら構わないが……」

「今日は接待だ。日頃捜査に協力してもらっているからな。遠慮する必要はないぞ」

行こうぜ、といって草薙は腰を上げた。

その店は『ハープ』といい、銀座にあった。きらびやかな外装が施されたビルの七階だ。エレベータを降りると、すぐに入り口があった。黒服に身を包んだ男が、さっと近づいてきて挨拶した。何度か来ているので草薙の顔は覚えているようだ。

「コートをお預かりいたします」黒服がいった。

草薙はベージュのトレンチコートを、湯川は高級そうな黒のレザーコートを預けた。

店はテーブル席が三十組以上ある大箱だ。その席の七割ほどが埋まっていた。草薙たちはコーナーにあるテーブルに案内された。

席につくとすぐに、草薙を担当しているレイカというホステスがやってきた。背が高くて細身だが、胸は大きい。その胸の谷間を強調したロングドレスがよく似合っている。

「いらっしゃいませ」頭を下げ、草薙の隣に座った。

「こいつは俺の大学時代の友人だ。だけど、まだ名前は紹介しない」草薙はレイカにいい、湯川のほうを向いた。「おまえも名乗るんじゃないぞ」

湯川は怪訝そうな顔をした。「どういうことだ」

「そのうちにわかる。――あの子、来てるんだろう?」草薙はレイカに訊いた。

レイカは、にっこりと微笑んだ。

「アイちゃんね。来てますよ。呼びましょうか」

「ああ、頼む」

レイカは黒服を呼び、耳打ちしている。湯川は不審そうに彼等を見ていた。

「おまえ、超能力は信じないんだったな」草薙はいった。

「信じないのではなく、信じるに足る証拠の存在を知らない」

「まどろっこしいことをいうな。そんなおまえに会わせたい子がいるんだ」

やがて和服姿の小柄な女がやってきた。顔が小さいので、ぱっちりとした目が一層大きく見える。こんばんは、と挨拶してきた。

「おう、アイちゃん、よく来た。こいつの隣に座ってやってくれ」

彼女は湯川の横に腰を下ろし、「初めまして、アイです」と自己紹介した。

湯川は戸惑った顔を草薙に向けてきた。

「会わせたいというのは、この子だ。――アイちゃん、例のやつを頼む」

はい、と答え、アイは湯川のほうを向いた。

「お名刺はお持ちですか」

「名刺？　そりゃあ持っているけど」湯川はスーツの内ポケットに手を入れた。

「まだ出さないでください」アイは手で制し、膝に置いた巾着袋を開いた。そこから出してきたのは、光沢のある黒くて小さな封筒だ。それを湯川の前に置いた。「名刺をあたしに見せないように、この中に入れていただけますか」

「ここに？」湯川は、それを手にした。

「お願いします。入れたら、声をかけてください」彼女は湯川とは反対のほうに顔を向け、さらに手のひらで目元を覆った。

湯川が怪訝そうな目を草薙に向けてきた。

「とにかく、彼女のいう通りにしてやれ」

湯川は得心のいかない顔つきで、名刺を封筒に入れた。「入れたよ」

アイが顔を戻した。

「ではこれをお借りして」湯川から封筒を受け取ると、向かい側のレイカを見た。「レイカさん、素敵な胸元を貸していただけます？」

「いいわよ。こんなものでよければ」レイカは、ぐいと胸を前に出した。

失礼します、といってアイはレイカの胸元に封筒を押し込んだ。

「一体何が始まるんだ」湯川が不満そうに訊く。

「まあまあ、見せ場はこれからだ」草薙はいった。

アイは再び巾着袋を開け、今度は数珠《じゅず》を出してきた。それに両手を通し、合掌した。

「それでは始めます。皆さん、レイカさんの胸元に御注目を」

湯川の目が泳ぎ始めた。草薙は笑いを堪えきれない。

「素敵な胸の谷間を堂々と見られるんだから遠慮するな。俺だって見させてもらうぞ」

「ちょっと、草薙さんの視線、熱すぎ」レイカが笑った。

はい、といってアイが顔を上げた。「見えました」

「見えた？　何が？」湯川が訊く。

しかしアイは答えず、レイカの胸元から封筒を回収すると、湯川のほうに差し出した。

「名刺を取り出して、元のところにしまってください」そういうとまた反対側を向き、手で目隠しをした。

湯川は肩をすくめ、いわれた通りにした。「しまったよ」

アイがくるりと振り向き、彼に笑いかけた。「初めまして、湯川さん」

物理学者の目が、一瞬見開かれた。さらに口が半開きになるのを見て、草薙はテーブルを叩いた。

「お見事っ。こいつは傑作だ。湯川がおろおろしてやがる。よーし、乾杯だ」水割りのグラスを掲げた。

だが湯川はグラスに手を伸ばそうとしない。「どうしてわかったんだ?」

アイは意味ありげに笑い、さあ、と首を傾げている。

「どうして? おいおい、そういうことを考えるのがおまえたちの仕事じゃないのか。いっておくが、俺は共犯じゃないぜ。おまえの名前も、今夜おまえを連れてくることも、この店の誰にもいってない」

草薙の挑発にも湯川は眉間に皺を寄せただけで答えない。何を思ったか、レイカの胸を凝視し始めた。

「ここに仕掛けはありません」レイカが両手で胸を隠した。

「あっ、失礼」湯川はあわてて目をそらした。こんなふうに狼狽する友人を、草薙はめったに見たことがない。

「じつはあたし、透視だけじゃなくて、その人の過去を見ることもできるんです」アイがいった。

「過去？」湯川の顔がますます不安げに曇った。「どんなふうに？」

たとえば、といってアイは湯川の肩に手を置き、瞼を閉じた。

「今日、こちらへいらっしゃる時にはコートをお召しでしたね。黒色のレザー……イタリア製でしょうか」そういってから目を開け、いかが、と尋ねるように微笑みかけた。

「おっ、これまたお見事」草薙は横から声をかけた。

湯川は沈痛そうにさえ見える表情で考え込んでいたが、やがて何かに気づいたように、顎を上げた。「そうか、コートだ」上着の前を開け、内側を指した。「僕のコートの内側には名前を刺繍してある。このテーブルに来る前に、あれを見たんだな」

「ピンポーン」アイは人差し指を軽く振った。「正解です」

湯川は、ふうーっと息を吐き、ようやく水割りのグラスを手にした。「そういうことか。すっかり騙された」

「単純な仕掛けでごめんなさい」アイは頭を下げた。

「いや、トリックは単純なほど騙されやすい。種を聞いてみれば、なあーんだ、というのがね。科学の世界でも同じだ。一見すると複雑そうに見える問題ほど、その構造はシンプルだったりする。問題を複雑化させていたのは、じつは人間の頭の固さが原因だったということが、過去にもいくつかある」

たとえば、と例によって湯川の科学講釈が始まった。透視の謎が解けて、リラックスしてきたようだ。そんな友人の様子を見て、草薙はほくそ笑んだ。連れてきてよかった、と思った。

一時間ほど酒を飲んだところで引きあげることにした。「本当に遠慮しなくていいんだな」と心配する湯川を手で制し、草薙が会計を済ませた。

レイカとアイが出口まで送ってくれた。二人は黒服からコートを受け取った。後ろから草薙たちに着せてくれようとする。

「いや、結構。自分で着るよ」湯川はアイから黒のコートを受け取り、羽織った。

アイが一歩前に出た。「一つ、湯川さんに質問させてもらってもいいですか」

「構わないが」

「下のお名前は、マナブさん、でいいんですよね。ガクさんではなく」

「ああ、そうだけど……」湯川は、はっとしたような顔になり、コートの前を開いた。内側に刺繍されているのは、湯川、という名字だけだ。

物理学者の顔から血の気が引いたように見えた。店にいる間、湯川学というフルネームを口にした覚えがなかったからだろう。

「こいつは傑作だ。おまえのそんな顔を初めて見たぞ」草薙は、思わずはしゃいだ。

アイは悪戯っぽく笑い、「またのお越しをお待ちしております。帝都大学の湯川准教授」といって頭を下げた。もちろん、そんな身分も明かしていない。

湯川は呆然とした様子で立っていた。

2

草薙が相本美香と再会したのは、湯川を銀座のクラブ『ハープ』に連れていってから四か月ほどが経った日のことだった。といっても最初に見た時には、それが彼女だとは気がつかなかった。あれ以来、あの店には行っていなかったせいもあるが、それ以上に、あまりにも変わり果てた姿だったからだ。

遺体は荒川沿いの草むらで発見された。すぐ近くに扇大橋があり、上には首都高速中央環状線が走っている。見つけたのは、朝のジョギングをしていた元会社員だった。

服装は、黒のワンピースにグレーのジャケットというものだった。アップにした髪型や化粧の具合などから、水商売ではないかと草薙は踏んだ。派手なネイルアートを施した爪も、ふつうのOLでは許されそうになかった。おまけにカルティエの腕時計をつけていた。

バッグや財布、その他身元を示すものは見当たらなかった。犯人が持ち去ったと考えるのが妥当だった。

死因は明らかに他殺だった。首に絞められた跡がある。しかも扼殺《やくさつ》、つまり紐などではなく素手で絞められていた。

遺体は司法解剖に回されることになったが、その前に鑑識が写真を何枚か撮った。その中に、顔をアップにした写真もあった。草薙が遺体の身元に気づいたのは、その写真を所轄の警察署で目にした時だった。

「ホステス？　おまえの行きつけの店か」間宮が写真と草薙の顔を交互に見た。

「行きつけってほどじゃありませんけど、何度か行ったことがあります。『ハープ』という店です。そこで働いている、アイっていう子だと思います」

「夜遊びが役に立つこともあるってわけか。よし、確認してくれ」

「わかりました」

草薙はレイカの携帯電話にかけた。まだ寝ているかなと思ったが繋がった。これまでに一度も電話をかけたことがなかったので、意外そうだった。

アイの連絡先を教えてくれというと、へええ、と呆れたような声を出された。

「草薙さん、アイちゃんのことがお気に入りだったんですか？　全然知らなかった」

「そうじゃない。仕事だ」

草薙は自分の職業について、地方公務員としか話していなかった。『ハープ』で出した名刺も、そのようにしか印刷されていないものだった。だから警察の捜査だというと、レイカは、「うっそー」と声をあげた。「今度、手帳を見せてくださいね」

「チャンスがあればな。それよりアイちゃんの連絡先を。あと、彼女の住所が知りたい」

「ケータイしかわかりません。住所ならマネージャーが知ってるはずです。マネージャーのケータイを教えましょうか」

「それでいい」

レイカは二人の番号をいった後、「ねえ、何があったんですか？　アイちゃん、どうかしたの？」と訊いてきた。ようやく事態の深刻さを感じたらしい。

「昨夜、彼女は出勤したか」

「ええ、来ましたけど」

「君と同じテーブルになったことは？」

「あります。アフターも一緒に行きました」

よし、と草薙は答えた。「後で会おう。たぶん店に出向くことになる」

「あっそうですか、ではお待ちしております」声が妙に明るくなった。

「営業用の声を出さなくていい。飲みに行くわけじゃない」そういって電話を切った。

数時間後、草薙は『ハープ』のカウンター席に座っていた。開店直後なので、まだ客は一組も入っていない。

「思い当たることなんて、全くありません。昨日だって、いつも通りに元気そうだったし」黒縁眼鏡をかけたマネージャーは何度も瞬きしながらいった。事件のことが、まだ信じられない様子だった。

遺体がアイ——相本美香だということは、すでに確認されていた。携帯電話は繋がらず、自宅は留守だった。さらに何点かの私物から採取した指紋を照合したところ、本人に間違いないと判明したのだ。

「彼女、付き合ってる男性はいる様子でしたか」草薙は訊いた。

いやあ、とマネージャーは首を捻った。「いなかったんじゃないかなあ。私は聞いたことがありません」

「何か悩んでたとか、嫌な客につきまとわれてたといったことは？」

「そういうことがあれば、私にいってくれたと思うのですが……」

マネージャーによれば、アイが入店したのは三年前で、銀座に来る前は六本木で働いていたらしい。贔屓《ひいき》にしていた客は何人かいるが、深い関係になったという話は聞いていない、ホステス仲間ともうまくやっていたように思う、とのことだった。

草薙は、ふと思いついたことがあった。

「彼女、面白いパフォーマンスをやりましたよね。透視のマジック。あれは、彼女が考えたものなんですか」

マネージャーは頷いた。

「そうです。うちに来た時から、たまにやっていました。あれを面白がるお客さんが多くて、うちとしても喜んでいたんですが……」

「マジック全般が得意だったんですか」

「いやあ、どうなのかな。やるのは透視だけです。ほかのマジックをやってるのは見たことがありません」

「あのマジックの種は、もちろん御存じなんですよね」

「私がですか？　いえいえ」マネージャーは顔の前で手を振った。「知りません。教えてくれって何度か頼んだんですけど、大事な商売道具だからといって、とうとう教えてもらえませんでした。たぶん誰も知らないんじゃないかなあ。あのマジックが事件に関係しているんですか」

いや、と今度は草薙が手を横に振った。「気になっていたので、尋ねてみただけです」

「そうですか。見事なものでしたからね。先日も、新ネタを披露していましたよ」

「新ネタ？」

「彼女、いつもは名刺を透視していたでしょ。でもその日はお客さんの鞄の中を透視したんです。中身を次々と的中させるものだから、そのお客さん、驚くのを通り越して気味悪がってましたよ」

それはそうだろうな、と草薙は思った。一体どういうからくりなのか。もはや本人から聞き出せないのは、本当に残念だ。

レイカからも話を聞くことにした。彼女は最初から目が真っ赤だった。アイのことを知り、泣いていたようだ。

悪い夢を見ているみたいだ、と彼女はいった。

「昨日だって、やる気満々で、すごく元気だったんですよ。初めてのお客さんがいなかったので、マジックをするチャンスはなかったけど、いつものように明るく話してたし……ほんとに信じられない」

「アフターに行ったということだったね」

「はい。常連さんお二人とです。遅くまでやっている焼肉屋さんがあって、そこへ連れていってもらいました」

焼肉屋でも特にトラブルはなく、終始和やかに食事をしていた、店を出たのは午前三時半頃で、アイは帰る方向が同じ客にタクシーで送ってもらったはずだという。

「この店で、彼女と一番親しくしていたのは誰？　やっぱり、君かな」

「だと思ってましたけど……」レイカは、やや自信なさそうに答えた。事件について心当たりがないことを、自分でも歯痒《はがゆ》く感じているのかもしれない。

アイの男性関係を尋ねたところ、今はそういう人はいないはずだ、という答えが返ってきた。

「ただ、高校の同級生とは時々会っていたみたいです」

「同級生？　それは男性？」

「そうです。でもアイちゃんの話では、恋人とかではなくて、単なる友人だってことでしたけど」

「その人の名前はわかるかな」

「ごめんなさい。そこまでは……」レイカは申し訳なさそうな顔をした。

草薙は彼女にも、例の透視マジックの種を知っているかどうかを訊いてみた。

「知らないです。だってアイちゃん、あれだけは誰にも教えなかったから」レイカはマネージャーと同じことをいった。

「最近は鞄の中も透視したそうだね」

「そうなんです。ニシハタさんと同伴した時です。あたしも見てましたけど、びっくりしました」

「ニシハタさん？」

「うちのお客さんです。その日、アイちゃんと一緒に映画を見て、食事してから来てくださったんです」

「映画に食事か。まるでデートだね。その人とアイちゃんの関係はどうなの？」

草薙の問いに、レイカは微苦笑して首を振った。

「何もないと思います。アイちゃんのほうが映画に誘ったみたいです。でも別に彼女がニシハタさんを好きとかじゃなくて、一緒に映画に行ってくれるんなら誰でもよかったんだと思います。よくほかのお客さんのことも誘っていましたから。最近、映画にはまっているとかいっていました」

「映画ねえ……」

「いい子だったけど、何を考えているのかよくわからないところもありました。草薙さんも御存じだと思いますけど」

「まあ、そうだったね」

「もしかしたら彼女、本当に何か不思議な力を持っていたのかも。どう思います？」

さあね、と草薙は首を捻るしかなかった。

銀座から警察署に戻ると、「ちょうどよかった」と間宮にいわれた。「被害者の御両親が到着されたところだ。応接室で待ってもらっている。話を聞いてみてくれ」

「わかりました」

「ところでどうだった、高級クラブのほうは？　何か摑めたか」

「いやあ、これといったことは……」草薙は首を捻った。

「ホステスなんだから、男絡みの揉め事が一つや二つはあるんじゃないのか」

「そんなことを大声でいってたら、職業蔑視による偏見だって訴えられますよ。それより、そっちはどうです。何か手がかりは出てきてないんですか」

途端に間宮は渋面になった。

「目下のところ、犯人の遺留品も目撃者も見当たらずだ。鑑識さんからも、大した情報は上がってきてないしな」ため息まじりに資料を放り出した。添付された写真には、被害者の足が写っている。

「それは何ですか」

「足の指の間に、紙巻き煙草の葉っぱらしきものが挟まっていたらしい。別に不思議な話じゃない。飲み屋なんだから、煙草を吸う客も多いだろう。本人が吸っていたかもしれないしな。吸い殻の葉っぱが、何かの拍子で足に付着するってこともあり得る。数ミり程度のものだから、歩いていても違和感はなかっただろう」

間宮の話には妥当性がある。だが草薙は、そうですね、とすぐには同意できなかった。何かが頭に引っかかっている。

やがて、その理由に気づいた。彼は顔を上げ、上司を見返した。

どうした、と間宮が尋ねてきた。

「彼女、和服じゃなかったのかな」

「和服？」

「店ではドレスではなく、和服を着ていることが多かったんです。ちょっと待ってください。確認してみます」

草薙は携帯電話を出して『ハープ』にかけ、レイカを呼び出してもらった。昨夜の相本美香の服装を尋ねると、やはり和服で、店を出る前に更衣室で洋服に着替えたらしい。

電話を切り、そのことを間宮に伝えた。だが上司は、それがどうした、という顔だ。

「和服だと足は着物で隠されています。おまけに足袋を履いている。煙草の葉が付着することはないんじゃないですか」

おっ、というように間宮の口が丸くなった。

「すると、いつ付いたのかな」

「アフターに行ったということですから、その店にいる時に付いたのかもしれません。

でももしそうでないとすれば……」草薙は人差し指を立てた。「被害者は扼殺されています。おそらく抵抗したでしょう。弾みで靴が脱げた可能性は高い。その時、そこに落ちていた煙草の葉が足に付着したんじゃ」

「犯人が死体を遺棄する時、そのまま靴を履かせた、というわけか」

「仮説として強引でしょうか」

「いや、あり得るな。とりあえず鑑識に頼んで、煙草の銘柄を特定してもらおう」

「その煙草を吸ったのが犯人だとはかぎらないし、ありきたりの銘柄じゃあ、手がかりにはならんでしょうがね」過度の期待は禁物だ。予防線を張ってから、草薙は応接室に向かった。

　部屋で彼を待っていたのは、茶色のスーツを着た六十歳ぐらいの痩せた男性と、白いブラウスの上に紫色のカーディガンを羽織った女性だった。同席していた所轄の刑事から相本美香の両親だと紹介され、草薙は少し戸惑った。父親のほうはともかく、母親が若過ぎるように思ったからだ。せいぜい四十歳といったところか。おまけに垢抜けていて、顔立ちも整っている。

　父親の名は勝茂といった。青果店を営んでいるらしい。よく日に焼けた彼は、草薙が型通りの悔やみをいい終えないうちに、「どういうことなんでしょうか。一体、何があったんですか」と尋ねてきた。

「まだ何もわかりません」草薙は背筋を伸ばして答えた。「捜査は始まったばかりです。

わかっているのは、お嬢さんが何者かに殺害されたということだけです。だからお二人にも、いろいろと教えていただきたいのです。最近、美香さんと話をされましたか」

この質問に相本夫妻は気まずそうに顔を見合わせた。草薙は二人を交互に見た。

「あまり連絡を取ってなかったのですか」

おずおずと勝茂が口を開いた。

「たまに……といっても年に一度か二度ですが、私のほうから電話をかけることはありました。どうしてるんだとか、いつ帰ってくるんだとか、まあそんなことです。最後に話したのは、去年の暮れだったと思います」

半年以上前だ。今回の事件に関わるような会話が交わされたとは思えない。

「お住まいは長野県長野市だそうですね。美香さんが帰省されることは？」

勝茂は首を振り、「高校を出てから、一度も帰ってきません」と弱々しくいった。

彼によれば、美香は地元の高校を卒業した後、芸能関係の仕事をしたいといって上京し、そのまま戻ってこないのだという。仕送りもいらないといい、実際これまでに一円たりとも送ったことはないそうだ。

生前は銀座のクラブで働いており、その前は六本木のキャバクラにいたようだと草薙が話すと、「やっぱりそういうことでしたか」と勝茂は深いため息をついた。彼の隣では妻の恵里子が、うちひしがれた様子で項垂《うなだ》れている。

「奥さんも、お嬢さんが水商売をしていることは御存じなかったんですか」草薙は念のために訊いた。

「私は……美香さんが家を出た後は、一度も話をしていません」恵里子は俯いたままで答えた。

「一度も？」

「いや、あの……」勝茂が口を挟んできた。「恵里子は後妻で、美香の実の母親ではないんです」

「あ、なるほど」

「すみません。説明が遅れまして」

いえ、と草薙は手を振った。どうりで若いはずだと納得した。

美香の東京での生活について、彼等は殆ど何も知らない様子で、当然のことながら事件に関しても思い当たることは何もないということだった。むしろ勝茂などは、変な男に騙されていたのではないか、と草薙に質問してきた。

「美香さんが親しくしていた人物の中に高校の同級生がいたようなのですが、御存じありませんか。男性らしいのですが」

「さあ……」勝茂は口を半開きにし、首を傾げた。

だがここで顔を上げたのは恵里子だった。

「それはたぶん、フジサワ君だと思います」小さい声だが、口調ははっきりとしていた。

「フジサワさん……連絡先はわかりますか」

「自宅の連絡先ならわかると思います。美香さんと部活で一緒だったんです。部活の名簿が、家にあると思いますので」

「では、判明し次第教えていただけますか」

「承知しました」

お願いしますといいながら、後妻とはいえ、この女性のほうが父親よりも役に立つかもしれないなと草薙は思った。

3

死体発見の翌日、草薙は数名の捜査員と共に改めて相本美香の部屋を調べることにした。人間関係を明らかにするのが主な目的だ。

間取りは広めの1LDKで、壁に沿ってずらりとブティックハンガーが並べられ、洋服がぎっしりと吊るされていた。アクセサリーやバッグの数も半端ではない。クロゼットの棚の大部分が、それらの品々で占拠されていた。

だが勉強家でもあったようだ。小さいながらも書棚があり、題名を見ただけでは草薙には内容が類推できない本が収められている。

「おい、内海」草薙は後輩の女性刑事を呼んだ。「おまえ、コールド・リーディングって知ってるか」

「コールド……何ですか」内海薫がやってきた。

これだ、と草薙は書棚を指した。そこに、『コールド・リーディングの極意』という題名の本が入っている。

「あっ、それ、何かで読んだことがあります」内海薫が眉間に皺を寄せた。「たしか、手品か何かのトリックだと思うんですけど」

「手品？　本当か」勢い込んだ。

「催眠術だったかな」

「おい、どっちだ」

「とにかく、その手の不思議なテクニックに関するものだと思います」

「そうか。よし、じゃあ、とりあえずこれは持っていこう」草薙は、その本を近くの段ボール箱に入れた。

「私からも相談があるんですけど、これは何だと思いますか」内海薫が一枚の写真を出してきた。

それは殆ど真っ暗といっていい写真だった。だがかすかに文字のようなものが見える。何かを書いた紙を暗闇で撮影したのか。

「最初の字は、『い』だな。その次は『つ』か。その後は、よくわかんねえな。これは『も』で、これは『て』かな。何だ、これ。どこで見つけたんだ」

「ベッドの枕元の棚に入っていました。大事なものなのかなと思ったのですが」

「これがか?」

「どうしましょう」

草薙は少し考えてから、「気になるものは何でも持っていこう」と答えた。

「殺された? あの女性が?」インスタントコーヒーの入ったマグカップを持ったまま、湯川は動きを止めた。「どうしてまた……」呟き、カップを机に置いた。

「動機は不明。犯人の目星もついていない」草薙はコーヒーを啜り、死体が見つかった時のことなどを話した。

帝都大学物理学科の第十三研究室に来ている。聞き込みのついでに寄ったのだ。

「アフターで一緒に焼肉屋に行った客たちからも話を聞いた。相本美香――アイちゃんをマンションの前で降ろしたのは間違いないようだ。タクシー会社の領収書があったので、運転手にも確認してみた。たしかにそこで降ろしたといっている」

「その後で何があったのか、ということだな」

「彼女のマンションの周辺は、道が細くて人通りが少ない。深夜となれば尚更だ。タクシーが走り去るのを見送り、マンションに入ろうとするところを襲われた、あるいは攫《さら》われたと考えるのが妥当だろうな。遺体が見つかったところまでは、直線距離にして約五キロ。犯人は、まず間違いなく車を使っている」

「なるほど。問題は犯人が顔見知りの人間かどうかということだが……」

「顔見知りだと俺は踏んでいる」草薙は明言した。

湯川が片方の眉を動かした。「その根拠は？」

「被害者は性的暴力を受けていない。したがって暴行が目的じゃない」

「ハンドバッグが盗まれているんだろ？」

「ただの物盗りじゃない。彼女はカルティエの腕時計をつけたままだった。二百万は下らない品だ。金品目当てなら、見逃すはずがない。逆に無差別殺人そのものが目的なら、ハンドバッグを盗む理由がない」

湯川は頷き、「納得した」といってマグカップに手を伸ばした。

「犯人は路上に車を止めて、彼女が帰ってくるのを待っていたはずだ。しかも何時間もな。ふつうなら目撃情報があってもおかしくないんだが……」

「ないのか」

草薙は顔をしかめた。

「何しろそんな時間帯だ。マンション周辺は寝静まっていたらしい」

湯川は肩をすくめた。「焼き肉屋を出たのが午前三時半といったな。まあ、無理もないか」

「顔見知りだとすれば、やはり『ハープ』の客が怪しい。彼女を送ったことのある人間なら、マンションの場所を知っていただろうからな。そう思って、アフターの実績がある客を中心に当たっているんだが、どうにも手応えがない。そもそも彼女、人気が今ひとつだったんだよな」

「今ひとつ？　あんな特技があったのに？」湯川が意外そうに目を見開いた。

「いや、そういう意味では人気者だった。場を盛り上げるという意味ではね。ただ、女性としての人気は低かった。一言でいえば、もてなかった。彼女に惚れていた客は殆どいなかったらしい」

　ふうん、と湯川は鼻を鳴らした。「少女のような女性だとは思ったが」

「それだ。かわいいんだが童顔。そして華奢。まるでお人形みたいだった。面白いことに、ホステス仲間からは、かわいいかわいいっていわれてた。女性から好まれるビジュアルなんだ。だけど男は違う。男は、もっと平凡で下品な顔が好きだ」

「それは単なる君の好みだろ」

「俺は多数派なんだよ。というわけで彼女は女性的な魅力で客を呼ぶのは難しかった。だからこそ、ああいう特技を身につけたんだろう。あの仕事も、なかなか大変だということだ。とにかく彼女の周囲をどう探ってみても、浮いた話ってものがまるで見当たらない。それでわからなくなった。犯人は客の中にはいないのか」

「ホステスと客の間でも、浮いた話だけがあるわけじゃないだろう。金銭面でのトラブルも多いと聞いたことがあるが」

「それはある。たとえば、客が溜めたツケを担当ホステスが肩代わりするとかな。しかしそれは売上げホステスの場合だ。彼女は、そうじゃなかった。それ以外でも、金の面で問題を起こしたことはなかったようだ。とにかく、誰に聞いても評判がいい。明るく、活発で好奇心旺盛。話題が豊富で人を楽しませることが好き。悪いことをいう人間がいないのは、決して殺されたってことで同情しているからだけではなさそうだ」

「たしかに楽しい女性だった」湯川は思い出す目になっていった。「あの透視のマジック、もう一度見たかったな」

「さすがのおまえでも、まだ見破れないでいるのか」

湯川はしかめっ面を作った。「フェイクに引っ掛かったのが痛かった」

「フェイク？」

「彼女からコートの話を振られて、名前の刺繍を見たんじゃないかと推理した。それを彼女が認めたものだから、一旦は自分の中で決着がついてしまい、それ以後は考えるのをやめてしまった。帰り際に、あの推理が間違っていたことを明かされたわけだが、もう遅い。パフォーマンスの細かいところなんかは忘れてしまっているからね」

「あの手にみんな引っ掛かるんだ。俺もやられた」

草薙の言葉を聞き、湯川は不愉快そうに口をへの字にした。おまえのような理系オンチと一緒にするな、とでもいいたいのかもしれない。

「あの後、コートのポケットなんかを調べたが、僕の名前を示すようなものは入ってなかった。ところが彼女は名前だけでなく、肩書きまでいい当てた。つまり名刺を盗み見したとしか思えない。彼女、手品の心得でもあったのかな」

「これまでの捜査では、そういう事実は見当たらない。ただ、自宅から面白い本が見つかっている。もしかしたらこれが透視のからくりかとも思うんだが」

湯川の眼鏡のレンズが光った。「どういう本だ」

ええと、と草薙は手帳を開いた。

「『コールド・リーディングの極意』というタイトルだ。俺は中身を読んでないんだが、コールド・リーディングというのは、相手の心を読む方法らしいじゃないか」

湯川は怪訝そうに眉間の皺を深くした。

「コールド・リーディング？　それは関係ないだろ」

「どうして？」

「君は今、相手の心を読む方法といったが、実際にはそんなものは存在しない。正確にいうとコールド・リーディングとは、相手の心を読んだかのように話を進めていく話術だ。占い師なんかがよく用いる手法だよ。たとえば、いきなり相談者に、『あなたは人間関係で悩んでいますね』と尋ねたりする。人の悩みの殆どは人間関係に端を発するものなんだけど、いわれたほうは心を読まれたと思う。その後も、誰にでもあてはまりそうな曖昧な質問を続けていきながら、相手の様子を観察し、情報を取得していく。そしてその情報に基づいて、質問を具体化させていく。やがて相手はすべてを見透かされているような気になってくる――これがコールド・リーディングだ」

流暢に話す湯川の顔を、草薙はしげしげと眺めた。一体、こういう雑学をいつ仕入れるのかと不思議になった。

「それは透視とは関係ないと？」

「ないね」湯川は即答した。「コールド・リーディングで相手の考えていることを類推できても、名前はいい当てられない。そもそもあの時、僕と彼女はろくに言葉を交わしていない」

たしかにその通りだ。草薙は頷くしかなかった。

「あのトリックは、そういう心理の盲点をついたタイプの仕掛けではないと思う。とはいえ、データが少ない。ほかに何かヒントがあればな。たとえば、盗み見できるのは名刺だけなのか」湯川が独り言のように呟く。

「いや、名刺だけではないようだぜ。鞄も透視できるようだ」

「鞄？」

草薙は、相本美香が客の鞄の中身を次々と透視したらしい、ということを話した。

「それはどういう鞄だ。紙袋か」

「おまえがそういうだろうと思って、その客に会った時、鞄の写真を撮らせてもらったよ」草薙は携帯電話を出した。

その客の名前は西畑卓治といい、印刷会社の経理部長をしていた。年齢は五十代後半といったところか。顔が大きく、そのせいで肩幅が狭く見えた。ただし腹は年相応に突き出ている。髪もそれなりに薄く、少しちぢれた前髪が額に張り付いていた。

草薙が相本美香との同伴について訊くと、西畑はあわてた様子を見せた。

「何度か送ったことはありますが、同伴したのはあの一回だけです。その前に店で話していて、映画の話で盛り上がったんです。それで今度一緒に見に行こうって話になって。誰に訊いてもらっても結構です。私が彼女と何かあったなんてことは、絶対にありませんから。正直いって、私はさほど乗り気ではなかったんです。酒の勢いで約束しちゃいましたけどね。食事の前に映画を見るってことになれば、早めに職場を抜け出す必要があるし」

事件についても心当たりはなく、あの夜は一人で自宅にいたという。また、車は持っていないらしい。

「今もいいましたように、同伴したのは、あれが最初で最後です。個人的な相談を受けたこともないし、彼女の本名さえ知りません」関わり合いになりたくないという思いが、強い口調に込められているようだった。

最後に草薙が鞄の透視マジックについて訊いてみると、「あれには驚きました」と西畑はいった。「いつもの数珠を出してきて、こうやって両手を合わせて目を閉じたんです。それから、ポケット・ティッシュとか手帳とか眼鏡ケースとか、中身をいい当てていきました。何かからくりがあったんだろうけど、見抜けませんでした」

西畑が見せてくれたのは平凡な書類鞄だった。茶色の革製で、上部にファスナーがついていた。

「この鞄を透視するとなれば、X線装置が必要だな。空港のセキュリティチェックなんかで使うやつだ」湯川が携帯電話の画面を見ていった。

「そんなものが『ハープ』に置いてあると思うか」

「まあ、あり得ないな」

「暇な時にでも考えてみてくれ。とはいえ、事件に関係しているかどうかはわからんがな」草薙は携帯電話をしまい、空になったマグカップを作業台に置いた。「邪魔したな。マジックについて何かわかったら知らせるよ」

4

藤沢智久は、亀戸にある大型ショッピングセンター内のペットショップで働いていた。同じフロアに洋菓子店を兼ねたコーヒーショップがあったので、草薙は、そこで話を聞くことにした。彼の連絡先は、相本恵里子が教えてくれたのだ。

藤沢は少年らしさと朴訥さを残した若者だった。ひょろりと背が高く、なで肩だ。今時の若者には珍しく、髪は真っ黒だった。

彼は事件のことを知っていた。ネットを通じて連絡を取り合っている同級生たちの間で騒ぎになったらしい。

「信じられませんでした。先週、メールのやりとりをしたばかりなんです。俺が付き合ってる彼女のことで相談したら、相本がそれに答えてくれて。本当に良いやつだったのに。どこの誰が、そんなひどいことを……」そういって唇を噛んだ。

「部活で一緒だったそうですね。何の競技ですか」草薙は訊いた。

藤沢は薄く微笑んで首を振った。

「スポーツじゃありません。生物クラブです」

「生物……ああそうか。それでペットショップに」

藤沢は気まずそうな顔で頭を掻いた。

「本当は獣医になりたかったんです。でも大学に受からなくて、結局全然関係のない商学部に進んじゃいました。今のペットショップは、学生時代からバイトで働いていて、卒業後もそのまま居座ってるって感じです。はっきりいって、正式な社員じゃないんです」

「そんなに動物が好きなんだ」

「どうせどこで働いても給料は安いし、それなら犬や猫たちと一緒にいたほうが楽しいと思って」言葉に諦観した響きがあった。一応、就職活動はしたのかもしれない。

「相本さんも動物好きだったんですね」

「はい。でもあいつは少し変わってました。犬や猫のことも好きだったみたいだけど、もっと別の動物を追っかけてたんです」

「別の動物？」

「モモンガです。モモンガのことを詳しく知りたいから、生物クラブに入ったといってました」

「モモンガというと……」咄嗟《とっさ》に頭に浮かんでこなかった。

「リスみたいにかわいくて、木から木へ飛び移る動物です。彼女によると、小さい頃、たまたま納屋に紛れ込んだモモンガがいて、しばらく飼っていたそうです。だから部で県内の動植物の生態調査をやるって話になっても、彼女はモモンガ以外には興味がない様子でした。もっとも女子は一人だけだったので、誰も文句をいったりはしませんでしたけど」そこまで話したところで藤沢は太いため息を漏らし、指先で目尻をぬぐった。昔のことを思い出し、改めて悲しみが襲ってきたようだ。

「上京後も、二人でよく会っておられたんですか」

「よくっていうか、二、三か月に一度ぐらいかな。相本が店に遊びに来るんです。子犬や子猫を眺めながら、近況報告なんかをしました」

「食事に行ったり、お酒を飲みに行ったりすることは？」

「二人だけでですか？」

「はい」

　すると藤沢は白けたような笑みを唇の端に滲ませた。

「昔からよく誤解されたんですけど、俺と相本がそういう関係になったことなんて一度もありません。本当にただの友達だったんです。さっきもいいましたように、俺には付き合っている彼女がいるし。ただ、相本といると昔に戻れるみたいで楽しかったのは事実です。見かけは派手になっちゃったけど、あいつは全然変わりません。明るくて、楽しくて、悪戯好きで。俺が慣れない東京暮らしで悩んでいた時だって、いつも彼女に励まされてました。大丈夫だよ、東京なんて田舎者の集まりなんだから、自分たちだってきっとうまくやっていけるよって」

良い励ましの言葉だと草薙も思った。相本美香は、自分自身にもそんなふうにいい聞かせていたのかもしれない。

「相本さんのほうに恋人は……」

「どうかな。たぶんいなかったと思います。そういう相手が出来たら、報告してくれたと思うし」

草薙は頷き、手帳をボールペンの先で軽く叩いた。メモを取るほどの話が出てこない。

あのう、と藤沢が口を開いた。「相本の御両親って、東京に来られましたか」

「御両親？　ええ、遺体が見つかった夜に」

「そうですか……」藤沢は何かいいたそうだ。

「相本さんの御両親がどうかされたんですか」

「いえ、あの」藤沢は眉の横を掻いた。「相本、高校を卒業した後は、実家には帰ってなかったんです。一度も」

「らしいですね。御両親からも、そのように聞きました」

「それ、なんでだと思います？」

「さあ。水商売をしていることを悟られたくなかったからでしょうか」

藤沢は首を振った。

「違います。相本のやつ、御両親とうまくいってなかったんです。高校を卒業する前から。そもそも、あいつが上京することにしたのは、タレントになりたかったからとかじゃなくて、単に親のそばから離れたかっただけだったんです」

強い口調に興味が湧いた。「詳しく話していただけますか」と草薙はいった。

藤沢はコップの水を口に含み、姿勢を正した。

「相本が小学生の時に、実のお母さんが交通事故で亡くなったそうです。あいつ、そのお母さんのことが大好きだったみたいで、編んでもらった毛糸の手袋を、ずっと大切にしていました。小さすぎて手が入らないのに、いつもポケットに入れてたりしたんです。お父さんのことも心配してて、自分がお母さんの代わりをやらなくちゃいけないんだって、よくいってました。食事なんかも、結構作ってたみたいです。部活で帰りが遅くなる時なんか、よく夕食のことを心配していました」

「しっかりした子だったんですね」そういいながら草薙はコーヒーカップに手を伸ばしたが、藤沢の話がどこに向かっているのか、今ひとつ摑めない。

「相本は、ずっとお父さんと二人きりで暮らしていくんだと思い込んでいたみたいです。場合によっては結婚はしないかも、なんてことをいったりしていました。でもそのお父さんが狂っちゃったわけです。彼女が高校二年になる少し前に」

「狂った？」

「女性を好きになったってことです。そのことを相本は、いい歳をして恋に狂ってると馬鹿にしていました」

「その相手というのが……」

「今のお母さんです。あの人、前はホステスだったそうです」

草薙は思わず身を引いた。「そうでしたか」どうりで垢抜けているはずだと思った。

「お父さんが毎日のように夜になると出かけていって、酔っぱらって帰ってくるものだから、おかしいと思っていたと相本はいっていました。そうしたらある時お父さんから会わせたい人がいるといわれて、あの人を紹介されたそうです。おまけにその場で再婚するつもりだって聞かされて、かなりショックを受けたみたいでした」

その状況を想像し、そうだろうな、と草薙は思った。「それで御両親と不仲に？」

いやあ、と藤沢は首を傾げ、唇を舐めた。

「最初はそれほどでもなかったようです。再婚には反対だけど、お父さんの人生だから仕方がない、というようなことをいっていましたから。といっても、なるべく顔を合わせないようにしている、ともいってましたけどね。で、一緒に暮らすようになってしばらくしてから、決定的なことが起きちゃったんです」

「というと？」

「あの人……お父さんの新しい奥さんが、誤って手袋を捨てちゃったんです。相本のお母さんの形見だった手袋を」

ああ、と草薙は口を開けた。「それはたしかにまずい」

「うっかり捨てたって本人はいったそうですけど、相本は信じてませんでした。絶対にわざとやったんだといって泣いて怒ってました。自分があの女に懐かないものだから、嫌がらせでやったんだって。それからです、あいつの反逆が始まったのは」

「反逆……」

「新しいお母さんとは、一切口をきかなくなったらしいです。一緒にいたくないので、夜遅くまで家に帰らないってことも増えたようです。食事を出されても、絶対に食べないといってました。一度お父さんから食べるように怒鳴られたことがあって、その時には料理を全部トイレに流したそうです」

「それは……すごいですね」

「話を聞いていて、女って怖いなと思いました。でもあいつとしては、それぐらい亡くなったお母さんの思い出を大事にしてたってことなんです」

「だから家を出たということですか」

そういう事情なら帰省することはなかったかもしれないな、と草薙は合点した。

「ただ、あの人とのことは、家を出る時に吹っ切ったといってましたけどね」

「どういうことですか」

「これは最近になって初めて聞いた話なんですけど」そう前置きして藤沢が語った話は、次のような内容だった。

上京を翌日に控え、相本美香は自分の部屋にあったものを処分した。庭で焚き火をし、手紙などを燃やした。

そしてその場に継母である恵里子を呼んだ。怪訝そうな恵里子に、美香は紙とサインペンと黒い袋を渡した。

「あたしに対する気持ちを紙に正直に書いて。嘘やごまかしは書かないで。どうせ、あたしは読まないから。書いたら、袋に入れて」

さらに美香は、もう一つの袋を見せた。

「あたしも、あなたに対する気持ちを紙に書いて、この袋に入れてある。袋を交換した後は、中を見ないで、二人で焚き火に放り込むの。それでもう全部おしまい。何もかも忘れる。それでどう？」

恵里子は頷き、わかったと答えた。美香に背中を向け、紙に何かを書き、それを黒い袋に入れた。

その後、袋を交換し、炎の中に投げ入れた。袋は瞬く間に燃え尽きた。

「これでおしまい。じゃあ、元気でね――そういってあの人と別れたんだと彼女はいってました。何か、すごい話ですよね」藤沢は遠い目をしていった。

「たしかに」

「相本に訊いてみたんです。おまえは紙に何て書いたんだって。そうしたら教えてくれました。クソオヤジと二人で死んじまえ、と書いたそうです」

草薙はため息をついた。どう答えていいのかわからない。

「相本は、今のままだと家には帰れないといってました。とても帰る気になれないって。たぶん御両親とは訣別する気だったんだと思います」

「訣別ねえ」

相本夫妻の顔を草薙は思い出した。あの悲嘆に暮れた表情は、単に娘の死を目の当たりにしたからだけではなかったのだ。彼等にしてみれば、娘を失うのは二度目だったのかもしれない。一度目は彼女の心を。そして今回、すべてを失った。

5

相本美香の足に付着していた煙草の銘柄が判明したのは、事件から五日目のことだった。これといった手がかりがなく、捜査本部内に焦りの色が浮かび始めていた。

「こいつがトンネルの出口に繋がってくれるといいんだけどな」間宮が鑑識からの報告書を差し出した。

そこに記されていたのは、外国煙草の銘柄だった。ヘビースモーカーの草薙でも、あまり馴染みのないものだ。ラッキーかもしれない、と期待に胸が少し膨らんだ。

午後八時過ぎ、『ハープ』を訪れた。マネージャーとレイカが草薙を待っていてくれた。「ビールでもどうですか。奢りますよ」とレイカがいったが丁重に辞退した。勤務中だし、ここで一杯奢ってもらったお返しに、この次来た時に何万取られるかわかったものではない。

「あの夜アフターに行ったお客さんのうち、アイちゃんを送った人は煙草を吸いません。もう一人の方は、たしかマイルドセブンを吸っておられました」レイカがいった。

草薙はひとまず安堵した。どちらかが件《くだん》の銘柄を吸っていたのだとしたら、相本美香の足に付着していた煙草の葉はその客のもので、事件とはまるで無関係ということになってしまう。

マネージャーがリストをプリントアウトして持ってきてくれた。そこに並んでいる名前は、問題の銘柄を吸っている客だという。

「当店では、お客様が煙草を所望された時、お名前と銘柄を控えておくんです。この次いらっしゃった時に銘柄をお尋ねしなくてもいいし、どの銘柄の煙草を店内にどれぐらいストックしておけばいいかという参考になりますから。ちなみに草薙さんは、マルボロ・ライト・メンソールでございますね」

「なるほど。さすがは一流クラブだ」

そのリストには八人の名前が並んでいた。会社員の場合は社名も添えられている。草薙は、一人の名前に目を留めた。沼田雅夫という人物だ。

「この人は、よくこの店に来るんですか」

「沼田さんですか。そうですねえ、接待などでよく使っていただいております。ただ、ここ二、三か月はお顔を見ていないように思いますねえ」

草薙はレイカに、相本美香が沼田の席についたことがあるかどうかを訊いた。

どうだったかなあ、と彼女は首を捻った。

「たぶんついてないと思います。その沼田さんって人、別のママのお客さんですし」

「そう」

この店のホステスたちは、複数の雇われママごとに分かれているのだ。レイカたちのママは、現在病気で療養中だった。

リストのコピーを貰い、草薙は店を出た。


沼田雅夫は警戒心に溢れた表情で喫茶店に現れた。警視庁捜査一課の刑事に電話で呼び出されたのだから当然かもしれなかった。四角い顔の体格の良い人物だった。スーツがよく似合っている。

『ハープ』のアイというホステスを知っているかと尋ねると、沼田は心外そうに眉をひそめた。

「やっぱりその事件のことですか。捜査一課だなんていうから、殺人事件の捜査だろうとは思いましたけど」

「警視庁の仕組みをよく御存じですね」

「今時、子供でも知ってますよ、そんなこと。それより、私は知りませんよ、その子なんか。うちの店の子が殺されたそうだっていうメールを、別のホステスから貰って、それで初めて事件を知ったんです」沼田は上着の内ポケットから煙草の箱を出してきた。例の銘柄だった。

「あの店にはよく行かれるんですか」

沼田は煙草に火をつけ、煙を吐いてから肩をすくめた。

「よくってほどではありません。お得意さんの接待に使う程度です。どういうわけか、前任者があの店をお気に入りで、何となく私も使うようになったんです。別にお目当ての女性がいるわけでもありません」

「最近だと、いつ行かれましたか」

「さあ、いつだったかな。三か月ぐらい前じゃなかったかな。店に訊いてもらえればわかると思うんですが」話している途中でも、何度も煙草を口に運ぶ。草薙以上のヘビースモーカーらしい。

草薙は自分の煙草を出した。「私も失礼していいですか」

沼田が不意を衝かれたような顔をし、すぐに表情を和らげた。「あ、どうぞどうぞ」

草薙は使い捨てライターで、煙草に火をつけた。

「助かります。最近は、取調室でも吸えないことが多くて」

「警察でもそうですか。うちの職場なんかもひどいもんです。喫煙者は、すっかり嫌われ者だ」沼田の口調が、幾分滑らかになっていた。

「珍しい煙草を吸っておられますね」草薙は相手の煙草に目を向けた。

「これでしょう？　以前知り合いからワンカートン貰ったのがきっかけです。ニコチンやタールが軽めなのに、味は深いんです。今は、これ以外は吸いません」

「いつ頃からその煙草を？」

「ええと、そろそろ五年になるかなあ」

「運転中も吸われるんですか」

「そうですね。あ、でも、うちの車の中では吸いません。家内や子供たちがうるさいんですよ。車に臭いがつくといってね。一体誰の金で車を買ったんだって話なんですが、多勢に無勢、白旗を揚げるしかありません」沼田は苦笑を浮かべた。

「仕事で運転されることもあるんですか」

「ありますよ。得意先を回る時には営業車を使います。もっとも運転は、若い奴にやらせることが多いですが」

「その車の中では煙草を？」

「吸いますね、遠慮なく。営業部長が乗った後はすぐにわかるって、よく嫌味をいわれますよ。灰皿がいっぱいになっているからでしょう」さほど罪悪感はないらしく、沼田はにこやかに笑った。だがふと何かを思い出したように真顔に戻った。「あの、刑事さん、私に何を訊きたいんですか」

「その営業車というのは、ほかの方もお使いになるんですね」

「使いますよ。会社の車ですから。それが何か？」

草薙は灰皿の中で煙草の火を消した。

「おたくの会社に、西畑さんという方がいらっしゃいますよね。西畑卓治さん」

「ニシハタ？　経理部長のことですか」

「そうです。あの方も、よく『ハープ』を利用しておられるようなのですが、御存じでしたか」

「西畑さんが？　ああ、そういえば一度だけ顔を合わせたことがありましたね。へええ、この人もこんな場所で息抜きをしたくなることもあるんだなって、その時は思いました。あの人、そんなに頻繁に通ってるんですか。意外だなあ」

「そういうタイプの人ではないんですか」

「私の知るかぎりではね。堅物でクソ真面目ってことで有名です」そういってから沼田は周囲を見回し、身を乗り出してきた。「あの人がどうかしたんですか」低い声で訊く。

「いえ別に。あの店のお客さん全員について調べているものですから」

自分も調べられている最中だと思い出したらしく、沼田は不愉快そうな表情に戻った。

「とにかく、あの事件について私は何も知りません。あのホステスのことも知らない。全く無関係です」

「そうですか。よくわかりました」草薙は伝票に手を伸ばした。

沼田が無関係だということは最初からわかっていた。彼に会いに来たのは、西畑卓治と同じ会社だという理由からだった。

6

事件発生から十日目の午後、西畑卓治が逮捕された。決め手は、彼等の会社が所有する営業車の助手席から相本美香のものと思われるヘアピンと髪の毛が見つかったこと、さらには営業車を保管してある駐車場の防犯カメラに西畑と思われる人物が映っていたことだった。この二つの物証を本人に突きつけて追及したところ、あっさりと犯行を認めた。

その供述内容を要約すると、以下のようになる。

西畑卓治が会社の金を着服するようになったのは、約五年前だった。ギャンブルを一切やらず、派手な生活とも無縁だった彼だが、あることをきっかけに商品先物取引という罠に嵌《は》まってしまった。

そのあることとは妻の病死だった。元々心臓が弱かったのだが、殆ど何の前触れもないまま、ある日突然倒れ、そのまま息を引き取った。

子供もおらず、孤独な日々が始まった。先のことを考えると不安になった。容姿に自信がないので、再婚にも前向きになれない。

そんな時、一本の電話がかかってきた。先物取引の会社からだった。相手の男の口調は極めて丁寧で、とにかく会って話だけでも聞いてほしい、と食い下がってきた。

結局、会社の帰りに会うことになった。それが間違いのもとだった。その外務員は西畑が思っていた以上に粘り強かった。簡単には引き下がってくれないのだ。しかもその口から出てくる話は、それなりに魅力的で、おまけに説得力があった。聞いているうちに、これなら儲かるかもしれないな、少しぐらいは話に乗ってもいいかな、という気になってくるのだ。さらにはこんなこともいった。

「失礼ながら、西畑さんは現在独り身ですよね。五十歳を過ぎて、新しい相手を見つけるのは簡単ではありません。でもお金を持っていたら話は別です。今の女性はドライですから、若くても貧乏な男より、少々年配でも金持ちのほうがいいっていう人が多いんです。だから西畑さん、ここは一つチャレンジしてみませんか」

この台詞には心を動かされた。考えさせてくれといってその日は別れたが、すでに相手の術中に嵌まっていたといえるだろう。その外務員と三回目に会った時には、三百万円の自己資金で先物取引を始めることになっていた。

その元手が消えるのに、半年とかからなかった。取り戻すためには、さらに資金を投入する必要があるとそそのかされ、金をかき集めた。会社の金に手をつけたのは、先物取引を始めてから一年後だ。

ちょうどその頃、別の先物会社から電話がかかってきた。投資をするなら、いくつかの会社に分けたほうがリスクが少ない――もっともらしい説明に、ころりと騙された。現実はまるで逆だった。損失は雪ダルマ式に膨らんでいき、数千万円に達した。

その穴を埋めるのは、自力では到底不可能だった。いけないと思いつつ、会社の金を流用するしかなかった。幸い、経理担当は二人しかおらず、もう一人は部下だった。西畑が会社印鑑の使用等、経理業務を実質的に一人で管理していたといっていい。銀行残高証明や決算書類を改ざんすれば、横領が発覚することはなかった。

そんなことを何年にもわたって繰り返した。着服した金額は数億円に上るだろう。やがて西畑は正常な感覚をなくしていった。会社の金を引き出すことに、ためらいも罪悪感も抱かなくなっていた。同時に警戒心も――。

あの日の朝、誰よりも早く出勤した西畑は、「いつものように」小切手を偽造した。印鑑を管理しているのは彼だ。五分もあれば作業が終わる。それを封筒に入れ、自分の鞄にしまった。まさか鞄を盗み見る人間がいるとは思わなかった。会社の中の誰一人として、経理に不正が生じていることに気づいていない。

その鞄を抱え、午後三時になると早退の手続きをして会社を出た。有楽町で『ハープ』のアイと会う約束をしていたからだ。偽造小切手を持っているという緊張感などなかった。いつものことなのだ。

アイに対して、特別な感情はない。ただし、『ハープ』についてなら話は別だ。

営業部などから回ってくる伝票を見て、いつも気になっていた。銀座のクラブとはどういうところなのか。たとえばこの『ハープ』という店に行けば、どんな素晴らしいことがあるのだろうか。何もないわけがない。それならこんなに高い金額を請求しないだろう。

西畑には縁のない場所だった。自腹では到底行けない。

しかし今は状況が違う。金などいくらでもある。必要なだけ、会社の口座から引き出せるのだ。

長年の好奇心を満たしたいという思いはあった。とはいえ、足を向ける勇気はない。ところがそんな彼の背中を押してくれる出来事があった。

西畑の通っている歯医者が『ハープ』の常連だったのだ。治療中に世間話をしていて、たまたま判明した。彼が興味を示すと、歯医者は、「だったら一度行ってみたらどうですか。僕の紹介だといえばいい」と気さくにいってくれたのだ。

ある夜、かなりの現金を懐に忍ばせて銀座に向かった。歯医者が紹介してくれたのがほかの店なら、たぶん気後れしていただろう。経理の手続きで店名をよく目にしていたから、積極的になれたのだ。

『ハープ』で西畑は歓待を受けた。終始、気持ちよく酒を飲めた。女性たちとの会話は楽しく、自分が何段階もランクの高い人間になったような気がした。なるほどこれなら接待に使われるはずだと納得できた。

彼が常連客になるのに時間は要しなかった。家に帰っても、誰も待ってはいない。将来のこと、そして何より不正経理のことを考えると気持ちが落ち込んだ。それらのことを忘れさせてくれるのが、『ハープ』での時間だった。

ただ特定の女性に恋愛感情を抱くということはなかった。彼はここが仮想空間であることを理解していた。嘘の世界だからこそ、じつはセレブでも何でもない自分でも、気持ちよく座っていられるのだとわかっていた。

アイと映画を見る約束をしたことにも深い理由はない。違う楽しみ方をしてみたい。ただそれだけのことだ。無論、若い女性から誘われ、悪い気はしなかった。

二人で映画館に入り、並んで座った。鞄の置き場に困っていると、「隣の席が空いているから、こっちに置いてあげる」とアイがいった。遠慮なく、その言葉に甘えた。

映画は、可もなく不可もなし、といった出来だった。どうしてアイがこんな映画を見たがったのか、よくわからなかった。

映画を見ている間、特に変わったことはなかった。場内が明るくなると、西畑はアイから鞄を受け取り、腰を上げた。

和食の店で食事をし、そのままクラブに行った。入り口のところで鞄を預けようとしたら、アイに止められた。預けるのは後にしてくれという。奇妙だなと思いつつ、いわれた通りにした。

そして席についてしばらくしてから、アイによる例の透視術が始まったのだ。

以前、名刺を透視され、驚いたことがある。だが衝撃は、その時以上だった。彼女は鞄の中のものを次々といい当てていった。宅配便の伝票が紛れ込んでいたことなど、西畑自身も知らなかった。

やがてアイは、彼が恐れていることを口にした。封筒が見える、といったのだ。さらに、「何だかとても危険な香りがする」といって、意味ありげに笑った。

心臓が大きくはね、冷や汗が噴き出した。ほかでもない。その封筒とは、偽造小切手を入れたものだ。

西畑は懸命に平静を装い、封筒の中身も見えるのか、と尋ねてみた。するとアイは、さあ、と首を傾げた。だがもう一人のホステスが席を立ち、二人きりになると、彼女は西畑の耳元で囁《ささや》いた。

「あれはまずいですよ。見つからないようにね」

ぎくりとしてアイの顔を見返した。彼女は企みに満ちた顔で続けた。

「見たのがあたしでよかったですね。大丈夫、誰にもいいませんから」

西畑は自分の顔がひきつるのがわかった。つい、こんなことを口走っていた。「いくらほしいんだ?」

彼女は、くすくす笑った。

「さあ、いくらにしようかな。考えておきます。何だか楽しくなってきちゃった」

天真爛漫にいうアイを見ていると、殺意が湧いてきた。この女は偽造小切手に気づいている。それを会社の人間にしゃべられたら、自分は破滅だ。

アイが別の席に移った後も、西畑は彼女のことが気になって仕方がなかった。目で追っていると、時折視線がぶつかった。そのたびに彼女は不気味な笑みを西畑に送ってくるのだった。

猶予はないと思った。アイは金銭を要求する気かもしれないが、支払ったからといって、永久に黙っていてくれるとはかぎらない。金に困ったら、きっとまた強請《ゆす》ってくるだろう。

店を出る時、アイが見送ってくれた。その目は明らかに何かを語りかけてきた。彼女に背中を向ける時には決心していた。殺すしかない――。

そしてあの夜、決行したのだ。

深夜、会社のそばの駐車場から営業車を盗み出した。予備のキーがナンバープレートの裏に貼り付けられていることは知っていた。車を運転し、アイのマンションに向かった。何度か送ったことがあるので、場所はわかっていた。細い道に面した古いマンションだ。深夜は人も車も殆ど通らない。

マンションの入り口から十メートルほど離れた路上に車を止め、彼女が帰ってくるのを待った。時計の針は午前一時半を少し過ぎたあたりを指している。店が終わるのは午前一時だ。客に付き合わされたり、ホステス仲間と寄り道する可能性もあるから、何時に帰ってくるかはわからない。しかし待つしかないと思った。ほかに解決策はないのだ。

寂しい通りだが、まれにタクシーが止まった。そのたびに息を呑んで様子を窺ったが、降りてくるのはアイではなかった。

午前二時になっても、午前三時を過ぎても、アイは帰ってこなかった。西畑は焦った。もしかしたら今夜は店を休んでいて、すでに部屋で眠っているのではないか、という想像が働いた。考えてみれば、その可能性だって少なくない。予め店に電話をかけ、彼女が出勤しているかどうかを確認しておくべきだったのだ。この局面になって気がついた自分に腹を立てた。

だが間もなく四時になろうかという時、一台のタクシーがマンションの前で止まった。後部ドアが開き、降りてきたのは、まさしくアイだった。ミニのワンピースの上から、ジャケットを羽織っていた。

どうやら客に送ってもらったらしく、彼女は道の脇に立ち、タクシーに向かって手を振っていた。タクシーが走り去るまで、ずっとそこにいた。

西畑は車から外に出た。見送りを終えたアイがマンションの玄関に向かって歩きだしたところだった。急いで駆け寄り、後ろから声をかけた。「アイちゃん」

ぎくりとしたように足を止め、彼女は振り返った。大きな目が、より一層見開かれた。

「えっ、西畑さん……どうしてここに？」

「待ってたんだよ、君を。話したいことがあって。例の封筒のことだ」

ああ、とアイは得心したように頷いた。「あれは重大ですもんね。でも安心してください。誰にもいってませんから」

「ありがとう。それで君に相談したいことがあるんだ」

「あたしに？　そのためにわざわざ待ってたんですか」

「その必要があると思ったからだ。君だって、俺と取引する気なんだろ」

アイは、じっと西畑を見つめてから頷いた。

「そうですね。何しろ、あれだけのネタですから」

「だから話し合いたい。車で来ているから、どこかのファミレスにでも行こう」

アイは全く怪しんではいなかった。あっさりと助手席に乗り込んできた。西畑に人を殺すほどの度胸はないと踏んでいたのかもしれない。もしそうなら、彼にしてみれば、わかってないなというほかない。人が殺人を犯すのは、ほかに選択肢がないからだ。度胸のあるなしは関係がない。

犯行場所は決めてあった。荒川沿いの道路脇だ。サイドブレーキを引いた時、アイは怪訝そうな顔をした。どうしてこんなところに止めるの、と訊きたそうだった。だがその暇を与えなかった。西畑はシートベルトを外すなり、彼女に襲いかかった。運転をする前に革の手袋を嵌めていた。その手で細い首を絞めた。

小柄なアイは抵抗する力も弱かった。身体が動かなくなるまで、さほど時間はかからなかった。

車の中で脱げたハイヒールを履かせ、死体を近くの草むらに隠した。物盗りの仕業に見せかけるため、ハンドバッグは別の場所まで移動してから川に投げ込んだ。すべてをやり遂げ、会社に向かって車を走らせたが、安堵する気持ちはどこにもなかった。ただし、アイ殺しで逮捕されることを恐れていたわけではない。それは何とかなるだろうと楽観していた。

西畑の頭の中にあるのは、会社の帳簿に存在する、巨大な穴のことだけだ。

何人殺そうが、あの穴は埋まらないよなあ、と考えながらハンドルを握っていた。

7

室内を見渡すと、湯川は盛大にため息をついた。

「まるで整理下手な人間の部屋を見るようだな。統一性や脈絡といったものが全く感じられない」

そういわれても草薙としては反論できなかった。たしかにその通りなのだ。参考資料として相本美香の部屋から持ち出してきたものを、片っ端から会議机の上に並べただけだった。化粧道具一式の隣に例のコールド・リーディングの本が置かれているが、特に意味はない。段ボール箱から出した順に置いただけだ。

「このほうが先入観を持たなくていいだろ」苦し紛れに草薙はいった。

「で、これらを眺めて推理しろというわけか。透視の謎を」

「無茶なことを頼んでるとは思うよ。だけどほかに当てがなくてさ」

湯川はもう一度ため息をつき、コールド・リーディングの本を手にした。「マジシャンたちには当たってみたのか」

「何人かにはな。だけど全員から同じことをいわれた。透視の手品はいろいろあるが、実際の演技を見てみないことには、どういう種が使われているのかはわからないってさ」

「ふん、まあそうかもしれないな」

「関係者の中でアイちゃんのマジックを見たのはおまえだけだ。だから、おまえに頼るしかないんだ」

「なぜ僕が関係者なんだ。事件とは何の関係もないぞ」

「俺の関係者という意味だ」

草薙の答えに、湯川は呆れたように肩をすくめた。

二人は捜査本部が置かれている警察署の会議室にいた。西畑卓治の自供を取れたことで、相本美香殺害事件は決着に向かっている。だが動機に関連して、一つだけ解決していない問題があった。それはほかでもない。相本美香はどうやって西畑の鞄の中身を透視したのか、ということだった。そればかりは西畑もわからないという。

頭を抱えた間宮は草薙を呼んだ。そして例によって、「ガリレオ先生の知恵を借りろ」

と命じてきたのだった。

「うん？　この写真は何だ」湯川が一枚の写真を手に取った。「不気味な文字のようなものが写っているが」

内海薫が見つけた写真だ。ベッドの枕元の棚に大切そうにしまってあったということだった。草薙はそのように説明し、「何の写真かはわからん」といった。

「わからないのに持ってきたのか」

「わからないから持ってきたんだ」

湯川は下唇を突き出し、写真を元の場所に置いた。

「犯人は鞄を抱え続けていたわけじゃないんだろう？　映画を見ている間に、アイちゃんに中を覗かれた可能性はないのか」

「そんなことをしていたらわかったはずだと西畑はいっている。それに映画館の中は真っ暗だぜ。覗いたとしても見えないだろ」

「たしかにそうだ」湯川は、あっさりと引き下がった。次に手にしたのは一冊のファイルだった。「これは何だろう」

「客のリストだ。名前と連絡先を記してある」

中を見ていた湯川の目が見開かれた。

「驚いたな。僕の名前がある。大学の連絡先まで、完璧に名刺の通りだ」

「あの時に透視されたんだろ」

湯川は首を振った。「信じられない」

「そう思うなら謎を解いてくれ」

「いわれなくても考えている。だがそれにしても、すごいリストだ。彼女、仕事熱心だったんだな」湯川はファイルを戻した。

「ホステスにとって顧客情報は命綱だ。店を移った時なんか、それだけが頼みだからな」

「そこなんだが、彼女、どうしてホステスになったのかな。いやもちろん、あれも立派な職業だとは思うが」

「芸能界に憧れた娘の落ち着き先としてはよくある話だと思うぜ。それに彼女の場合、父親へのあてつけっていう意味もあったかもしれない」

「父親？」

「おまえにはまだ話してなかったな」

草薙は、相本美香と両親との確執について、藤沢智久から聞いたままを伝えた。

「父親は水商売の女性を後妻にした。だから自分が水商売の道に進んだって、父親には文句をいえないだろう――そういう思いがあったんじゃないか」

「ふうん、わからないでもないが、それならなぜホステスをしていたことを黙っていたんだろう」

「黙っていたんじゃなく、連絡を取っていないから話す機会もなかっただけだろ」

しかし湯川は釈然としない様子で、ゆっくりと歩きながら相本美香の遺品を眺めている。

その足が止まった。彼が手にしたのは、『動物医学百科』という本だった。

「なぜこんな本を？　ペットでも飼っていたのか」

「いや、彼女は飼っていない。たぶんその本は、高校時代に使っていたものだろう。生物クラブに入ってたという話だ。モモンガが好きだったらしい。生態を熱心に調べてたそうだぜ」

「モモンガ？　あの空を飛ぶ？」

「ほかにどういうモモンガがいる」

だが草薙の軽口には応じず、湯川は俯いたままで歩き回り始めた。何やらぶつぶつと呟いている。

やがて彼は立ち止まり、くすくすと笑い始めた。

「何だ、どうした？」草薙は訊いた。「何がおかしい？」

「いや、すまない。だけど喜んでくれ。どうやら謎が解けそうだ」

「本当か？　どういうトリックだ」草薙は勢い込んだ。

「焦るなよ。話しても、たぶんわからない。百聞は一見にしかず、だ」物理学者は指先で眼鏡を押し上げた。

8

草薙が運転するスカイラインは、湯川が待つ帝都大学に向かっていた。彼の実験を見せてもらうためだ。そして助手席には相本恵里子が座っている。湯川が、どうしても立ち会ってもらいたいと希望したからだ。その理由を草薙は聞かされていなかった。

恵里子は明らかに緊張していた。「美香さんについて知っておいてもらいたいことがあるので」といわれて上京してきたわけだが、なぜ実の父親ではなく自分が呼ばれたのだろうと訝しんでいるに違いない。

やがて帝都大学に到着した。駐車場に車を止めると、草薙は恵里子を連れて物理学科第十三研究室を目指した。

「こんなに大きい大学の中を歩くのなんて初めてです」恵里子は興味深そうに、きょろきょろと周りを見ていた。「素敵な大学ですね。大学祭なんかも楽しそう」

「まあ、結構派手にやっていますね」

恵里子は立ち止まると吐息をつき、寂しげな眼差しを遠くに向けた。

「美香さんも、本当は大学に進みたかったはずなんです。でも進学するとなれば、親に頼らざるをえないでしょう？　それが嫌で、口には出さなかったんだと思います」

「話し合うことはできなかったんですか」

「あの時は無理だと思いました。でも、何とかして話し合うべきでした。ぶつかり合うことを恐れていたんです。それがすべての間違いだったと思います」恵里子は目を伏せ、首を振った。「今さらいっても仕方のないことですけど」

「亡くなったお母さんの、手編みの手袋を捨ててしまわれたとか」

恵里子は辛そうに顔を歪めた。

「本当に大変な失敗でした。謝ったんですけど、許してもらえなくて。今でも思い出すと胸が痛みます」

「美香さんは、あなたがわざとやったと思っていたようです」

「そうでしょうね。だけど無理もありません。私が悪いんです。許してもらえるまで、いつまでも待っているしかないと思っていました」

彼女の言葉に草薙は胸が熱くなった。口先だけの嘘には聞こえなかった。

研究室では湯川が白衣姿で待っていた。心なしか、室内がいつもより片付いているようだ。女性客が来るので、彼なりに気を遣ったらしい。

どこからか、レイカが現れた。「すごーい。研究室って、こんなふうなんだ」複雑そうな計測機器が並ぶ棚に近づき、嬉しそうな声を出している。今日はシャツにジーンズという出で立ちで、化粧も薄いので学生に見えた。

「どうして君がここにいるんだ」草薙は訊いた。

「僕が呼んだんだ。彼女はアイちゃんの透視を何度も目撃している。証人として最適だ」

　湯川の説明に、なるほど、と草薙は納得した。

「草薙さん、あたしもう、びっくりすることばっかり。アイちゃんが殺されたこともそうだけど、まさか犯人があの人だったなんて。どうなっちゃうのかなあ、うちの店。きっと週刊誌とかに書かれちゃうんでしょうね。困ったなあ」レイカは顔をしかめた。

「ほかの店に移ったらどうだ？」

「そう簡単にはいきません。こう見えても、義理堅いんですから。店のイメージ回復のためにがんばるだけです。草薙さんも、お時間のある時には来てくださいね」

「ああ。金が余っている時には顔を出すよ」

　草薙は恵里子を湯川たちに紹介した。相本美香の母親と聞き、レイカは少し驚いた様子だ。若いからだろう。それを察したか恵里子自身が、「継母です」と補足した。

「ようこそ第十三研究室へ。コーヒーでも飲まれますか？」湯川が女性たちに訊いた。

「いえ、私は結構です」恵里子が辞退した。

「あたしもいいです」レイカもいう。「それより、透視のトリックを早く知りたいんですけど」

「俺もそうだ。コーヒーは後でいい」草薙も同調した。

「わかった。では早速始めよう。まず君たちは、そこの椅子に座ってくれ」

　湯川にいわれ、草薙とレイカは作業台の手前にある二つの椅子に並んで座った。

「あなたは彼等の後ろで見ていてください」湯川は恵里子にいった。

彼女が二人の後ろに立つのを確認してから、「例のものは持ってきてくれたか」と湯川が草薙に訊いてきた。

「名刺だろ。ちゃんと用意してある」

「結構。では、僕が後ろを向いている間に、それをここに入れてくれ」湯川は白衣のポケットから、光沢のある黒い封筒を出してきた。それには草薙も見覚えがあった。

「この封筒、アイちゃんが使っていたものに似ているな」

だが湯川はにやりと笑っただけで何もいわず、くるりと背中を向けた。

草薙は内ポケットから一枚の名刺を出し、黒い封筒に入れた。「入れたぞ」

湯川が草薙のほうに向き直った。手を伸ばしてきたので、黒い封筒を渡した。

「あの夜はたしか、アイちゃんは君の胸元にこれを押し込んだ」封筒を手にしたままで湯川はレイカにいった。「しかしさすがにそれは僕にはできない。済まないが、自分で入れてくれないか」

「別にあたしは構わないんですけど、先生が気を遣われるんじゃ仕方がないですね」レイカはにっこり笑って封筒を受け取り、シャツの胸元に入れた。

「さて、あの夜アイちゃんは、この後どうしたかな」湯川が草薙たちに訊いてきた。

少し考えてから草薙は答えた。「数珠を出してきた」

「そう、数珠を使って透視の儀式をするんです」レイカもいった。

「うん、たしかにそうだった」湯川は、そばに置いてあったコンビニの袋を取り、作業台の向こう側に座った。「じゃあ、数珠の代わりにこれを使おう」そういって袋から出してきたのは、金属製の鎖だった。

「何だよ、それ」

「学生から借りた。自転車の盗難防止用チェーンだ。数珠が身近になかったものでね。さあ、あの夜と同じようにやるぞ」湯川は鎖を手に巻き付け、合掌した。「草薙、レイカさんの胸元に注目だ」

「マジかよ。勘弁してくれ」

湯川はふっと唇を綻《ほころ》ばせ、鎖を置いた。じっと草薙を見つめていった。「おたくの間宮係長、慎太郎というのか」

草薙は、はっとした。思わずレイカの胸元を凝視していた。

彼女は黒い封筒を取り出し、中の名刺を引き抜いた。それをしげしげと眺めてから、作業台に置いた。中央に『間宮慎太郎』の文字が印刷されている。

「どうやった？」草薙は訊いた。

湯川はゆっくりと右手を出してきた。手の甲を上にしている。腕を伸ばしきったところで、裏返した。手のひらの中に、使い捨てライターほどの大きさの黒い箱があった。何かの装置のようだ。

「超小型赤外線カメラと赤外線ランプを組み合わせたものだ。スイッチを入れるとランプから赤外線が照射され、撮影が始まる。夜間の防犯カメラと同じだ」

「あっ、それ、聞いたことがあります」レイカがいった。「赤外線カメラを使って撮影したら、水着とか透けちゃうんですよね。海水浴場とかで盗撮する人が続出したんでしょ」

「赤外線……」

「よく知っているね。その通りだ。太陽光には赤外線が含まれているので、条件次第では透けることもある。そこで最近の水着は、赤外線を透過しない素材が使われるようになっている」

「それを聞いて安心……えっ、でも」レイカは胸に手を当てた。「もしかして、この服とかも透けてるんですか」

湯川は苦笑して首を振った。

「今もいっただろ、条件次第ではってね。水着が透ける場合があるのは、太陽光という強烈な光源があるからだ。室内では、ふつうの状態なら透けるなんてことはあり得ない。たとえ室外でも、水着のように肌に密着したものを着ていないかぎり、まず大丈夫だ」

「そうなんですか。よかった」

「じゃあ、それはどうやって使うんだ」草薙はカメラを指した。

湯川は意味深な笑みを浮かべ、黒い封筒を手に取った。

「秘密はこの封筒にある。これは黒いセロハンかビニールで出来ているように見えるが、じつは赤外線フィルターだ。赤外線は透過するが、可視光は通さない。だから――」湯川は封筒に名刺を入れた。「このように中に名刺を入れてしまうと、全く見えなくなる。我々の目は可視光にしか反応しないからね。ところがこうやって赤外線を当ててやると」先程の小さな装置を近づけ、スイッチを入れた。

「やっぱり何も見えねえぞ」草薙はいった。

「何度もいわせるな。人間の目は可視光にしか反応しないといっただろ。ただし、カメラのセンサーは違う。特に赤外線カメラの場合は」湯川は装置を置くと、先程のビニール袋を引き寄せた。中から出してきたのは、手のひらほどの大きさの液晶モニターだ。それを草薙の前に置いた。

わあ、と声を上げたのはレイカだった。逆に草薙は声を失った。

液晶画面に映っているのは、紛れもなく間宮の名刺だった。やや薄暗いが、印刷されている文字はしっかりと判読できる。

「そのカメラで撮影した映像がこれなのか」草薙は訊いた。

「そうだ。このカメラには赤外線を照射し、撮影する以外に、その映像データを無線で送るという機能も付いている。おそらくアイちゃんは、客から黒い封筒を受け取り、レイカさんに渡す時、手のひらの中に隠し持ったカメラで撮影していたのだと思う」

「でも、いつモニターを見るんだ。そんな暇はなかったと思うけどな」

「だから数珠が必要なんだ。あの時のことを思い出すといい。彼女は膝に置いた巾着袋の中から数珠を出してきた。たぶんあの巾着袋にはモニターが入っていたのだと思う。数珠を出すふりをして、画像を確認したんだ」

草薙は低く唸り、隣のレイカを見た。「そういえば、そうだったかな」

「そうかも」彼女は頷いた。「あの手品は何度も見ていますけど、いつも膝の上に巾着袋とか小さなバッグを置いていました。で、そこから数珠を出してきたんです」

ふうーっと草薙は息を吐いた。

「決まりか。だけどそんな機械、どこで手に入れるんだ」

「さほど特殊なものじゃない。通信販売でも入手可能な品に、多少手を加えればいいだけのことだ。やり方はネットで調べればわかる」

「そういうものか。しかし、よくそこまで見抜いたな」

「君の話がヒントになった。高校時代は生物クラブで、モモンガは夜行性だ。モモンガの生態を熱心に調べていたといっただろ。それでぴんときた。生態を観察しようとすれば、赤外線カメラに頼らざるをえない。アイちゃんは昔から、その手の技術に長じていたんじゃないかと思ったわけだ」

「なるほど。じゃあ、あっちはどうなんだ。西畑の鞄の中身をいい当てたトリックは。あれはふつうの鞄だ。透視なんてできないんじゃないか」

「その通りだ。だが透視なんてする必要はない。要は鞄の中を確認すればいいんだ」

「どうやって？　西畑は、中を見るチャンスなんてなかったといってる」

湯川は椅子にもたれ、腕組みをした。その間、鞄はどこにあった？」

「二人は映画を見たんだったな。その間、鞄はどこにあった？」

「だから映画館の中は真っ暗だと」そこまでいった直後、草薙の頭に閃《ひらめ》いたものがあった。「そうか、赤外線カメラだから……」

「どうやら気がついたようだな。前を向いたまま、映画を見ている途中で、こっそりと鞄を開け、カメラで中を撮影すればいい。前を向いたまま、カメラを持った手で中を探るだけだ。さほど難しくはない。後は映画館を出てから、ゆっくりとモニターを確認するというわけだ」

「そういう仕掛けか」

「彼女、いろいろなお客さんを映画に誘っていたそうだね」湯川はレイカに訊いた。

「はい。どんな映画でもいいからっていってました」

「おそらく、それを新しい芸にしようとしていたんじゃないかな。あの名刺のマジックは、初めて来たお客さんにしか使えないからね」

レイカは表情を沈ませた。「あの子、仕事熱心だったから……。自分目当てで来てくれるお客さんが少ないことを気にしてたし」

やはり辛い仕事なんだなと草薙は改めて思った。

「待てよ。そうするとアイちゃんは、鞄の中の封筒は見たけれど、その中身までは……」

「おそらく見ていないだろうな」湯川は冷静な口調でいった。

「だけど彼女は西畑にいってるんだ。封筒から何だか危険な香りがするとか、見つかったらまずいとか。それはどうなる」

湯川は人差し指を立てた。「それこそまさに、コールド・リーディングだ」

「コールド……あれがここで出てくるのか」

「彼女は封筒の中身が何かは知らなかった。だけど相手が過敏に反応したのを見て、これはきっと訳ありの手紙か何かじゃないかと気づいたんじゃないか。そこで曖昧な、聞きようによってはどうとでも解釈できる質問を繰り返すことで、それが何かをいい当てようとした。勉強したコールド・リーディングの技術を生かそうとしたわけだ」

「その結果、西畑は封筒の中身を見られたと思った」

湯川は神妙な顔つきで顎を引いた。「ある意味、うまくいきすぎたんだ」

草薙は、ゆらゆらと頭を振った。

「なんてことだ。彼女は余計なことをやっちまったってことか」

「アイちゃんは、そういう子だったんです」レイカがいった。「サービス精神が旺盛で悪戯好き。いつもいってました。もっともっとお客さんを楽しませたい、どうやったら喜んでくれるのかを知りたい、お客さんの心の中を覗きたいって」話すうちにこみあげてくるものがあったのか、彼女はバッグからハンカチを出し、目頭を押さえた。

湯川の目が草薙たちの後方に向けられた。

「彼女がホステスの仕事をがんばっていたのは、あなたの影響だと思いますよ」

恵里子が、すっと息を吸う気配があった。「どういうことでしょうか」

「やはり父親へのあてつけだというのか」草薙が訊いた。

「そうじゃない」湯川は恵里子を見つめたままいった。「彼女が上京する前日、黒い袋にお互いの本音を書いた紙を入れ、焚き火で燃やしたそうですね」

恵里子は瞬きした。「なぜそれを？」

「藤沢さんから聞いたんです」草薙はいった。「藤沢智久さんから」

ああ、と納得したように恵里子は顎を引いた。「おっしゃる通りです。そんなことがありました」

「その時にあなたが紙に書いた文章は」湯川がいった。「『いつまでも待っています』ではありませんか」

恵里子は大きく目を見開き、口元を両手で覆った。「どうして……」

「その通りなんですか」

草薙が訊くと、彼女は二度首を上下させた。言葉をなくしているようだ。

「どういうことだ、湯川」

湯川は口元を緩めた。

「名刺のトリックと同じだ。その時に燃やした黒い袋も赤外線フィルターだったんだ。それを炎の中に放り込むとどうなるか。炎からも赤外線が発せられているから、カメラで撮影すれば、中の文字を撮影できたはずだ。ふつうのカメラでも、ある程度の赤外線撮影は可能だからね。——黒い袋を燃やしている間、彼女は携帯電話のカメラで撮影していたんじゃありませんか」

「そうだった……かもしれません。私は焚き火のほうばかり見ていたんですけど」恵里子に訊いた。

湯川は白衣のポケットから一枚の写真を出してきて、草薙の前に置いた。

「この写真は、おそらくその時に撮影した画像をプリントアウトしたものだ。これでは判読しにくいが、液晶画面でなら文字を読めたんじゃないかな」それは例の謎の文字が写った写真だった。「コンピュータで濃淡を解析し、ほかの文字も判読してみた。その結果、『いつまでも待っています』と書いてあることがわかった。当然、美香さんも読んでいたと思われる」

「彼女も、それを読んでいた……」草薙は、はっとした。「そうかっ。そういうことだったのか」

「僕が何がいいたいのか、君にもわかったようだな」

草薙は深く頷き、恵里子のほうに向き直った。

「上京する前に、美香さんはあなたの本心を知っておきたいと思ったんです。それで、そんなトリックを仕掛けた。どうせ自分に対する悪口を書くに違いないと思いながらね。だから後であなたが書いた文字を目にした時、驚いたはずです。あれだけひどいことをしたにもかかわらず、あの人は自分を憎んでいない、と。同時に恥じたのではないでしょうか。自分は何と心の狭い人間だったのかと。藤沢さんから聞きました。美香さんは、今のままだと家には帰れないといっていたそうです。とても帰る気になれないと。それはおそらく御両親とは訣別する気だったからじゃないか、と藤沢さんはいっていました。俺もそうかもしれないと思いました。だけど違ったんです。彼女が実家に帰らなかったのは、両親に会いたくなかったからではなく、おそらく、あなたに合わせる顔がなかったからなんです。もっと自分を磨き、堂々とあなたと向き合える日までは帰らないと決めていたのだと思います。その証拠が、この写真です。あなたからのメッセージは、彼女にとって宝物だったんです。湯川のいう通りです。彼女がホステスをしていたのは、きっとあなたの生き方を手本にしていたからだと思います」

恵里子は震える手を写真に伸ばした。

「あの時、私が書いた文字が美香さんには見えていた……」

「そうです。彼女はあなたの思いを、ちゃんと見通していたんです」

恵里子は写真を見つめ、もう一方の手で口元を押さえた。

「だとすれば……やっぱり、もっと早く、話し合えばよかった」深く項垂れた。

湯川が立ち上がった。「温かいコーヒーでも淹れよう」

恵里子の背中が細かく震えた。口元を覆った指の隙間から嗚咽《おえつ》が漏れた。

第三章　心聴る

きこえる

1

パソコンに向かってから五分も経たないうちに、また例の耳鳴りが始まった。脇坂睦美は両肘を机の上に載せ、モニターを眺めるふりをしながら、それが治まるのをじっと待った。画面にはエクセルを使ったグラフが表示されているが、彼女の目は何も見ていなかった。見たところで、何も考えられない。それほど不快な耳鳴りだった。

頭の中で羽虫が飛び回っているよう、とでも形容すればいいだろうか。低く、くぐもった音が、不規則なリズムで強弱を繰り返している。

最初は耳鳴りだとは思わなかった。どこかで実際にそういう音が鳴っていて、それが耳に入ってきたのだと思った。だから初めて聞こえた時には、「何、この音?」と隣の長倉一恵に尋ねた。

だが一恵は不思議そうな顔で瞬きし、「どの音?」と訊いてきた。

「この音。何か、鳴ってるじゃない」睦美は天井を指していた。上から聞こえてくるように思えたからだ。

一恵は耳を澄ませる表情をした後、「換気扇のこと？」といった。

「違う、違う。この音よ。何か低い音。えっ、聞こえないの？」

一恵は当惑した様子で首を振った。

「あたしには聞こえないけど」

えー、といって眉をひそめた瞬間、その音はふっと消えた。

「あっ、聞こえなくなった……」

一恵は微苦笑した。「気のせいじゃない？　何も聞こえなかったよ」

睦美は首を捻った。「そうなのかなあ……」

「疲れてるんじゃないの？　土日に遊び過ぎたとか」

「まさか。そんなお金、あるわけないじゃない。でも、何だったんだろ、今の」

さあね、と一恵は興味をなくした様子だった。

睦美は目を閉じて耳に神経を集中させた。だが、やはりさっきの音は聞こえなかった。

彼女は吐息をつき、仕事に戻ることにした。同僚のいう通り、気のせいだったのかもしれない。実際、その日は再び聞こえることはなかった。

だが翌日の昼間、会社の近くにあるオープンテラスのカフェで三人の同僚たちと昼食を摂っていると、またしてもその音が聞こえてきた。

「あっ、また聞こえる。ねえ、聞こえるよね、変な音。何だと思う？」同僚たちに確認した。そのうちの一人は長倉一恵だ。

「昨日の音？」一恵が訝しげに尋ねてきた。

そう、と睦美は頷いた。

一恵は、ほかの二人に、「聞こえる？」と訊いた。

何が、と二人は問うた。どちらもきょとんとしている。

「変な音。ほら、何かが低く唸ってるみたいじゃない」睦美は懸命に説明した。だが三人は戸惑ったように顔を見合わせるばかりだ。

「聞こえないの？」

睦美の質問に三人は、聞こえない、と声を揃えた。その表情を見るかぎり、嘘をついているようには思えなかった。

「どうして？」そういった時、またしても不意に音は消えた。「あっ、消えた……」

「それ、耳鳴りじゃない？」一恵が心配そうにいった。「ストレスのせいかも。ひどくなる前に耳鼻科に行ったほうがいいよ」

そういわれ、不安になった。

「本当に聞こえなかった？」

彼女の問いに三人は同時に頷いた。

睦美が会社の近くにある耳鼻科を訪れたのは、それから一週間後のことだった。その間、耳鳴りが聞こえなかったわけではない。じつは、ほぼ毎日聞こえた。大抵は職場で仕事をしている時だが、駅のホームで電車を待っている時に聞こえたこともあった。聞こえている時間は、いつも二分か三分だ。一日に何度も聞こえることはない。だから仕事に支障をきたすことはなかったが、耳鳴りを放置しておくことは危険だということをネットで知り、病院に行く決心をしたのだった。

だが診察の結果は、特に異常なし、というものだった。

「精神的なものだと思います。あまり深刻に考えず、ああまた来たなという感じで受け止めていれば、そのうちに聞こえなくなりますよ」年老いた医師は気軽な調子でいった。

しかし、その後も耳鳴りが治まることはなかった。ひどくはならないが、一日のどこかで必ずといっていいほど聞こえた。ただ、休日に自宅にいる時などは聞こえないので、やはり精神的なものなのかなとも思えた。

今日も耳鳴りは、いつものように唐突に消えた。何かのスイッチを切ったみたいだ。隣の長倉一恵が席を外している間でよかったと思った。最近では耳鳴りのことは話していない。おそらく一恵は、睦美が今もこのことで悩んでいるとは夢にも思っていないだろう。

仕事にとりかかって間もなく、その一恵が戻ってきた。神妙な顔をしている。席につくなり、「部長のこと、聞いた？」と小声で尋ねてきた。

「部長？　早見部長のこと？」

もちろん、と一恵は頷いた。

睦美は窓際の部長席に目を向けた。いつもならそこに、白いものが混ざった頭髪を奇麗にセットした早見の姿があるはずだが、今日はまだ姿を見ていなかった。

「部長がどうかしたの？」

すると一恵は黒い瞳に好奇の色を浮かべ、睦美のほうへ顔を寄せてきた。

「部長、今朝死んだんだって。マンションのベランダから飛び降りて」


警視庁の捜査員が睦美たちの職場にやってきたのは、早見達郎が死んだ翌日のことだった。早見と関わりが深かった人間が一人一人呼ばれて話を聞かれているようだったが、自分が呼ばれることはないだろうと睦美は考えていた。仕事上では無論上司だが、個人的にはろくに話をしたことさえなかったからだ。

ところが予想に反して睦美にもお呼びがかかった。来客室で待ち受けていたのは二人の刑事だった。一方が女性だったので、少し意外な気がした。

主に質問をしてきたのは、草薙という男性の刑事だった。人の良さそうな顔で、当たり障りのない話をしながら、突然予想外のことを尋ねてきたりする。その最たるものが、「早見さんの女性関係についてはどう思いますか」というものだった。

睦美が返答に窮していると、「聞きましたよ」と草薙は笑顔でいった。「三か月ほど前は、その話題でずいぶんと盛り上がってたそうじゃないですか。脇坂さんは、特に事情通だったとか」

「事情通だなんて、そんな……」睦美は手を振った。「向こうの職場に友達がいて、その子からいろいろと話を聞いていたというだけで」

「向こうの職場とは？」

「だからそれは……」

「どこですか」草薙が心の内側を覗き込むような目をした。わかっているくせに、睦美に明言させたくて訊いてくるのだ。

ため息混じりに、広告部です、と答えた。

「広告部がどうかしたんですか」

睦美は草薙を睨みつけた。「知ってるから、私を呼んだんじゃないんですか」

しかし警視庁の刑事はＯＬの嫌味などにはびくともしなかった。

「こちらから下手なことをいうと誘導尋問だと責められるおそれがあります。面倒でしょうが、どうかお付き合いください」

睦美は、もう一度ため息をついた。どうやら何もかも話すしかなさそうだ。

三か月前、一人の女子社員が自殺した。自宅の部屋をガムテープで密閉し、練炭を燃やしたのだ。広告部に所属する三十一歳の女性だった。

自殺だということは明白だったが、遺書はなく、動機は不明のままだった。だが彼女が不倫をしていて、その相手が営業部長の早見達郎だということは、広告部の女性社員ならば誰もが知っていた。その中の一人が睦美の友人だった。

「奥さんとは別れるっていってたそうなんだよね。それで三年も付き合ってたんだって。だけど結局、ぜーんぶ嘘。結局は捨てられたってわけ。しかも捨てられた理由は、ほかに新しい女ができたからなんだって。ありえないよねえ。そりゃ、情けなくって死にたくなると思う。あてつけに死んでやろうっていう気持ちもあったんじゃないかな」

この友人の話を、睦美は営業部内の主に女友達に披露した。そのことが今回の捜査の過程で刑事の耳に入ったので、「事情通」ということになってしまったのだろう。

「なるほど、そういうことでしたか」草薙は納得顔で頷いた。「その後日談については、どんなふうに聞いておられますか」

「後日談って……」

「社内不倫をしていて、女性のほうが自殺した。それでおしまいですか。もう少しいろいろな噂が飛び交いそうな気もするのですが」

睦美は首を振った。

「何もありません。だって男女のことなんて、結局当人たちにしかわからないじゃないですか。あれこれいう人はいても、証拠とかがないかぎりはただの想像ってことになっちゃうし。最近では、話題にする人もいなかったと思います」

草薙は、やや失望の色を滲ませながら頷き、「今回の事件についてはどうですか」と訊いてきた。「早見さんが亡くなった件です。何か思い当たることはありませんか」

睦美は、さあ、と首を傾げた。「何も思い当たりませんけど」迂闊《うかつ》なことをいって、後で責任をとらされるような事態になったら厄介だ。

するとと草薙はそれまで広げていた手帳を閉じ、隣でメモを取っていた女性刑事にも、「おい、ここから先は記録するな」といってから、改めて睦美を見た。

「世間話のつもりで結構です。ちょっと思いついたことでもいいですから、今回の事件の感想を聞かせてもらいたいんです。事件のことを聞いて、どう思いましたか。驚きましたか」表情は穏やかだったが、目には真剣な光が宿っていた。

「それはもちろん驚きました」

「早見さんが自殺するとは、夢にも思わなかった？」

睦美は一呼吸置いてから、「まあ……そうですね」と答えた。

草薙の眉が動いた。「今、何かいいかけましたね」

「いえ、そんなことないです」睦美はかぶりを振った。

脇坂さん、と草薙は身を乗り出してきた。

「あなたにだけお話ししますが、早見さんの死には、いくつか不審な点があるんです。それでこうして我々が捜査しているというわけなんです。どんな些細なことでも結構ですから、何か気になっていることがあれば、話していただけませんか」

刑事の言葉に、睦美は思わず背筋を伸ばしていた。「何ですか、不審な点って」

「それは申し上げられません。捜査上の秘密ですから。それにあなたは知らないほうがいい。いろいろと面倒なことに巻き込まれるのは嫌でしょう？」

どんな面倒だろうと思いつつ、睦美は頷いていた。

「御心配なく。あなたから聞いたことは秘密にしておきます。早見さんの死について、何か知っているんですか」

睦美は首を振った。

「知っているわけじゃありません。それに、私が話したってことを秘密にしてもらわなくても構いません。だって、みんなだって同じように思ってるだろうから」

草薙は眉間に皺を寄せた。「どういうことですか」

睦美は少し迷いつつ答えた。「部長が自殺したと聞いた時、やっぱり、と思ったんです」

「やっぱり？　どうしてですか」

「だって、最近はずっと部長の様子がおかしかったんです。挙動不審っていうんですか。顔色が悪いし、いつもびくびくしているみたいでした。急に上の空になって全然こっちの話を聞いてないことがあるって、課長たちがこぼしてました。自分の席でぶつぶつと独り言をいってたりして、なんかおかしいよねって、みんなとも話してたんです」

「それはいつ頃からですか」

「いつ頃からかな。一か月以上は経っていると思います」

草薙刑事は何事かを考える顔つきになり、黙ったままで何度か首を縦に動かした。睦美への質問はこれで切り上げられた。

事件の詳細については、その後ネットで睦美は知った。それによれば、事件当日の朝、早見達郎は会社へ行くといって一旦自宅のマンションを出たらしい。その後、子供たちは学校へ行き、妻もカルチャースクールに出席するために家を出た。マンションの敷地内で早見の転落遺体が見つかったのは、それから約一時間後のことだ。その位置から考えて、自宅のベランダから落ちた可能性が高いとみられた。

だが不明な点も多かった。会社へ行くために家を出たはずなのに、なぜ戻ってきたのか。その間、どこで何をしていたのか。自殺だとすれば動機は何なのか。

それからしばらくは、職場での話題の中心はこれらの謎だった。自殺した愛人の後を追ったのでは、という噂も流れた。しかし所詮は憶測に過ぎず、何かを確定する材料は一つもなかった。

当初は毎日のように刑事がやってきたが、そのうちに頻度が減り、ついには姿を見せなくなった。それと共に職場の空気も元に戻った。正式な形での発表などはなかったが、結局は自殺だったんだろうなと誰もが解釈し、やがて敢えてこのことを話題にする者もいなくなった。

脇坂睦美も、事件から一か月が経つ頃には、刑事から質問されたことさえ忘れていた。

ただし――。

彼女自身の悩みは解消されていなかった。例の羽虫が飛んでいるような耳鳴りは、毎日のように彼女の神経を苛立たせていた。

2

目を覚ました瞬間、やばいな、と草薙は思った。身体が少し熱っぽい。しかも喉に違和感がある。扁桃腺が腫れているに違いなかった。風邪をひくと決まって出る症状だ。のろのろとベッドから這い出し、洗面所に向かった。いつもなら常備してある市販薬を呑んで様子を見るところだ。だが現在、彼の所属する係は事件を抱えていなかった。無理をする必要はない。下手に長引かせて、いざ出動という時に寝込んでいたのでは、上司から嫌味をいわれるだけでなく、後輩たちからも馬鹿にされてしまうだろう。

さっさと病院に行ったほうが話が早いか――洗面台の鏡で、ややむくんだ自分の顔を眺めながら草薙はため息をついた。

病院は混んでいた。受診申込書の記入を済ませても、受付に提出するためには並ばねばならなかった。こんな大きな病院に来るんじゃなかったなと後悔したが、もう遅い。ようやく順番が回ってきたので受診の申し込みをすると、内科に行くようにいわれた。幸い、内科の待合所は同じ一階のフロアにあった。だがそこに座っている人々の数に草薙はうんざりした。三十人はいるだろう。自分の番が回ってくるまでの時間を想像し、このまま帰ろうかと思った。

彼がそんなふうに呆然と立ち尽くしていると、すぐそばに座っていた老婦人が席を一つ移動し、どうぞ、と微笑みかけてきた。どうやら座るところがなくて困っていると思われたようだ。辞退するのも悪い気がして、ありがとうございますと礼をいい、その席に腰を下ろした。座面が暖かかった。

「この病院、いつも混んでるんですよ」老婦人が話しかけてきた。いつも、ということは常連らしい。

そうなんですか、と草薙は応じた。

老婦人は頷いた。

「一人一人にかける時間が長いんですよ。まあ、それだけ丁寧ってことで、だからこそ人気が高いってこともありますけどね。流れ作業みたいにして患者を扱う病院は、やっぱりだめ。人が集まらないもの」

どうやらかなりの病院マニアのようだ。感心して、なるほど、と呟いた。

「あなたはどこが悪いの？」

「いや、自分はただの――」

風邪で、といいかけた時だった。

うわあああ、と男の叫ぶ声が草薙の後ろから聞こえてきた。振り返ると、一人の男が棒のようなものを振り回していた。そのすぐそばでは、瘦せた老人が倒れている。女性たちが悲鳴を上げた。

草薙は立ち上がり、駆けだした。ほかの患者たちは男を遠巻きに見ている。

男は三十代半ばと思われた。長身で引き締まった体格をしている。なかなか整った顔立ちで、俳優といわれたら信用しそうだった。ただし、目は狂気の色に染まっている。さほど暑くもないのに、額は汗で光っていた。

男が手にしているのはステッキだった。それを逆さに持ち、奇声を発しながら、近づこうとする者たちを威嚇している。そしてその合間に、把手の部分で倒れている男性の顔や身体を殴った。男性は気絶しているのか、全く動かない。女性たちの悲鳴は止まらない。

「うるさい、うるさい、うるさいっ。いつもいつも肝心な時に邪魔しやがって。声を出すな、おまえら。ぶっ殺すぞっ」男は大声で喚いた。

ようやく警備員が駆けつけてきた。だが男がステッキを振り回すので、なかなか近づけないでいる。

草薙は素早く周囲を見回した。先程の老婦人がそばに来ていた。日傘を持っている。

「それをお借りできますか」日傘を指した。老婦人が当惑の表情を見せたので、「御安心ください。自分は警察の者です」と説明した。彼女は得心のいった顔で頷いた。

草薙は日傘を手にし、人々の間を割って進んだ。男はステッキを振り上げ、警備員と睨み合っている。

「危ないですから、離れていてください」中年の警備員が草薙にいった。

「大丈夫。警察官です」草薙はいい、男のほうを見た。「傷害の現行犯で逮捕する。ステッキを置きなさい」

男は目を血走らせた。

「なんだ、おまえは。おまえも仲間か」

「仲間？　何のことだ」

草薙が訊いた直後だ。「俺は殺されないぞっ」そう叫んで男はステッキを思いきり振り下ろしてきた。

そのステッキが頭上に達する寸前、草薙は持っていた日傘を男の手首に向けて素早く突き出していた。傘の先端は手首に的中し、男はステッキを放した。それを認めた瞬間、草薙は傘を捨てて突進した。剣道は初段だが、柔道は三段だ。袈裟《けさ》固めに持ち込むのに、十秒はかからなかった。

「警察に連絡を」男を押さえつけたまま、草薙は警備員にいった。

日傘を貸してくれた老婦人が、草薙に向かってガッツポーズをするのが見えた。思わず笑みが漏れた。彼女に応じようと片手を上げようとした。その時だった。

脇腹に軽い衝撃を受けた。何かが当たったような感じだ。

何が起きたんだろうと思い、草薙は自分の脇腹を見た。

鈍い痛みが広がっていくのと、シャツが赤黒く染まっていくのが、ほぼ同時だった。

3

「マンガを読む余裕があるということは、心配する必要はなさそうだな」病室に入ってくるなり湯川はいった。

「おまえ、どうしてここに？」草薙は訊いた。

だが湯川はこの質問には答えず、提げていた白いビニール袋からマスクメロンを取り出し、きょろきょろした。

「一応、見舞いの品も持参したんだが。どこに置けばいい？」

「むき出しかよ」草薙は目を見開いた。「ふつう、箱とか籠に入れないか」

「箱や籠が欲しいのか」

「そういうわけじゃないが……。まあいい。ありがとう」この点について議論をしても無駄だ。「そこの棚にでも置いてくれ。姉貴が何とかしてくれるだろう」

湯川はメロンを置いた後、上着を脱いでベッドの脇の椅子に腰を下ろした。

「その姉さんから聞いたんだが、ナイフで刺されたって？」

草薙は読んでいる途中のマンガを枕元に置き、友人を見上げた。

「姉貴と頻繁に連絡を取り合ってるのか」

「取り合っているわけではなく、一方的に連絡がある。ケータイの番号は君から聞いたということだった」

「何かおまえに直接話したいことがあるっていわれてさ。用件は教えてくれなかった」

湯川は小さく吐息をついた。「見合いだ」

「見合い？」

「見合いの相手を紹介したいということだ。やんわりと断っているのだが、一向に諦めてくれない」

湯川の困り顔を目にし、草薙は笑いが込み上げてきた。あはは、と笑った後、すぐに顔をしかめた。脇腹に激痛が走ったからだ。

「大丈夫か」淡泊な口調で湯川は訊いた。さほど心配していないのだろう。

「大丈夫だ。そうか、姉貴がおまえにそんなことを」

「今日もそのことで電話がかかってきたんだが、その時に君が刺されたと聞いた。命には別状はないので心配しないでくれということだったが」

「そういうことか」

「いつ刺されたんだ」

「昨日だ。事件現場は、この病院の一階だ。すぐに救急治療室に運ばれて、そのまま入院となったものだから、着替えも何もない。仕方なく姉貴に連絡したんだ」

「ほかに頼れる人はいないのか」

「いたら、あんな女を呼んだりしない」

湯川は不思議そうな表情になって瞬きした。

「おかしな話だ。君の姉さんは、なぜ弟の結婚相手を世話しようとはしないのだろう」

「知らんよ。見合いの仲介をする立場からすれば、安月給の刑事より、大学のエリート准教授のほうが話を進めやすいと思ってるんじゃないか」

「安月給なのかどうかは知らないが、危険の多い仕事であることは、今回の一件で証明されたようだな」湯川は草薙の脇腹のあたりに目を向けた。「とんだ災難だったな」

草薙は顔をしかめ、鼻の横を掻いた。

「自業自得、油断大敵だ。まさかナイフを持っているとは思わなかった」

「どんなナイフだ。戦闘用か」

「小型のアーミーナイフだ。キャンプなんかで使うやつだ。戦闘用のナイフだったら、こんな傷では済まなかった」

「なぜ相手はそんなものを持ってたんだろう？」

「それにはいろいろと事情があるらしい。犯人は堅気だ。ストレスのせいで苛々していて、思わず暴力をふるってしまったといってるそうだ。詳しいことは、今日これから聞けるはずだ」

「これから？」

湯川が訊いた時、ドアをノックする音が聞こえた。どうぞ、と草薙は応えた。

ドアが開き、浅黒い顔をした男が入ってきた。背はさほど高くないが、肩幅があるので大柄に見える。男は湯川を見て、意表をつかれたような表情をした。先客がいるとは思わなかったらしい。

「大学時代の友人だ。湯川という」草薙は湯川を指して、男にいった。「帝都大の物理学者で、何度か捜査に協力してもらっている。今日は見舞いに来てくれただけだ」

男は合点のいった顔になり、湯川を眺める目つきをした。

「その噂なら何度か耳にしたことがあります。そうですか。あなたが……」

草薙は今度は湯川に、「今回の事件を担当している北原刑事だ」と紹介した。「ついでにいうと、警察学校の同期だ」

湯川の目が少し大きくなった。今日は眼鏡をかけていない。

「どうりで言葉遣いがぞんざいだと思った。僕に対するのと同様に」

「こっちは所轄ですから、多少ぞんざいにいわれても仕方がありません」

北原が自嘲気味にいうのを聞き、草薙は眉をひそめた。

「なんだ。おまえでも、そういう嫌味をいうことがあるのか」

北原はあわてた様子で手を振った。「すまん。冗談だ」

草薙は湯川を見た。

「警察学校時代から、こいつのほうが俺なんかより数段成績が上だった。最初に本庁に上がれるとしたら北原信二、みんながそう思っていた。ところが俺なんかが捜査一課にいるっていうのに、上はまだこいつを登用しようとしない。優れた人材がいても、お偉方の目が節穴だと宝の持ち腐れになるっていう典型だ」

「やめろよ」北原がいった。「それより、事件のことでいくつか確認したいことがある。怪我人に無理はさせたくないんだが、今ここで質問させてもらってもいいかな」

「ああ、もちろんだ」

北原は背広の内ポケットから手帳を取り出した。だが話を始める前に隣をちらりと見てから草薙にいった。「できれば二人だけで話したいんだが」

失礼、といって湯川がすぐに立ち上がった。「僕は席を外したほうがいいな」

「別に構わんだろ」草薙は北原にいった。「こいつは身内も同然だ。ここでのやりとりを口外するような人間じゃない」

北原は気まずそうな顔でかぶりを振った。

「いや、やはりここは厳密にやっておきたい」

「そのほうがいい」湯川は上着を手にした。「じゃあ草薙、またな。お姉さんによろしく」

「ああ、すまん」

湯川が出ていった後、「相変わらずだな」と草薙は北原にいった。

「堅物で融通がきかないといいたいんだろ」

「そこまではいわないが……」

「俺にいわせれば、おまえのほうがどうかしている。これまでにどれだけ協力してもらったのかは知らないが、一般人は一般人だ。捜査の内容を迂闊に聞かせるべきじゃない」

草薙は黙って苦笑を浮かべた。あいつはふつうの一般人じゃない、と答えたところで、この男が納得するわけがないと思った。

「被疑者の取り調べは進んでるのか」話題を変えることにした。

「ぼちぼちというところだ」北原は、先程まで湯川が座っていた椅子に座った。「昨日は興奮気味だったが、今日はかなり落ち着いている。こちらの質問にはきちんと答えるし、言葉遣いも丁寧だ。今のあいつを見るかぎりでは、虫も殺せなさそうだ」

「ごくふつうの会社員だといってたな」

「事務機器メーカーに勤めるサラリーマンだ。前科はない。交通違反さえない。突然暴れたなんて信じられん。ましてや人を刺すとはな」

「だけど俺が刺されたのは事実だ」

「わかっている。それは本人だって認めている」

被疑者の名前は加山幸宏というらしい。年齢は三十二歳で独身。昨日は心療内科にかかるために病院を訪れ、受診の申し込みをしようと並んでいたところ、背中を押した押さないで後ろの老人と口論になり、挙げ句の果てに相手のステッキを奪って頭などを殴った――これまでの話ではこういうことになっている。

「だがあの供述内容には、いろいろと辻褄の合わないことが多い。頭を殴られた老人は、口論なんかしていないといっている。急にあの男が怒りだし、襲ってきたんだと。周りにいた人たちの話を聞いたかぎりでも、老人の言い分のほうが正しそうだ」

「被疑者が嘘をついていると？」

北原は、ゆっくりと顎を引いた。

「その点について追及してみたところ、今日になってまるで違うことをいい始めた」

「何といってるんだ」

それが、と北原は肩をすくめた。「幻聴のせいだってさ」

「幻聴？」草薙は眉根を寄せた。

「聞こえるはずのない音や声が聞こえるという症状だ。ここ一か月ほど、それにずっと悩まされているらしい。この病院に来たのも心療内科で診てもらうためだったといっている」

「幻聴って、一体どんなものが聞こえるんだ」

「加山によれば、人の声らしい。男のひどく低い音だ。まるで呪うような調子で、死んでしまえとか、いつか殺してやるとか囁きかけてくるんだってさ。殆ど毎日で、予期しない時に聞こえるそうだ」

話を聞き、草薙は顔を歪めた。

「それが本当なら、たまらんな。毎日のように聞こえるのだとしたら、気がおかしくなっても不思議じゃない」

「たしかに」北原は手帳を開いた。「さて、そこで確認だ。昨日の草薙の話では、加山はステッキを手に暴れながら、こんなふうに叫んだんだったな。いつもいつも肝心な時に邪魔しやがって――」

「その通りだ」

「さらには、おまえも仲間か、俺は殺されないぞ――そういったんだろ」

「間違いない。ほかにも聞いていた人間はいるはずだ」

北原は手帳を閉じ、頷いた。

「証言はいくつか取れている。人によって微妙に表現が違っていたりするが、基本的には同じ内容だった。おかしなことをいっている、と誰もが思ったようだ。加山がいうには、受診の申し込みで並んでいる時、またしても声が聞こえたらしい。今日こそ殺してやる、死んでしまえってな。会社の外にいる時に聞こえたのは初めてだったものだから、いつも以上に狼狽し、混乱したんだそうだ。思わず振り返った時、後ろの老人がステッキを持ち直していた。ところがそれを、ステッキで殴りかかってきたように錯覚した。殺される、と咄嗟に思ったそうだ。無我夢中で防戦しようとした記憶はあるが、後のことははっきりとは覚えていないと本人はいっている。気がついた時には取り押さえられていた、ということらしい」

「取り押さえた男を刺したことも覚えてないのか」

「それについては、ぼんやりとではあるが記憶があるそうだ。早く逃げないと殺されると思い、夢中で刺したんだってさ」

「ナイフを持っていたのは？」

「護身用だ」北原はあっさりと答えた。「幻聴だとわかりつつ、いつか誰かに殺されるんじゃないかという思いに捕らわれて、外出時にはポケットにナイフを忍ばせるようになっていたそうだ。山登りが趣味だそうで、あれは前から持っていたんだってさ。愛用の品をあんなことに使ってしまったことについても、ひどく後悔してたよ」

「それを後悔してるのか。愛用のナイフでなきゃよかったのかよ」草薙は鼻の上に皺を寄せ、唇を曲げた。

「以上の話から、幻聴が聞こえたせいだという加山の供述内容には、なかなか説得力があると俺たちはみている。しかし実際に対峙したおまえの意見も聞いておきたい。何か疑問があるならいってみてくれ」

　草薙は少し考えてから首を横に振った。

「いや、俺からは特にはない。あの男は、たしかにふつうの精神状態ではなかったと思う。しかしそうなると精神鑑定が必要になりそうだな」

「おそらくそうなると思う。簡易鑑定で十分だろうがな。それに嘘をいっているかどうかなんてことは、ちょっと調べればすぐにわかる」

「職場の人間から話を聞くんだな」

　北原は頷き、腕時計を見た。

「これから大手町に行ってくる。『ペンマックス』という会社だ」

「ペンマックス？」草薙は眉をひそめた。

「何だ。あの会社がどうかしたのか」

「二か月ほど前に、早見という営業部長が自殺している。一時、捜査を担当させられた」

ほう、と関心のない表情を浮かべてから、北原は何かを思い出したように口を開いた。

「そういえば加山も営業部だといってたな」

「本当か」

「まっ、単なる偶然だろうけどな。部長が自殺で、今度は部下が傷害罪か。玄関に塩でも盛るようにいっておくかな」北原は腰を上げた。「疲れているところを申し訳なかった。ゆっくり休んでくれ」

「また何かあったら、いつでも来てくれ」

草薙の言葉に軽く手を上げて応えてから、北原は病室を出ていった。

昔の友人を見送った後、草薙は上体を倒して横になった。「幻聴……か」

眠ろうと思った。引っ掛かることはあるが、自分が気にすることではないと思った。

今、最優先すべきなのは、一刻も早く怪我を治すことだ。今回のことを警視庁内では名誉の負傷と持ち上げてくれているらしいが、調子に乗ってはいけない。傷が原因で十分な働きができなくなったら、即座に異動させられるだろう。

だが瞼を閉じていても、様々な考えが浮かび上がってきて、到底眠れそうにはなかった。草薙は諦めて目を開け、ベッドの端にかけてある上着に手を伸ばした。内ポケットから手帳を取り出し、ページを開いた。

二か月前、『ペンマックス』営業部長の早見達郎が、自宅マンションのベランダから落ちて死亡した。一見したところでは自殺の可能性が高そうだったにもかかわらず、警視庁捜査一課の草薙たちが呼ばれたのは、自殺にしては不審な点が多かったからだ。

その日、午前七時半に早見は自宅を出ている。その直後に子供たちは学校に向かい、午前八時を少し過ぎた頃には妻が外出した。午前八時四十分頃、激しい物音がするのを多くの住民が聞いている。間もなく、マンションの一階敷地内で人が血を流して倒れているのを管理人が発見、警察に通報した。午前八時五十分、所轄の捜査員が到着、倒れている人物の死亡を確認。所持していた免許証等から、七階に住む早見達郎だと判明した。

位置関係から、自宅のベランダから落ちたと考えられた。問題は自殺か事故か、あるいは他殺なのかということだった。自宅の玄関には鍵がかかっていたが、チェーンはかけられていなかった。ただし家族らの話によれば、早見にはチェーンをかける習慣がなかったらしい。また遺体は靴を履いておらず、家を出た時に履いていた革靴は、玄関の靴脱ぎに置いてあった。

やがて事件当日の午前八時頃に自宅近くの公園で早見らしき男性を見た、という目撃情報が寄せられた。その目撃談によれば、早見は特に何をするでもなく、ぼんやりと煙草を吸っていたということだった。

会社に行くといって自宅を出た後、公園で一時間ほど過ごし、妻子たちがいなくなってから帰宅した、と考えるのが妥当なようだった。尚、会社に遅刻や欠勤の連絡はなかった。

なぜ会社に行かなかったのかは謎だが、自殺と考えるのが妥当な状況ではあった。しかし一点だけ、それではどうしても説明のつかないことがあった。

それは壁の血痕だ。

リビングルームの壁に、うっすらとではあるが血が付着していたのだ。床から百七十センチメートルほどの位置で、早見の身長と一致する。鑑定の結果、早見の血に間違いないと判明した。実際遺体の額には、転落が原因とは思えない擦り傷があった。

なぜ早見は壁に額を打ちつけたのか——これが最大の謎だった。誰かにやられたのだとしたら、自殺説も怪しくなる。

そこで草薙たち捜査一課の出番となったのだ。

早見の人間関係を調べたところ、興味深い事実が判明した。三か月ほど前に自殺した女子社員と不倫関係にあったようなのだ。女子社員は早見に離婚の意思がないことに絶望し、死を選んだとみられている。また死ぬ直前、彼女が早見に電話をかけていたこともわかっている。どういう会話を交わしたのかという捜査員の質問に対し、早見は、

「これまでのことはすべて水に流しましょうといわれました」と答えているが、それが本当だという証拠はどこにもなかった。むしろ、女性は電話で自殺を仄《ほの》めかし、思い留まらせたければ奥さんと離婚してくれ、という意味のことをいったのではないか、と捜査員たちは想像した。だが真相を明らかにすることは殆ど不可能だった。また仮にそれが事実だったとしても、早見を何らかの罪に問うことは難しかった。

しかし罪に問われないからといって、誰からも恨まれないとはかぎらない。女子社員の遺族や親友たちが、早見のことを殺したいと考えても不思議ではなかった。

職場の人間たちから話を聞いたところでは、早見は何かに怯えている様子だったという。もしかすると、何度か危ない目に遭っていたのかもしれない。ただ一方で、「ノイローゼ気味のようだったので、自殺したと聞いて、ああやっぱりと思った」という意見も少なくはなかった。

草薙たちは多くの人間から話を聞いたが、最後まで犯人らしき人物は見当たらなかった。遺族たちが早見のことを嫌っていたのは事実だが、妻子ある男性と深い仲になった当人にも非があると考えており、復讐したいという気持ちなどは露ほどもないようだった。念のためにアリバイを確認してみたが、地方在住ということもあり、遺族たちの中に犯行が可能な者はいなかった。

やがて、マンションの防犯カメラの映像を元に捜査を進めていたグループから、事件発生前後にマンションを出入りしたすべての人物の身元を突き止めたという報告がなされた。その中に早見と関わりのある者は一人もいなかった。

さらに壁の血痕について、鑑識が一つの推論を報告した。よく調べた結果、血痕を挟むように早見の掌紋と指紋が検出されたのだ。それらの付着の程度から、早見は誰かに頭部を壁に打ちつけられたのではなく、自ら打ちつけた可能性が高い、と報告書は語っていた。

いくつか不可解な点はあるが、自殺と考えるのが妥当——捜査陣のトップは、ついにそう結論を下したのだった。

草薙は手帳に書き込んだ二つの文字を見つめた。捜査を進める中で見つけたものだ。気にはなっていたが、ここからどう進めていいのか、その時はわからなかった。

その文字とは、一つが『霊』、そしてもう一つが『声』だ。

草薙は枕元に置いた携帯電話を取り上げた。少し迷った後、内海薫の番号を選んだ。

4

病院を出た後、北原はタクシーで大手町に向かっていた。加山が勤務する『ペンマックス』に行くためだが、頭の中は別のことで占められていた。

草薙とのやりとりを振り返りながら、北原は自己嫌悪に陥っていた。口にする必要のない嫌味をいくつかいってしまったことを後悔した。本庁勤務の人間に対してコンプレックスを抱いている自分が許せなかった。

草薙とは同じ職場になったことはないが、警視庁捜査一課を目指すライバルとして、常に意識していた。ある時、草薙が本庁に抜擢されたと聞き、目眩《めまい》がするほどに驚いた。自分のほうがリードしているという手応えを感じていたからだ。

草薙は爺さんに受けがいいんだよ——同期たちの中には、そんなふうにいう者がいた。そういうことだろう、と北原としても考えるしかなかった。自分は上司の機嫌取りなど苦手だ。そこだけが草薙との差であり、それ以外では負けていない自信があった。

しかし、だ。

どんな理由にせよ、一度差をつけられたらそれまでだ。今の職場では、どれだけがんばろうと目立った成果など上げられない。たとえば管内で殺人事件が起きたとしても、主役になるのは捜査一課の連中ばかり。所轄には活躍のチャンスさえ与えられない。

皮肉なものだ、と思った。病院で刺傷事件が起きたと聞いて駆けつけてみれば、犯人はすでに取り押さえられている。しかも被害者はかつてのライバルで、犯人を捕まえたのも彼だという。ツキのある人間は、非番の時でもチャンスが巡ってくるらしい。一方の北原に残された仕事は、被疑者の精神状態がおかしかったということの確認だけだ。おそらく何の実績にもならないだろう。

やってられねえよ——思わず呟いた。何ですか、とタクシーの運転手が訊いてくる。何でもない、とぶっきらぼうに答えた。

間もなく『ペンマックス』に到着した。北原が最初に話を聞くことにしたのは、加山の直属の上司である村木という課長だ。四十歳過ぎと思われる、柔和な顔つきをした男性だった。

「いやあ、このたびは本当に御迷惑をおかけしました。まさかこんなことが起きるとは夢にも思わず、私たちもびっくりいたしました」来客室で顔を合わせるなり、村木は深々と頭を下げた。

まあ座りましょう、と北原のほうからいった。

「昨日は平日ですから、当然こちらの会社は営業されていたわけですよね。加山容疑者は欠勤届を出していたのですか」

最初の質問に、村木は大きく頷いた。

「一昨日、私のところに持ってきました。最近ずっと体調が良くないので、大きな病院で診てもらうことにした、というのが理由でした」

「具体的にどう体調が悪いのかはいってませんでしたか」

「本人はいいませんでしたが、どう悪いのかは私にもわかっていました。というより、以前から、どこかで診てもらったほうがいいんじゃないか、と私が彼にいっていたんです」

北原は意外な思いで相手の顔を見返した。「何かあったんですか」

「うーん、そうですねえ。あった、といったほうがいいと思います。一度や二度じゃないし、そういうふうにいってるのは私だけではないし」

「どういうことですか。どんなことがあったんですか」

「はあ、たとえば、ついこの前も……」

村木の話は一週間前まで遡った。

その日、ある会議で加山は新しいプロジェクトに関する報告を行うことになっていた。彼がそのプロジェクトのリーダーだったからだ。役員や部長たちも顔を並べる、大きな会議だった。

途中までは順調だったらしい。前方に設置されたモニターを使っての説明はわかりやすく、加山の口調も明瞭で軽快、まさに自信に満ちていた。

ところが半ばを過ぎた頃、突然おかしくなった。言葉が途切れ途切れになり、沈黙が長く続いたりした。たまらず村木が声をかけたが、加山は応じない。まるで人の声が耳に入っていないかのようだ。目を血走らせ、額には汗をかいていた。

どうしたんだ、ともう一度声をかけようとした時だった。

「うるさいっ。うるさい、うるさい、うるさいっ。出ていけっ。頭から出ていけっ」

見えない何かを振り払うように腕を動かしながら、そんなふうに叫びだしたという。

「何が起きたのか、さっぱりわかりません。役員たちもいるし、とにかく事態を収束させなきゃいけないと思って、後半は別の人間に説明をやらせました。間もなく加山君は落ち着きを取り戻して、後の会議自体には支障がなかったのですが、彼は会議が終わるまで元気がなく、口数も多くはありませんでした」

「それについて本人は何といってるんですか」

「緊張のあまりパニックになった、といっていました。だけど変だと思いました。もっと大きな会議で、もっとプレッシャーのかかるプレゼンでも、彼は堂々とこなしてきましたからね。だからこそ同年代の中では出世頭といわれてきたんです」

「ははあ、出世頭なんですか」

「これまでずっと、実績を積んできましたからね。営業成績だけをいえば、部内でもトップクラスです。だけどその一件で、ずいぶんと上役たちの印象は悪くなってしまったと思いますけどね」

北原は、ほかの人間からも話を聞くことにした。すると、ほぼ全員が村木と同様のことを供述した。加山が席で仕事をしている時、突然ぶつぶつと独り言を呟き始めたとか、打ち合わせの最中に相手の言葉を完全に無視してわけのわからないことを喚き始めたとか、加山の最近の異常性を示すエピソードには事欠かなかった。

「結局は虎の皮を被った狐だったんじゃないかと思います」そういったのは、加山と同期入社の小中という男だった。「アピールするのがうまいんです。人と同じことをやっただけなのに、成果が人一倍あるように見せかける名人でした。だけどそんなごまかしはいつまでも通用しませんから、人知れず悩んでいたんじゃないでしょうか。例のプロジェクトのリーダーに指名されたことなんかも、じつはプレッシャーになってたんじゃないかな」

　北原は頷いた。警察内でもよくあることだ。どこの世界も同じなのだなと思った。

　署に戻った北原は、改めて加山を取り調べることにした。会社で聞いてきたことを話すと、全身に落胆の気配を漂わせ、深く項垂《うなだ》れた。

「やっぱり、課長だけじゃなく、周りの人たちも気づいていたんですね。僕の様子がおかしいってことに……」

「全部、幻聴のせいなんですか」

　北原の質問に加山は力なく頷いた。

「大事な仕事をしている時にかぎって、おかしな声が聞こえてくるんです。死ねとか、殺してやるとか。プロジェクトの会議中には、いつも以上に大きな声が、しかも立て続けに聞こえてきました。おかげで自分が何を話せばいいのか、わからなくなってしまい、パニックになってしまったんです」

　そんなものが聞こえてきたのなら、混乱して当然だろうと北原は思った。

「幻聴のことを誰かに相談しなかったんですか」

　加山はゆらゆらと首を振った。

「誰にもいってませんでした。幻聴が聞こえるなんていったら、重要な仕事から外されてしまうと思ったものですから」

　やはり虚栄心が強いようだ。小中という同僚の話を北原は思い出した。

「だけど、たまりかねて病院で診てもらうことにした。ところがその病院で幻聴が聞こえたものだから、自分を見失って暴れてしまった、というわけですか」

「今までは会社にいる時しか聞こえなかったんです。でも、ついに外でも……」加山は頭を抱えた。「とんでもないことをしてしまった」

落ち込む被疑者を見つめ、これで一件落着だな、と北原は考えていた。平凡な会社員がノイローゼのせいで衝動的に暴れた、ということでいい。誰も異議は唱えないだろう。後は調書を仕上げるだけだ。精神鑑定の必要はあるだろうが、起訴するかどうかは検察が決めること、自分には関係がない。

所轄らしい簡単な事件だ、と思った。

だがそんな思いが覆されたのは翌朝のことだった。刑事課長に呼ばれた北原は、そこで一人の若い女性と引き合わせられた。きりりとした顔つきで、姿勢もいい。私服姿だったが、警察官だな、とすぐに見抜いた。

刑事課長が彼女のことを紹介した。警視庁捜査一課の捜査員で内海薫といった。草薙と同じ班らしい。

「こちらが担当している事件の捜査で、君に協力してもらいたいことがあるらしい。今ちょっと話を聞いたんだが、何だかややこしそうだ。後は任せるよ」刑事課長がいった。

へえ、と北原は女性刑事の顔を見た。「ではまあ、話を聞きますか」

部屋の隅にある簡易な応接セットに移動すると、北原は女性刑事の整った顔を正面からしげしげと眺めた。

なんでこんな小娘が捜査一課なんだ、という不満が胸に広がっていた。尤《もっと》も、事情は大体察しがつく。数年前の『ウーマン計画』で抜擢されたのだろう。「これからの犯罪捜査には女性の視点が非常に重要になるので、警察本部のすべての部署において若手の女性捜査員を積極的に受け入れるように」と警察庁から突然の御触れがあり、警視庁捜査一課でも女性を増員したという話だった。

役人の気紛れで苦労知らずの小娘がエリートコースに乗ったというのに、こっちはいつまで経っても下働き。やってられない、と唾を吐きたくなった。

「で、どんな協力をすればいいのかな」そう訊きながら北原は足を組んだ。

「一言でいうと情報交換です。北原さんは加山幸宏の事件を担当しておられますよね。その事件と私たちが取り組んでいる事件とは、何らかの関係がある可能性があります」

「はあ？」北原は大げさに口を開けた。「何らかの関係？　加山はノイローゼが原因で暴れたんですよ。ほかの事件との関連なんてあるわけがない」

「単なるノイローゼではなく、幻聴、ですよね」内海薫は歯切れのいい口調でいった。

北原は自分のネクタイをいじりながら頷いた。「……草薙から訊いたのか」

「加山の職場へは聞き込みに行かれたんですか」

「行きましたよ。所轄の刑事でも、それぐらいの仕事はする」

「幻聴については、裏は取れましたか」

北原は深呼吸を一つすると、組んでいた足を下ろし、少し身を乗り出した。

「一体何だっていうんです。ストレスか何かのせいで頭がおかしくなったサラリーマンが、治療のために行った病院で衝動的に暴れたっていうだけの事件だ。そんな事件のことを、どうして捜査一課が興味を持つんだ。もったいをつけてないで、そっちの手の内を見せたらどうなんだい」

北原は所謂どすの利いた声を出したつもりだったが、内海薫は頬の肉ひとつ動かさなかった。傍らのバッグを引き寄せ、中から手帳を出してきた。

「もったいをつける気はありません。ではこちらの事件についてお話しします。事件発生は今から約二か月前です。事務機器メーカー『ペンマックス』の営業部長早見達郎さんが、自宅マンションのベランダから転落して死亡しました。自殺の可能性が高かったのですが、居間の壁に早見さんの血痕が付着していたことから、他殺の疑いもあるということで、私たちの係が捜査を担当することになりました」

「そういえば草薙がそんなことをいってたな」病室でのやりとりを思い出した。「だけどあれは自殺ってことで片がついたんじゃないのか。草薙はそういう口ぶりだった」

「おっしゃる通り、自殺ということで決着がついています。その結論自体は、変わることはないと思います」

わからねえな、と北原はいった。

「そっちは自殺で、こっちは頭のおかしいサラリーマンが暴れただけ。どこがどう繋がるっていうんだ。職場が一緒っていうだけのことじゃないか。その程度の偶然は、それほど珍しいことじゃない」

するとと内海薫は手帳に目を落とし、ページをめくった。

「草薙は、早見達郎さんが使っていたパソコンの分析を鑑識に依頼しました。その結果、早見さんが頻繁に、ある二つの言葉をキーワードに検索していたことがわかったのです」

「二つの言葉？」

内海薫は手帳の中を北原のほうに向けた。そこには二つの文字が記されていた。

「一つは『霊』、もう一つは『声』です」

北原は口元を歪めた。「何だ、そりゃあ」

「草薙も、どういうことなのかはわからなかったみたいです。でも今回の事件について北原さんから話を聞いて、閃《ひらめ》くことがあったそうです」

「どんなことが閃いたんだ」

「亡くなる一か月ほど前から早見達郎さんの様子がおかしかったことは、多くの人が証言しています。何かをひどく恐れているように、いつもびくびくしていたということでした。他殺のセンで捜査を進めていた時には、何者かに命を狙われていることを早見さん御本人が感づいていたのではないかと考えましたが、他殺の疑いが消えてしまった後は、一体早見さんは何を恐れていたのだろう、という謎だけが残りました」

「その謎が解けたというのか」

「まだ想像の段階ですけど」内海薫はいった。「早見達郎さんも加山容疑者と同様、幻聴が聞こえていたのではないか、というのが草薙の説です。特にその声は、あの世からの声のように聞こえたのではないか、と。そう考えると、『霊』と『声』で何かを調べようとしていたことも説明がつきます」

「あの世から？」

「御存じないと思いますが、早見さんが亡くなる三か月前、別の部署の女性が自殺しています。早見さんは、その女性と不倫関係にあり、自殺にも関係していたと思われます」

「つまりその早見っていう部長には、死んだ女の声が聞こえてたっていうのか」

「あくまでも草薙の推論ですが」

へええ、と北原はおどけた声を出した。

「草薙のやつもおかしなことを考えたものだ。しかしまあ、そうかもしれんな。捨てた女が自殺したら、誰でも寝覚めは悪いだろう。ひどい目に遭わせたっていう自覚があるなら、空耳の一つや二つは聞こえたって不思議じゃない。で、それがどうしたっていうんだ」

「加山も幻聴が聞こえるといってるんですよね。それが犯行の引き金になったと」

北原は女性刑事を見つめたまま少し身を引き、そのまま背もたれに体重を預けた。

「だとしたら何だ。一体、何がいいたいんだ」

「同じ職場にいる人間が、同じように幻聴に悩まされていた——これを偶然で片付けていいものでしょうか」

北原は思わず噴き出した。

「いいものでしょうかって、ほかにどう考えればいいんだ。それとも幻聴ってのは、インフルエンザみたいに他人に伝染するとでもいうのか」

「そうかもしれません」内海薫は無表情で答えた。「あるいは、もっと別の原因があるのかも」

「馬鹿馬鹿しい」北原は吐き捨てた。「草薙のやつ、どうかしちまったんじゃないのか。そんな絵空事を考えている暇があったら、昇進試験の準備でもしてたほうがましだぞっていってやれよ」

「絵空事だと思いますか」

「思うね。そもそも俺は精神病なんてものには興味がない。加山が何かおかしな声を聞いていたってのは事実らしいが、ストレスとかプレッシャーとか、どっちみちそういうのが原因だろ。もし偶然じゃないというのなら、たぶん環境だ。奴らの職場は、そんなふうに頭がおかしくなっちまうぐらいストレスの溜まる場所ってことだろ」

「二か月前に草薙が聞き込みをした時には」内海薫は手帳に目を落とした。「早見さんに関していえば、仕事上の悩みはなかったはずだということでした。営業部長の仕事にかぎっては、順風満帆だったとか」

「傍からはどう見えていようが、本人にとってどうだったかは誰にもわからねえよ。それに、もし二人が同じように幻聴を聞いていて、その原因が同じだったとして、それが俺たちの仕事に関係してくるか？　おたくらの事件が単なる自殺で、こっちがただの傷害事件だってことには変わりがない。違うかい？」

「その幻聴の原因によるんじゃないでしょうか」

「何だって？　どういう意味だ」

だがこの問いに内海薫は答えず、左腕の時計を見た。

「北原さん、これからある場所へ、私と一緒に行っていただけませんか」

「ある場所？　どこだ」

内海薫は切れ長の目で、真っ直ぐに彼を見つめてきた。

「この幻聴の謎を解いてくれるかもしれない人物のところです」


帝都大学の門をくぐりながら、こういう場所に足を踏み入れたのは何年ぶりだろうと北原は考えた。これまで担当してきた事件の中に、大学へ聞き込みに来なければいけないようなものは殆どなかった。強いていえば、司法解剖を依頼した法医学教室を訪ねたことぐらいか。しかしあの場合でも、大学というよりは病院へ行ったという意識しかない。ましてや、犯罪捜査とはまるで畑違いの物理学者にアドバイスを求めるなどという発想は、北原の頭には塵ほどもなかった。

草薙が例の湯川という学者の力を借りて、難事件をいくつか解決したという噂は聞いている。だが北原にいわせれば、そんなやり方は邪道だ。いくら手詰まりになったからといって、一般人に頼るとは、刑事としてのプライドがないのかと神経を疑ってしまう。

だから内海薫から行き先を教えられた時は、一旦は断ろうと思った。そもそも加山の件は片付いたと認識している。

だが気持ちが変わったのは、一度草薙たちのやり方を見ておくのも悪くないと思ったからだ。内海薫の話しぶりから察すると、彼女も湯川とはずいぶん付き合いがあるようだ。ほかに急ぎの仕事があるわけでもなかったので、冷やかし半分で付いてきたというわけだった。

慣れているらしく、内海薫は学内を迷いなく進んでいく。入った学舎の中には、薬品か油か知らないが、今までに嗅いだことのない臭いが漂っていた。こんなことでもなければ、北原が一生立ち入ることはなかったであろう場所だ。

やがて物理学科第十三研究室という部屋に到着した。

内海薫がドアをノックすると、どうぞ、と返事が聞こえた。彼女に続いて、北原も室内に足を踏み入れた。中央に大きな作業台があり、その上や周辺には、触るのも躊躇《ためら》われるような複雑そうな機器類が置かれていた。

奥の席で白衣姿の男が背中を見せて座っていた。パソコンのモニターには、奇怪としかいいようがない図形が表示されている。

男が立ち上がり、振り返った。昨日、草薙の病室で会った湯川だ。あの時はかけていなかった縁なしの眼鏡を、今日はかけていた。

しばらく、と湯川は内海薫にいった。

「御無沙汰しています。今日はお忙しいところを申し訳ありません」

「さっき草薙から電話があったよ。全く君たちは強引だ。いっておくが科学雑誌のインタビューなんかだと、僕の場合、二週間は先でないと受けないんだからな」そういってから湯川は北原に頷きかけてきた。「昨日はどうも」

「あの時は失礼しました」北原は頭を下げた。

「謝ることはありません。事情聴取をする時に部外者を退出させるのは当然のことです。しかし――」湯川は内海薫に視線を移した。「今回の一件で、まさか僕が付き合わされることになるとは夢にも思わなかった」

「いや、まだそうとはかぎりませんよ」北原はいった。「というより、おそらく先生の出番はないだろうと私は考えているのですが」

湯川は眼鏡の中央部を指先で押し上げ、内海薫を見下ろした。「そうなのかい？」

「わかりません。だから、こうして御相談に伺ったんです」

ふうん、と釈然としない様子で湯川は首を縦に振った後、「とりあえず、コーヒーでもどうですか。インスタントですが」と北原に尋ねてきた。

「結構です。時間が惜しい」

そうですか、と湯川は作業台の横の椅子に腰掛けた。

「では話を聞くとしましょう。草薙によれば、幻聴に関することだということでしたが」

「そうです。今回のキーワードは幻聴です」そう前置きしてから、内海薫は話を始めた。

二か月前の自殺騒ぎ、そして今回の事件、いずれにも幻聴が関わっている可能性が高く、しかも偶然とは考えにくいという主旨のことを彼女は説明した。簡潔で明瞭、しかも細部についても必要最小限のことは伝えている。北原は横で聞いていて、内心舌を巻いた。捜査一課に抜擢されるだけあって頭は良いようだなと思った。もちろんそれだけでは刑事は務まらないのだが。

「なるほど、たしかに興味深いな」話を聞き終えた後、湯川はいった。「しかし幻聴というのは本来精神的なものだろう。物理学者の出番があるとは思えないんだが」

北原も同感だったので大きく頷いた。すると内海薫がいった。

「単に一人の人間がいっているだけなら、そうだと思います。でも同じ職場にいた二人の人間が、同じような時期に幻聴に悩まされていたのだとしたら、精神面以外の理由――つまり物理的な何かが作用している可能性も考えられるのではないでしょうか」

「たとえば？　それはどんな魔法だ」

「草薙さんは」内海薫はピンク色の唇を舐めてから口を開いた。「以前湯川先生から、超指向性スピーカーの話を聞いたことがあるとおっしゃってました。極めて狭い範囲にいる人たちだけに音を聞かせる方法があるとか」

湯川が頰を緩めた。眼鏡の奥の目が細くなった。

「ハイパーソニック・サウンド・システムのことか。へええ、あの科学オンチがそんなことを覚えていたとは意外だな。少し見直した」

「一体何の話ですか」北原は訊いた。何が何やら、さっぱりわからない。

「ふつうの音というのは、発生点から扇形に広がっていくものですが、超音波の場合、その広がりが極めて小さく、ほぼ直進します。これを指向性が高いと表現します。その利点を生かした装置が、ハイパーソニック・サウンド・システムです」

「へえー」曖昧に頷いたが理解できたわけではなかった。

要するに、と湯川は付け足した。「内海君がいったように、そのスピーカーから発せられた音が聞こえる範囲は、非常に狭いということです。たとえば大勢の人々が集まっているとして、その中の数人にだけ音を聞かせるということも可能です」

「そんなことができるんですか」

「条件が合えば、ですが」湯川は内海薫に目を戻した。「草薙は、誰かが意図的に加山たちに幻聴を聞かせていると考えているのか」

「その可能性もあるんじゃないかと」

「けっ、馬鹿なっ」北原は吐き捨てるようにいった。「そんなこと、あるわけがない。あいつ、何を考えてるんだ」

「なぜ、ないといいきれるんですか」湯川が訊いてきた。

北原は学者の目を見返した。

「そんなことをする意味がないからです。他人に幻聴を聞かせて、何か得することでもありますか。そもそも、加山はともかく、二か月前に自殺した部長も幻聴を聞いてたっていうのは、草薙の想像にすぎないわけでしょ」

「内海君の話を聞いたかぎりでは、その想像には妥当性があるように思いますが」

北原は顔の前で大きく手を振った。

「考えすぎです。捜査っていうのはねえ先生、そういうものじゃないんです。思いつきだけで勝負しようなんて虫が良すぎますよ」

「誰も思いつきだけで答えを出そうとは思ってませんよ。現象を分析するには、すべての可能性を探る必要がある。つまり誰かがアイデアを出した場合には、とりあえずはそれを尊重しなければならない。検証することもなく、ただ自分の考えや感覚と合わないからというだけの理由で人の意見を却下するのは、向上心のない怠け者のやることだ」

「怠け者？」北原は物理学者を睨みつけた。

「そう、怠け者だ。人の意見に耳を傾け、自分のやり方や考え方が正しいのかどうかを常にチェックし続けるのは、肉体的にも精神的にも負担が大きい。それに比べて、他人の意見には耳を貸さず、自分の考えだけに固執しているのは楽だ。そして楽なことを求めるのは怠け者だ。違いますか」

北原は唇を嚙み、右の拳を固めた。湯川の端正な顔を殴りたい衝動に駆られた。

「湯川先生」その時、内海薫が言葉を発した。「草薙さんの推論が正しいのかどうかを確認する方法がありますか」

湯川は頷いた。

「まずは当事者たちから話を聞いてみたい。といっても一方は死んでいるので、残った一人から聞くしかないわけだがね」

北原は大きく息を吸い込んだ。思わず鼻が膨らんだ。「加山と話をしたいと？」

「そうです」

「とんでもないっ」北原は切り捨てるようにいった。「あんたは事件とは無関係の民間人だ。ただの学者だ。そんな人に被疑者を会わせられるわけがないだろうが」

「しかし幻聴の謎を解くには――」

「そんなものは必要ない」北原は、わざと大きな音をたてて立ち上がった。「おたくと草薙が、これまでどれだけの成果を上げてきたのかは知らないが、俺たちの事件にまで首を突っ込まないでくれ。加山の件は、もう終わったんだ。余計なことはしないでもらおう」さらに内海薫を見下ろして続けた。「草薙にいっておいてくれ。図に乗るなってな」

「草薙さんには、決してそんな気持ちは――」

「うるさい。ほっといてくれ」北原は大股で研究室を横切り、ドアのノブを摑んだ。

「出ていくのは勝手だが、これだけはいっておこう」後ろから湯川の声が聞こえた。

「草薙の頼みだから、今回も捜査に協力することにした。本当は、こんなことに関わりたくはない。君が捜査を終結させるというのなら、僕もこの件からは手を引く。事件の真相が明らかになろうがなるまいが、僕は君以上にどうでもいいんだからな。それをわかった上で決めるがいい。これまで通り自分のやり方に固執するか、他人の意見に耳を傾けて、新しいことにチャレンジするかをね」

北原はドアノブを摑んだままで振り返った。視線に憎悪の念を込めた。

しかし物理学者はそんなものは何でもないとばかりに、眼鏡をかけ直した。

「草薙は、素人の僕の意見を尊重する。女性の、しかも後輩刑事の声にも耳を傾ける。あなたには、彼と同じことはできないのかな？」

北原は奥歯を嚙みしめた。ドアノブを握る手が怒りで震え始めていた。

5

面談の相手が物理学者だと聞き、加山は当惑の表情を浮かべた。無理もない、と北原は思った。状況を考えると、加山が話をするとすれば心理学者か精神科医のはずだった。

面談には警察署の小会議室が使われることになった。北原と内海薫だけが同席した。上司たちには説明済みだが、あくまでも非公式の面談だ。

「声はどんなふうに聞こえてきましたか」湯川が質問を始めた。「男性の低い声だということですが、どの程度明瞭に聞こえましたか。聞き取りにくいことはありませんでしたか」

「いつも、すごくはっきりと聞こえました」加山は答えた。「そのせいで、幻聴が聞こえている間は他人の話し声が聞き取れませんでした。どんなに周りが騒がしくても、幻聴だけは聞こえました」

「耳栓をしたことは？」

「あります。でも効果がなかったので、すぐにやめました」

「全く効果がなかった？」

「はい」

「幻聴は、主に会社にいる時に聞こえたということでしたね。今は聞こえますか」

「いえ、逮捕されてから聞こえたことはありません。それが少し救いです」そういった時、加山はほんの少し表情を和ませた。余程苦しんでいたらしい。

「幻聴が聞こえた時、近くに人はいましたか」

「いる時もあれば、いない時もありました。幻聴だと気づくまでは、聞こえるたびに周りを見回しましたが、大抵誰もいませんでした」

「幻聴のことで誰かに相談したことは？」

加山は苦しげな表情で首を振った。

「ありません。もっと早く医者に診てもらえばよかったと思っています」

「あなたのほかに幻聴で苦しんでいるという人の噂を聞いたことはありますか」

この湯川の質問には、加山は意外そうな顔で瞬きした。「そんな噂があるんですか」

だが湯川は無表情で応じた。「わかりません。だから確認しているのです。聞いたことがありますか」

「僕は聞いたことありません」

「ではあなたの幻聴の原因は何だと思いますか」

加山は真剣な顔つきでしばし黙り込んだ後、徐《おもむろ》に口を開いた。

「結局のところ、自分の心が弱いせいだと思います。少しばかり成績がいいからといって調子に乗ってましたけど、プロジェクトのリーダーを任されて、プレッシャーを感じてたのは事実なんです。本当に自分にやれるんだろうかって、いつも不安でした。自分のことをもっと強い人間だと思ってたんですけど、自惚《うぬぼ》れに過ぎなかったんだなあと今は恥ずかしい気持ちでいっぱいです」

「つまり精神面が原因だと？」

「だって、それしかないでしょ」加山は目を伏せた。

面談が終わると、加山は留置所に戻された。北原たちは小会議室に残った。

「どうでしょうか」内海薫が湯川に訊いた。

物理学者は険しい顔でメモに目を落とし、「草薙の説は消えたな」といった。

「草薙さんの説？」

「超指向性スピーカー——ハイパーソニック・サウンド・システムを使ったんじゃないかという仮説だ。面白いアイデアではあるが、加山の供述を聞いたかぎりでは可能性はなくなったというしかない。超音波に載せているとはいえ、音は音だ。耳栓をしたら聞こえにくくならないとおかしい」

「効果はなかったと加山はいってましたね」

湯川は頷いた。

「じつをいうと元々可能性は低いと思っていた。ハイパーソニック・サウンド・システムは、まだまだ小型軽量化が難しい。人に気づかれずに装置を操れるとは思えない」

「じゃあ、これで決まりってことでいいんですね」北原は口を挟んでみた。「やっぱり幻聴は加山の病気のせいで、物理も科学も関係ないってことで」

すると湯川は不思議そうな顔をし、眼鏡を指先で押し上げた。

「どうしてそういうことになるのかな。仮説の一つが消えただけのことなのに」

「じゃあ、まだほかに何か方法があるというんですか」

だがこの問いかけに対して湯川は明言せず、意味ありげな視線を北原と内海薫とに向けてきた。「確認したいことがある」

何でしょう、と尋ねたのは内海薫だ。

「加山は会議中でも幻聴を聞いたという話だった。その会議に誰が出席していたのかを調べてほしい。それ以外でも加山が幻聴を聞いた時、そばに誰がいたかを可能なかぎり明らかにするんだ。それからもう一つ、早見と同じフロアで勤務している人間の中に、最近になって幻聴が聞こえるようになった人間がいないかどうかも確かめてほしい」

「ほかにも同じような人間がいるというんですか」北原が訊いた。

「幻聴が人為的なものなら、同様の被害者が存在してもおかしくはない。誰にも話せず、一人で悩んでいることも考えられる。問題は、そういう人間をどうやって見つけだすかということだが」湯川は北原の顔をじっと見つめてきた。「プロの刑事でも、それを突き止めるのは、やはり難しいですかね」

物理学者は明らかに北原を挑発してきていた。それに乗せられるのは癪だったが、逃げたと思われるのは嫌だった。

何とかしましょう、と北原は答えていた。

6

パソコンに向かっていたら、すぐ前に人の立つ気配がした。見上げると、課長の村木だった。

何か、と脇坂睦美は訊いた。

「また刑事が来てるんだ」村木は眉の両端を下げていった。「君にも話を聞きたいそうだ」

「私に？」睦美は自分の胸元を手で押さえた。「加山さんのことでですか」

「たぶんそうだと思う」

「でも私、加山さんとは特に親しくなかったのに……」

「そうかもしれないが、わざわざ君を指名してくるからには何か理由があるんだと思う。3番の来客室で待っているそうだから、すぐに行ってくれないか」

「わかりました」

釈然としなかったが、パソコンをシャットダウンして席を立った。出入り口に向かって歩き始めたところで、「睦美」と後ろから声をかけられた。振り返ると隣席の長倉一恵が駆け寄ってきた。

どうしたの、と睦美は訊いた。

一恵は周囲を見回した後、「警察の人に呼ばれたの？」と訊いてきた。

「そうだけど……」

すると彼女は申し訳なさそうな顔をし、胸の前で両手を合わせた。

「ごめんなさい。あたしが変なことをいったせいかもしれない」

「変なこと？」

「さっき、あたしも呼ばれたの。その時にいろいろと訊かれて、あなたのことをしゃべっちゃった」

睦美は訝しんで一恵を見つめた。「一体、何を訊かれたの？」

「それは……刑事さんに会えばわかると思う。でも、別に悪口とかじゃないよ。訊かれたことに答えただけで」

歯切れが悪い。睦美は少し苛々した。「何なの？　はっきりいってよ」

「だからそれはすぐにわかるから」

一恵は、ごめんね、ともう一度いい、くるりと背中を向けて立ち去った。その後ろ姿を見送り、何なんだ、と睦美は呟いた。はっきりと答える気がないなら、最初から何もいわなければいいのに。

来客室で待っていたのは、二人の男女だった。どちらも見覚えがあった。男性のほうは加山幸宏が事件を起こした時、そして女性のほうは早見達郎が自殺した時、聞き込みにやってきた刑事だ。

「お忙しいところを申し訳ありません」北原という男の刑事がいった。「本日は、加山容疑者が起こした傷害事件に関連して、職場の皆さんから御意見を伺いたいと思ってやってまいりました。どうか御協力をお願いいたします」

丁寧な態度が逆に胡散臭い。睦美は身構えた。「何を話せばいいんでしょうか」

「前回、職場の皆さんからお話を聞いたかぎりでは、加山容疑者はこのところずっと精神的に不安定な状態が続いていたようで、それが犯行に関係している可能性も高いのです。そこで問題になってくるのが、加山がそんなふうになった原因はどこにあるのかということです。もし職場環境に問題があるということなら、そういったことも裁判に影響してきますからね」

刑事のいっていることはわかるような気がした。「それで？」と睦美は訊いた。

「率直な御意見を聞かせていただきたいのですがね、加山の職場環境はどうだったでしょうか。ストレスが溜まりやすかったんでしょうか」

さあ、と睦美は首を捻った。

「仕事上での繋がりは殆どなかったので、よくわかりません。プロジェクトのリーダーを任されていたみたいで、大変そうだなとは思いましたけど」

「では、ほかの人の様子はどうですか」

「ほかの人？」

「加山のように、ストレスが原因で体調を崩したり、精神的に脆《もろ》くなっているような人はいませんか。そういったことで誰かから相談を受けたりしたことはありませんか」

「そんなことは――」ない、といいかけたところで、はっとした。長倉一恵がいっていたことの意味が不意にわかったのだ。

脇坂さん、と穏やかに話しかけてきたのは女性刑事だった。「ある方から聞いたのですが、耳鳴りに悩まされているそうですね」

やっぱりそうだ、と睦美は確信した。「最近、様子のおかしい人はいないか」という質問に対して、一恵が睦美の名を挙げたのだ。

「どうなんですか」女性刑事が、尚も訊いてくる。

「大したことはありません」睦美はきっぱりと答えた。加山と同類のように見られたら大変だ。「一時的なもので、今は殆ど治りました」

北原が疑いの籠もった目を向けてきた。「本当ですか」

「本当です。どうして嘘をつかなきゃいけないんですか」睦美は思わずむきになった。

「耳鳴りのことで、病院に行ったことはありますか」北原が訊いてくる。

「行きましたけど異状はないといわれました」

「つまり、耳鳴りの原因はわからないままなんですね」

「そうですけど……別に、いいじゃないですか。今はもう治ってるんですから」声が震えたのは、睦美を見つめる北原の目に気圧《けお》されたからだ。威圧感があるわけではなかったが、嘘をつこうとする人間の、わずかな心の揺れを見極めようとする冷徹な光が宿っていた。

脇坂さん、と北原はいった。

「本当に、もう耳鳴りはしないということなら、それで結構です。だけどもし今でも耳鳴りが聞こえるなら、どうか正直に打ち明けてください。その耳鳴りは、あなたの知らない、あなたには全く関係のないことに起因している可能性があります」

睦美は息を呑んだ。ずっと抱えていた悩みの急所を摑まれた気分だった。

するとと不意に北原が表情を和ませた。「……と、いってる私だって、じつは半信半疑なんですがね」

「えっ？」

「他人の幻聴を取り除く——そんなことが本当にできるのかと思いますよね。だけど、場合によってはできるんだそうです。ただしそのためには真実を話してもらわなきゃいけない。どうですか、脇坂さん。ここは一つ、我々に任せてもらえませんか」

北原の声は、乾いた砂に水が染みこむように、睦美の胸に浸透していった。この人たちは自分の耳鳴りの原因を知っている。しかもそれを取り除けるかもしれないという。

「いかがですか。やはり、耳鳴りはもうしないと断言されますか」北原が念を押してくる。

睦美は深呼吸をし、確認した。「本当に耳鳴りが聞こえなくなるんですか」


翌朝出社した睦美は、職場に行く前に来客室に寄った。そうするよう刑事たちから指示されていたからだ。行ってみると部屋には、昨日の女性刑事と背の高い男性がいた。北原はいなかった。

背の高い男性はカットソーにジャケットという出で立ちで、刑事には見えなかった。彼は湯川と名乗った。帝都大学物理学科の准教授ということだが、睦美としては戸惑うしかなかった。物理学者が何をしようというのか。

湯川は煙草の箱ぐらいの四角い機械を出してきた。小さな突起はスイッチのようだ。さらに機械からはコードが伸びていて、先端に五十円玉に似た金属片が付いている。

「金属片の裏のシールをはがし、耳のうしろに貼り付けてください。左右、どちらの耳でも結構です」

湯川にいわれ、睦美は右耳の後ろにそれを貼り付けた。

「これを右手で持ってください」湯川は睦美に機械を手渡すと、少し離れたところにおいてあるノートパソコンのそばまで移動した。「スイッチを入れ、何かしゃべってみてください」

睦美はスイッチを入れ、こんにちは、といってみた。

パソコンのモニターを見て、よしと頷き、湯川が戻ってきた。

「ふだんはスイッチを切ったままで結構です。耳鳴りが聞こえてきたら、スイッチを入れてください」

「そうしたら、耳鳴りがやむんですか」

いや、と湯川は首を傾げた。

「それはどうなるかわからない。でもうまくすれば、明日からは耳鳴りに悩まされることはなくなるかもしれません」

「どういうことなんですか。説明してください」

「それはすべてが明らかになった後で」湯川はすました顔でいった。

外から見えないよう機械を服の下に隠してから睦美は来客室を出た。職場に行くと、すでに何人かの同僚たちの姿があった。その中には長倉一恵もいた。昨日、睦美が刑事たちと会って戻ってきた時、彼女は不安そうに、「どうだった？」と尋ねてきた。睦美は、「特にどうってことなかった」と答えた。一恵に対して多少わだかまりはあったが、逆の立場なら自分も同じことをしただろうと思った。それに、もしこれで耳鳴りが解消できたら、彼女はある意味恩人ということになる。

おはよう、と睦美から一恵に声をかけた。おはよう、と一恵も嬉しそうな顔を見せた。

「どうしたの？　何かいいことでもあったの？」一恵が尋ねてきた。

「別に。どうして？」

「だって、何だか楽しそうだもの」

「えっ、そうかな」首を傾げながら席につく。そうかもしれないと思った。いつもは嫌で嫌でたまらない耳鳴りを、今日は心のどこかで待ち受けている。果たして何が起きるのだろうと好奇心を働かせている。

いつもと同じように朝が始まった。見知った顔が出勤してきて、それぞれの席についていく。壁際に置かれた複写機の点検だろうか、業者の制服を着た男性が二人、作業をしていた。

間もなく始業のチャイムが鳴った。睦美は緊張感に包まれたまま、毎日の最初の動作に移った。つまりパソコンを起動させた。

耳鳴りは今もほぼ毎日続いていた。仕事開始直後、昼食時、帰宅途中——大抵は、このいずれかだ。いつか業務に支障をきたすのではないかと心配していたのだが、これまでは問題がなかった。今日は、いつ耳鳴りが起きるのだろうか。

睦美は洋服の下に潜ませた装置の感触を確かめた。大丈夫、いつでもスイッチを入れられる。しかしスイッチを入れたらどうなるのか。あの学者は何を考えているのか。この装置は一体何なのか。

そんなことを考えながら業務に取りかかろうとした時だった。あの例の、羽虫が飛び回るような音が脳内で響き始めた。リズムはばらばらでメロディもない。睦美の思考を蹂躙《じゅうりん》するかのような不快な音。

装置のスイッチを入れた。しかし音は消えない。依然として頭の中で羽虫が飛び回っている。睦美は目を閉じ、歯を食いしばった。

その時だった。不意に音が消えた。同時に、周囲の人々が騒ぐのが聞こえた。女性の悲鳴も混じっている。

睦美は目を開き、周りを見回した。彼女の席から十メートルほど後ろで、複写機の業者らしき人物が、一人の男の腕をねじ上げているのが見えた。

何が起きたのか、咄嗟にはわからなかった。複写機業者の制服を着た人物が、じつは刑事の北原だと気づいたのは、ずいぶん後になってからだった。

7

取調室に連れてこられた小中行秀は、まるで小動物のようだった。ただでさえ肩幅が狭いのに、老婆のように背中を丸めて座るので、一層身体が小さく見えた。気弱そうな目は終始落ち着きがなく、今にも涙が滲んできそうだった。

兄が装置を置いていったんです——小中の主な供述は、この一言から始まった。

「それは、あの妙な機械のことだな」

北原の質問に小中は震えるように頷いた。

「あれはプロトタイプ……試作品だったんです。兄たちはもっと完成度の高いものを作り上げていて、半年前、それを引っさげてアメリカに渡りました。向こうの研究機関と共同開発する契約が成立したからです」

「機械の使い方は知っていたのか」

「知っていました。何度か実験台になりましたから。その時に、すごい発明だと思いました。これを使えば、人をコントロールできるんじゃないかと思いました」

「それで兄さんがいなくなったのをこれ幸いと、職場の人間たちに試すことにしたわけか」

「……そうです」

「最初は早見達郎さんか。なぜあの人を選んだ」

するとこの時だけ小中は妙に冷めた顔をし、ふん、と鼻を鳴らしたのだった。

この問いに対する小中の回答は北原の思いもよらないものだった。面白いと思ったからだ、というのだった。

「面白い？　何だ、それは」

「だって、面白いじゃないですか。不倫してた女子社員が自殺したっていうのに、自分は何も知らないって顔をしてた。そんな奴に幽霊の声を聞かせたらどうなるか、見てみたいと思いませんか」

小中によれば、早見に聞かせたのは、女の啜り泣きだったという。

「ビデオやＤＶＤから女の啜り泣きを集めて、それを早見の脳に送ったんです。傑作でしたよ。日頃は威張り腐ってるくせに、途端におどおどし始めた。怯えているのが遠目からでもわかりました。女子社員の自殺に無関係じゃないな、と確信しましたよ」

「あんたは女子社員の仇を討ちたかったのか」

この問いに、小中は初めて笑った。

「仇？　とんでもない。死んだ女子社員のことなんて、僕は全然知りません。僕はただ、早見が憎かっただけです。人の実力を正当に評価しない能無し部長がね」

北原は少し身を引き、意外なことをいい始めた被疑者を見た。「早見を憎んでたのか」

小中は充血した目で見返してきた。

「憎んでましたよ。当然でしょ。加山が任されてたプロジェクトですけどね、あれは元々僕が提案したものだったんです。それなのに早見部長はアイデアを横取りしただけでなく、リーダー役に自分のお気に入りの部下を抜擢した。僕のことは下働き扱いですよ。こんなことが許されていいと思いますか。だから報復したんです。幻聴を使ってね。だけどいっておきますが、僕が早見部長にあの機械を使っていたのは社内だけですよ。社外では一度も使ってない。だから自殺したのは僕のせいじゃない」

「だけど人工的に幻聴を聞かされていたせいで精神に破綻をきたし、そのため本当に幻聴が聞こえるようになって衝動的に自殺に走った、という見方が有力だ。それでも自分のせいじゃないというのか」

「そんなの――」小中は不貞腐《ふてくさ》れたように俯いた。「そんなこと知らない。自分にやましいことがあるから、そうなるんだ」

北原はため息をついてから口を開いた。

「加山に幻聴を聞かせたのも同じ理由からか。つまり、自分を差し置いてエリートコースに乗った人間のことが妬《ねた》ましかったってわけか」

あいつは、と小中は顔を上げた。「ただ要領が良かっただけなんです。僕のほうが良い大学を出ているし、これまでの実績だって負けてない。どう考えたって、僕の評価があいつよりも下っていうわけがないんだ。そういう理不尽を正そうと思っただけです」

「病院まで追いかけていって幻聴を聞かせたのはなぜだ」

小中は、やや赤みを帯びた唇を曲げた。

「とことん追い詰めてやろうと思ったんです。医者に診てもらう直前に幻聴を聞かされれば、きっと平静ではいられなくなる。その状態で診察を受ければ、本当に病気だと診断されるだろうと踏んだんです」

北原は首を捻って小中の小さい顔を見た。

「そんなことまでしてライバルを陥れて、虚しくないか？　自分の力で勝ち取ろうっていう気はないのか」

すると小中は子供が拗ねたような表情をした。

「自分の力が正当に評価されないのだから仕方ないでしょ」

北原は頭を掻いた。わかってねえな、と思った。こいつも俺と同じだ。

「なあ、いいことを教えてやるよ」北原はいった。「加山はな、ここに連れてこられてから、ただの一言も言い訳をいってない。あいつが口にしたのは、詫びだけだ。被害者に対してはもちろんのこと、会社に対しても迷惑をかけたと反省していた。幻聴が聞こえたことさえも、自分の気持ちが弱いからだと反省していた。もし俺があんたの会社の社長なら、どっちを出世させるかは迷うまでもないね」

小中は丸い目に懸命に憎悪の色を浮かべようとしているようだったが、明らかに傷心の気配が滲んできていた。

写真に写っているのは、ひと昔前のラジカセを思わせる銀色の四角い箱だった。そこから太いケーブルが出ていて、その先端にはデジカメに似た機器が付いている。

「使い方は簡単だ。音声データを本体の内蔵メモリに入れておく。後はボリュームを調節して、照射器を目的の人物の頭部に合わせたら、スイッチを入れるだけだ。相手の人物には、メモリに入っている音声が聞こえる」湯川が立ったままでいった。

草薙は写真から顔を上げた。「ほかの人間には聞こえないのか」

湯川は頷いた。「絶対に聞こえない」

「本当ですよ」横にいる内海薫が断言した。「私も実験に参加しましたけど、すぐそばにいても全く聞こえませんでした。逆に私自身がターゲットになった時には、頭の中で響くようによく聞こえました。隣にいる人が何も聞こえないといっているのが不思議なぐらいでした」

「いろいろと実験してみたところ、最大で二十メートルまで届くと判明した。犯人の小中は本体をバッグに入れて足下に置き、ケーブルが傍から見えないよう用心しながら、照射器をターゲットの人物たちに向けていたと思われる」

「そんなことをして、ばれないものかな」

8

「小中たちの職場で再現実験をしてみましたが、案外わからないものです」内海薫がいった。「写真を見たらわかると思うんですけど、照射器は小さくて、一見したところではデジカメかモバイル機器ぐらいにしか見えません。自分の席でそんなものをいじっていても、今の時代、誰も気に留めないと思います」

草薙は小さく頭を振った後、湯川を見上げた。

「で、どういう仕掛けなんだ。照射器といっているが、具体的には何を照射するんだ」

「一言でいうと電磁波だ。ふつう音というのは、空気中を波となって人の鼓膜に伝わっていく。しかしこの装置は、電磁波を使って音を伝える仕組みになっている」

「電磁波……そんなことができるのか」

「電磁波を音に合わせたパルス波形にして照射すると、頭部との相互作用で、照射された人間には音が聞こえる。これをフレイ効果という。内海君は今、頭の中で響くようによく聞こえたと表現したが、それは比喩ではない。実際に、頭の中で響くんだ。以前から知られていた現象ではあるが、実用化されたものを見るのは僕も初めてだった。しかも驚くほどコンパクトに作られている。作ったのは犯人の兄貴らしいが、アメリカの研究機関にスカウトされるのもわかる」

草薙はため息をつき、写真を置いた。

「世の中には、俺たちの知らないことがまだまだたくさんあるんだなあ」

「それがわかっただけでも収穫じゃないか」湯川は写真を摘み上げ、ジャケットの内ポケットに入れた。

「おまえはすぐにわかったのか」

「耳栓をしても変わらないという加山の供述から、可能性としては電磁波が一番高いと思った。そこでまず、加山が幻聴を聞いた時の状況を内海君たちに徹底的に調べてもらった。参考になったのは、加山が途中でパニックを起こしたというプロジェクト会議のことだ。幸いなことに、出席者の席順が記録に残っていた。ほかの人間に怪しまれずに機械を操作するとなれば、一番後方の席にいる必要がある。記録によれば、最後列に座っていたのは小中行秀だけだった。さらにもう一つ、君が刺された時の映像が病院の防犯カメラに残っていたんだが、それをよく見ると小中らしき人物が映っていた。しかも大きなバッグを抱えている。内海君たちに調べてもらったところ、あの日、小中は会社を休んでいた。もし電磁波を使って幻聴を作りだしているのだとすれば、この人物以外には考えられないと思った」

「なるほど」相変わらず理詰めだな」

「しかし確信があったわけじゃない。立証するためには、犯人に同じことをしてもらわなければならない。幻聴を聞いている人間がほかにいなければお手上げだった」

「そこで職場の人間に当たってみたところ、耳鳴りを訴える女子社員が見つかったというわけか」草薙は内海薫に視線を移した。「よくやった」

「私一人の手柄じゃありません。北原さんの協力がなかったら、難しかったと思います」

草薙は頷き、再び湯川を見上げた。

「ところで、まだわからないことがある。その女子社員の耳鳴りの正体だ。話によれば、唸るような音が聞こえただけで、早見や加山の時みたいに、人の声が聞こえたわけじゃなかったそうじゃないか。それは一体どういうことなんだ。犯人が何かミスをしていたのか」

「いや、そうじゃない。あれは犯人がわざとやったことだ」

「わざと？」

湯川は傍らに置いていたバッグを引き寄せた。中から出してきたのはｉＰｏｄだ。ミニスピーカーが下部に装着されている。

「脇坂睦美さんが聞かされていた音は、こういうものだった」

湯川がスイッチを入れると、スピーカーから不快な低い音が聞こえてきた。聞いているだけで、背中がむずむずしてくる。草薙は顔をしかめた。

「何だ、これは。嫌がらせで、こんなものを聞かせていたのか」

「僕も最初はそうなのかなと思った。だけど何度も聞いているうちに、一定のパターンが繰り返されているだけだと気づいた。そこで波形を分析してみたところ、ある音声に、低周波のノイズがかぶせられていることが判明した。そのノイズを取り去り、さらに周波数を調整したものがこれだ」

そういって湯川がiPodを操作した途端、男の声がスピーカーから流れてきた。

アナタハコナカユキヒデヲアイシテイル、アナタハコナカユキヒデヲアイシテイル
——。

「何だ、こりゃあ」草薙は思わず声をあげていた。

湯川は笑いながらスイッチを切った。

「聞いた通りだ。あなたは小中行秀を愛している、と繰り返している。声の主は、おそらく小中行秀本人だろう」

「何だって、こんなことを……」

「さあね。本人に訊かないことにはわからない。ただ、ある程度推測はできる」

「どういうことなんだ」

「一種のサブリミナル効果を狙ったんじゃないかな。言葉を低周波に載せて聞かせることで、相手の潜在意識に暗示をかけるわけだ」

ああ、と草薙は大きく口を開けた。

「小中は、その女子社員に惚れてたわけか。で、相手も自分のことを好きになるように……。何て卑劣なやつだ」

「たしかに卑劣な考えだが、同時に幼稚な考えでもあったようだ。脇坂さんの話では、三か月以上も耳鳴りに苦しめられていたそうだが、小中のことなど気にもしなかったようだからね」

「このこと、北原には教えてやったのか」

はい、と答えたのは内海薫だ。

「ここへ来る前に、この音源のコピーを北原さんに届けてきました」

「そうか」

あいつ、何かいってたか——そう訊こうと思った時、草薙の携帯電話がメールの着信を告げた。ちょっとすまん、と二人に断ってから確認した。噂をすれば何とやら、北原からだった。タイトルは、『完了』というものだ。そして本文は次のようなものだった。

『小中が、脇坂睦美さんに対する行為を認めた。彼女には内緒にしてくれとかいってる。これですべて解決した。あとは任せろと物理の先生と美人刑事に伝えてくれ。おまえが出世した理由がわかった。やっぱり運が良いだけだ。運が良いから、人に恵まれている。ただそれだけだ。これからもせいぜい妬ませてもらう。

追伸・一刻も早い快復を祈る　　北原』

草薙は思わずにやりとしてから、携帯電話の表示を待ち受け画面に戻した。

「何だか、嬉しそうですね」内海薫がいった。

「大方、銀座のホステスからメールでも入ったんだろう」湯川が冷めた顔をした。「これから見舞いに行ってもいいか、とか」

「ほう、よくわかったな」

「やっぱりそうか。そういう顔だ。行こう、内海君。邪魔しちゃ悪い」

「そうですね。では草薙さん、お大事に」

「おう。退院したら、酒を奢ってやる」

二人は、わざとらしく物音をたてて病室を出ていった。

草薙は上体を倒した。北原からのメールを思い出した。人に恵まれているだって？　わかっちゃいないな、あの二人をうまく扱うのは結構大変なんだぜ、と心の中で呟いた。

作者注
小説内に登場する脳内音声装置は、二〇一二年五月時点で実用化は確認されていません。

第四章　曲球る

まがる

1

　雨が間断なく降り続いていた。十月に入ってから、天気がすっきりしない。秋の長雨というやつかなと男は呟いた。

　もうすぐ目的地に着くという時になって携帯電話が鳴りだした。男は舌打ちをしつつ、手探りで電話を取った。前を向き、片手でハンドルを操作しながら電話に出た。「はい」

「あっ、あたしだけど」妻の声が聞こえた。

「何だよ、仕事中だぞ」

　前の信号が赤だった。男はブレーキを踏んだ。

「わかってるけど、急用なの。仙台の伯母さんから電話があって、やっぱり通夜には出てほしいって。だからあたし、行ってくるね。今夜は泊まってくるから」

　男は口元を歪めた。「メシはどうするんだよ」

「だからそれは何とかしてよ。店屋物でもいいし」

「子供たちの弁当は？」

信号が青に変わった。ブレーキから足を上げ、アクセルを踏んだ。

「それは大丈夫。お金を渡しておけば、あの子たち自分で何とかするから」

「何とかって？　コンビニ弁当か」

「それでもいいし、パンでもいいでしょ。心配しなくても、適当に何か買って食べるわよ」妻は面倒臭そうにいった。

目的地に到着した。駐車場への矢印が目に入った。男は車の速度を落とし、ハンドルを切った。

「いつまで仙台にいるんだ」

妻は、うーんと唸った。

「明日帰るつもりだけど、もしかしたらもう一泊するかもしれない。お葬式の後片付けとか手伝わなきゃいけないし」

「何だよ、それ。何とかならないのかよ」

地下駐車場への入り口が見えた。何度も来ているから勝手はわかっている。

ふっと頭によぎったことがあった。事務所を出る時、上司から何かを注意された。何だったか。

「だってお婆ちゃんには散々世話になったもの。無視できないよ」

「しょうがねえな。わかったよ」

話を終え、男は携帯電話を助手席に放り出した。

女は呑気でいいな、と思った。こっちは一円でも多く稼ぐことで頭がいっぱいだ。今日だって、本当なら休みのはずだった。ところが同僚が病気で倒れたということなので、急遽自分が呼び出されたのだ。もちろん断ることもできた。しかし特別手当を見逃せるほど裕福ではない。

それにしても乗り馴れてない車というのは、どうも勝手が違う。他人の家にいるような居心地の悪さがある。灰皿に禁煙と書いたシールが貼ってあるのも面白くない。

駐車場の入り口が迫ってきた。早いところ荷物の搬入を済ませ、煙草を吸おう。

入り口をくぐろうとしたその時――。

衝撃と共に男の身体は前につんのめった。シートベルトが肩にくいこむ。

えっ、なんだ、どういうことだ。男はわけがわからなかった。

次の瞬間、白いものが降ってきた。それはあっという間にフロントガラスを包み込んだ。

上司から注意された内容を思い出した。トラックの車高についてだ。駐車場の入り口に掲げてある『高さ制限』の文字が頭に浮かんだのは、その直後のことだった。

2

この大きさじゃ機械式のパーキングには入らないだろうな、と草薙は銀色の車体を眺めながら思った。欧州車のセダンだ。全長は五メートルを超えているし、全幅も一メートル八十以上ある。だから平面の駐車スペースに止めるしかないわけだが、残念ながら数が少ない。

「そこで特権階級の力を使ったというわけか」草薙は腕組みをしていった。セダンが止まっている駐車スペースの前には、関係車両以外使用禁止の文字が記されている。

「そういう言い方は被害者に気の毒ですよ」横で窘《たしな》めるようにいったのは後輩刑事の内海薫だ。「ここを使ってくれといったのは、スポーツクラブ側らしいですから」

「そうなんだろうけどさ、相手が有名人だからそうなるわけだろ？　庶民が相手だと、そんなことはいわないんじゃないか」

「庶民でも、このスポーツクラブでＶＩＰ会員になっていれば、そのように扱ってもらえると思いますけど」

「そんなことができる人間のことを庶民とはいわねえんだよ」草薙がそう吐き捨てた時、携帯電話が着信を告げた。上司の間宮からだった。

「現場は見たか」

「今、内海と見ていたところです。スポーツクラブの人間からも少し話を聞きました」

「そうか。どう思う？」

「どう思うって……」草薙は目尻の横を掻いた。「何ともいえませんね。ただ、被害者がこの場所に車を止めたのは偶然ではなさそうです。だから、それを知っていた人間の計画的犯行っていう可能性はあります」

「そうか。よし、詳しいことは後で聞こう。おまえらも署に来てくれ。被害者の御主人が間もなく到着するらしい」

「御主人というと……」

電話の向こうで間宮が鼻息を吹きかけてきた。

「決まってるだろ。東京エンジェルスの柳沢投手だ。急げよ」そういって電話を切った。

内海薫が運転する車で所轄の警察署に向かった。フロントガラスの前をワイパーが往復している。今日は朝から雨だ。そういえば被害者の車も濡れていた。

「こんなことをいったら不謹慎ですけど、エンジェルスがプレーオフに進まなくてよかったですよね。もし進んでたら、大混乱になってたかも」内海薫がいった。

プロ野球は長いシーズンの締めくくりを迎えようとしていた。来週から上位チームによるプレーオフが始まるのだ。だが今シーズンの東京エンジェルスは下位に低迷し、すでにオフに入っている。

「選手たちは動揺しただろうな。だけどシーズン中に同僚の家族が死ぬなんてことはしょっちゅうある。そんなことがいちいちプレーに影響しているようじゃあ、プロは務まらないんじゃないか」

「でも本人は別でしょう。病気なら前々から覚悟しておくことも可能かもしれませんけど、突発的な……しかも他殺なんて。きっと試合どころじゃないですよ」

「そりゃそうだろう。ただ、柳沢投手の場合は関係なかっただろうと思うわけだ。たぶん出番がなかった」

「そうなんですか」

「もう四十手前で、力が落ちてきている。今年も後半は二軍暮らしだったんじゃないかな。たしか、つい先日戦力外通告を受けたはずだ」

内海薫はため息をついた。「そんな時に奥さんがこんなことになるなんて……ひどいタイミングですね」

「殺しに、いいタイミングなんてねえよ」草薙は頷く。口の中に苦いものが広がった。

スポーツクラブの駐車場で女性が頭から血を流して倒れている、という通報があったのは、今日の午後五時半頃だった。通報したのは駐車場の警備員だった。

一一九番にも通報されていたので救急隊員も駆けつけた。女性は運転席側のドアの脇で倒れていた。ワンピースの上に薄手のコートを羽織っていたが、そのコートの背中が半分近く血で染まっていた。

救急隊員が女性の死亡を確認した頃、所轄の警察官も到着した。

頭部を鈍器で複数回殴られた形跡があったらしい。隣の車の下に、血に染まったダンベルが転がっていたという。おそらく被害者が所持していたはずだと思われるバッグの類いは見つかっていない。

所轄の捜査員や機動捜査隊員が初動捜査に当たった。その間に、草薙たちにも招集がかけられた。遺体はすでに運び出されているが、被害者のものと思われる車は残っており、鑑識が活動を続けていた。それらの様子を見ながら、スポーツクラブの人間から話を聞いたりして情報を整理した。ハンドバッグがないので免許証なども見つかっていないが、特殊な駐車スペースに車を止めていたことなどから、遺体の身元はすぐに判明した。

氏名は柳沢妙子といい、このスポーツクラブのVIP会員だった。この日はエステティックが目的で訪れたらしく、事前に予約が入っていた。そういう日には地下駐車場の特別エリアに駐車してもらうことになっていた、というのがエステティック担当者の話だった。

柳沢妙子の個人情報については、ある程度のことがクラブのデータベースに入っていた。彼女が家族会員であり、夫がプロ野球東京エンジェルスの柳沢忠正だということも、それによって判明したのだった。

やがて警察署に着いた。すでに柳沢忠正は到着していて、遺体の確認も済ませているということだった。別室で間宮が話を聞くらしいので、ほかの捜査員らと共に草薙と内海薫も同席することにした。

柳沢はがっしりとした体格をしていたが、想像していたほどには身体が大きくはなかった。スーツで身を固めたなら会社員に見えるかもしれない。顔立ちも、知的だった。

「何もありません」柳沢は青ざめた表情でいった。事件について何か心当たりはあるか、という間宮の質問に対する答えだった。「今日の四時半頃にメールをもらいました。これからエステに行くっていう内容でした。いつも通りです」

「そのエステですが、奥様が通われていることは、どの程度の方が御存じでしたか」

さあ、と柳沢は首を傾げる。

「わかりません。俺は誰にもいわなかったと思いますけど、あいつは友達とかにはしゃべってたんじゃないですか」

「では奥様がエステに行かれた時、嫌な思いをしたとか、変なことがあったとか、そういうことはおっしゃってませんでしたか」

柳沢は煩わしそうに大きな手を横に振った。

「だから、そんなことはありません。聞いたことないです。ふだんあいつがどんなふうにしてるかなんて、よく知らないんです」

苛立ったような声を傍らで聞きながら、おそらくそうだろうな、と草薙は合点していた。プロ野球選手は、生活の殆どを野球に注ぎ込むと聞いている。そうでなければ生き残れないとも。家のことはすべて妻に任せきりだから野球に専念できるのだ。その妻が家で何をしているかなど、気にしているわけがない。

では、といって間宮は傍らに置いてあったビニール袋をテーブルに載せた。袋の中には四角い包みが入っている。包装紙は有名デパートのものだ。

「これに見覚えはありますか」間宮が訊いた。

「何ですか、これ」

「車の助手席に置いてあったものです。やはりデパートの紙袋に入っていました」

柳沢は当惑した顔で首を振った。「知りません」

「見たところ、どなたかにプレゼントするつもりだった品のように思われるのですが、そういった話を奥様からお聞きになったことは？」

「ありません。聞いてません」

「すると中身についても心当たりはないわけですね」

「ええ、もちろん」

「では、しばらくお預かりしても構いませんか。場合によっては、X線を使って中身を確認させていただくかもしれませんが」

柳沢は殆ど関心がない様子で、どうぞ、とぶっきらぼうに答えた。突然の妻の死に、細かいことを考える精神状態でないことは明らかだった。

その後、間宮はいくつか質問をしたが、捜査に有効と思われる回答が柳沢の口から出ることはなかった。

間宮は草薙に、柳沢を自宅まで送るよう命じてきた。顔つなぎをしておけ、ということだろう。遺族が扱いの難しい人間の場合、間宮はその後の連絡役を草薙に押しつけることが多い。

内海薫に運転させ、柳沢を送ることにした。草薙は助手席に乗った。

車が走りだして間もなく、柳沢はどこかに電話をかけ始めた。ぼそぼそと話している。通夜や葬儀といった言葉が聞こえた。

あのう、と途中で柳沢が声をかけてきた。「遺体は、いつ頃戻ってくるんでしょうか」

草薙は少し考えて、「早くて明日の夕方ですね。司法解剖がありますから」と答えた。

「……そうですか」

柳沢は相手と二言三言話し、電話を切った。ふっと吐息をつくのが聞こえた。

十月だというのに、やけに蒸し暑かった。草薙はエアコンのスイッチを入れた。するとしばらくして、「すみません、エアコンを緩めてもらえませんか」と柳沢がいった。

「あまり身体を冷やしたくないので」

はっとして草薙はあわててエアコンを止めた。「申し訳ありません。気が利かなくて。ピッチャーは肩を冷やしちゃいけないんでしたよね」

「いえ……まあ、もうそれほど大切にするほどの肩でもないんですけどね」柳沢は投げやりな口調でいった。

3

犯人が逮捕されたのは、事件発生から五日目のことだった。二十七歳の男で、数日前に勤めていた会社を解雇されていた。備品を勝手に持ち出し、ネットオークションで売っていたことがばれたためだった。

男は某アイドルグループに夢中で、事件があった翌日には彼女たちのコンサートに行く予定を立てていた。コンサート会場では特別なオリジナルグッズが発売されることになっている。当然男は大量に買い漁るつもりだったが、先立つものが不足していた。何とか金を工面しなくてはと悩んだ末、車上荒らしを思いついた。かつて警備員のバイトをしたことがある高級スポーツクラブの駐車場を思い出した。ＶＩＰ用のスペースに止めてある車なら高級な品物が積んである可能性が高い。それを質屋で売ればいいと考えた。

だがドアロックの解除については自信がなかった。簡単らしいがやったことはない。それに最近の車の中には、不正にドアロックを解除しようとした場合には警報音が鳴るタイプもあるらしい。

そこでガラスを割ることにした。部屋に二キロのダンベルがあった。それを紙袋に入れ、持ち出した。

防犯カメラに気をつけながら駐車場に行ってみると、ＶＩＰ用のスペースには二台の車が止められていた。だがどちらも高級車ではなかった。どうしようかと迷っていたら、さらに一台が入ってきた。こちらは明らかに高級外車だった。

男は隣の車の脇に立ち、外車がバックで入ってくるのを眺めた。乗っているのは女性一人だ。身なりのいいことは外からでもわかった。

不意に閃いた。ガラスを割る必要などない。女性が降りてきたところを襲い、気絶させればいいのだ。財布を持っているだろうから、質屋に行かなくてもよくなる。

男はダンベルを手に、後方から近づいた。

運転席側のドアが開き、女性が降りてきた。ショルダーバッグを肩にかけ、ドアを閉めた。

次の瞬間、男は女性の後頭部にダンベルを振り下ろした。ごつん、という石がぶつかり合うような鈍い音がした。

呻き声を漏らし、女性は倒れた。顔をしかめている。だが気を失ってはいなかった。手足を動かそうとしている。

もう一度ダンベルを振り下ろした。今度は頭が割れ、血が流れた。それでもまだ女性は動いていた。だからもう一度ダンベルを振った。すると動かなくなった。

ショルダーバッグをむしり取り、その場を離れた。ダンベルをどうしたかは覚えていなかった。手袋を嵌めていたから指紋はついていないはずだった。

部屋に戻ってからショルダーバッグの中身を確認した。財布には十万円以上の現金が入っていた。これで思う存分グッズが買える、と思った。

捜査陣が目をつけたのは防犯カメラの映像だった。駐車場内には何箇所かに防犯カメラが設置されていたが、それらの殆どに男の姿は映っていなかったのだ。そのことが却って不自然だった。カメラの位置を把握していて、巧妙に死角を利用していたと思われた。

ところが、たった一台のカメラだけは男の姿を捉えていた。しかもそのカメラは、昨年設置されたばかりのものだった。

過去に、このスポーツクラブで働いていて、そのカメラが設置される以前に辞めている者が怪しいのではないか——当然、そういう推論が出てきた。

防犯カメラの映像は鮮明ではなかったが、捜査陣が男に辿り着くのは難しいことではなかった。

4

リリースした瞬間、いやもっと厳密にいうならば指先からボールが離れる直前に、ああ違うなと感じた。これではうまく力を伝えられない、そう感じながら腕を振る。当然、良いボールが行くわけもない。理想とはかけ離れた軌道を描き、白球は宗田のミットに収まった。心なしか、音まで悪い。

宗田は何もいわずにボールを投げ返してきた。柳沢が個人的に雇っているトレーナーで、野球理論にも詳しい。付き合いは五年以上になり、柳沢のことは誰よりもよく知っている。言葉を交わさなくてもお互いの気持ちはわかる。

「あと五球かな」柳沢はいった。

宗田は黙って頷くだけだ。それぐらいにしておいたほうがいい、と彼も思っているのだろう。切れのない球をいくら投げようと練習にはならない。

屋内練習場にいるのは柳沢たちだけだった。若手は高知県で秋季キャンプを行っている。それ以外の選手はそろそろ身体のオーバーホールに入っているはずだ。上位チームの選手たちはプレーオフで戦っているが、リーグ五位だと一足先にシーズンオフだ。戦力外通告を受けた身だが、球団は薄情ではない。現役を続行するつもりだから練習場を使わせてほしいと頼んだところ、二つ返事で了承してもらえた。

現時点で柳沢に声をかけてくれそうな球団はない。今のままでは引退するしかない。残されたチャンスは一つだけ。合同トライアウトだ。戦力外になった選手たちが実力を披露する場で、そこでどこかの球団の目に留まることを期待するしかない。

だがトライアウトまで、あまり時間はなかった。一回目は来月早々に行われるし、二回目にしても来月末だ。一か月と少しの間に調子を上げなければならない。

そんなことができるのか――自問しながらも、その答えを頭の片隅に用意している。できるわけがない、というものだ。そんなに甘いものじゃない。これは単なる気休めだ。

柳沢は速球投手ではなかった。コントロールと配球、変化球の切れで勝負するタイプだ。だが命綱である変化球が通用しなくなっていた。イメージする通りにボールが曲がってくれないのだ。どこに原因があるのか、自分でもわからなかった。これが体力の衰えということなのか、と考えるしかなかった。

目の端に人影が入った。お愛想に顔を出す馴染みの記者なら、全員引きあげたはずだ。誰だろうと思って見ると、警視庁の刑事だった。草薙といった。事件の後、柳沢のところへ何度かやってきた。彼は妙子が顔見知りの人間に殺された可能性を探っているようだったが、そんなわけはないと柳沢は思っていた。妙子を知っている人間なら、どんな理由があろうとも彼女を殺したりはしない。

先日、犯人が捕まった。案の定、単なる金目当ての犯行だったらしい。柳沢はひどく後悔した。スポーツクラブのVIP会員になんかならなければよかったと思った。

残りの五球を投げ込んだ。満足のいく球は一つもなかった。苦笑いしつつ宗田に近づく。

「今の俺の球じゃ、宗さんでも打てるな」

「体調が万全じゃないからだ。シーズンの疲れが溜まってるし、あんなことがあって、しばらくまともな練習をできなかったし」

あんなこと、とは事件のことだろう。

「関係ないと思うけどな」柳沢は肩をすくめた。

草薙のところへ行った。刑事はベンチに座り、スポーツの専門誌を読んでいるところだった。宗田が持ってきたものだ。理論家の宗田は読書家でもある。

草薙は雑誌を置き、腰を上げた。

「すみません、練習中に。お預かりしていたものを返しに来ました」

そういって差し出してきたのは紙袋だった。中には包装された四角い箱が入っていた。見覚えがある。事件直後に警察で見せられたものだ。

「これについて、何かわかりましたか」

柳沢の問いに草薙は首を振った。

「奥様のお知り合いにも尋ねたのですが、御存じの方はいらっしゃいませんでした。何人かの方が、旦那さんへのプレゼントではないのか、とおっしゃいましたが」

「そんなはずないです。何の記念日でもない。中身は時計でしたよね」

「X線で調べたところ、置き時計だと判明しています」

「だったら、尚更おかしい。俺にそんなものを贈ってどうするんですか」

「そうですね」

「まあ、いいです。そのうちにわかるでしょう」柳沢は紙袋をベンチに置いた。

ところで、と草薙はさっきまで読んでいたスポーツ専門誌を手に取った。「これは柳沢さんのものですか」

柳沢はタイトルに目を向けた。野球とは別の競技名が記されている。草薙が妙に思ったのも当然だ。

「違います。それは宗さんのものです」

「ムネさん?」

そこへちょうど宗田がやってきた。柳沢は草薙に彼を紹介した。

「その雑誌が何か？」宗田が訊いた。

「いや、少し気になったものですから。だってこれ、バドミントンの専門誌でしょ。どうして野球の人が読むのかなと思って」

宗田は口元を緩め、ちょっと失礼といって雑誌を手にした。ぱらぱらとめくり、あるページを開いたところで草薙に示した。

「気になる記事があったんです。野球に応用できないかと思いましてね」

すると草薙はそのページを一瞥し、微笑んで頷いた。

「やっぱりそうでしたか。そうじゃないかなと思ったんです。ほかの記事は、どう考えても野球とは無関係ですから」

柳沢は横から覗き込んだ。今日の昼間、宗田から見せられた記事だ。『流体力学から見たシャトルコックの連続運動に関する研究』と題されたもので、変化球の研究に役立つのではないかと宗田はいうのだが、殆ど興味を持てなかった。

「これが何か？」柳沢は訊いた。

ええじつは、と草薙は少し胸を張るようにしてから答えた。「この記事を書いた帝都大学の物理学者というのは、大学の同級生なんです」

練習後、柳沢はタクシーで自宅に向かった。事件以後、車は駐車場に止めたままだ。帰る間際の宗田の言葉が耳に残っていた。

「騙されたと思って、一度話を聞きに行こう。何かの参考になるかもしれないじゃないか」

何を馬鹿なことを、と柳沢は一蹴した。物理学者だか何だか知らないが、バドミントンのことを書いた人間に野球のことを相談しに行ってどうなるというのか。

窓の外を流れる夜景を眺め、ふっと息を吐いた。やっぱりそろそろ引き際かな、と心の中で呟いた。あの世にいる妙子に尋ねてみたのだ。

もういいんじゃない、大体予定通りよ——戦力外通告を受けたことを報告した夜、彼女はあっさりとした口調でこういった。

「来年は三十九歳。ここで無理したところで仕方ないと思う。今年は二勝三敗。後半は出番がなかった。どこかの球団が拾ってくれたって、使ってもらえるかどうかはわかんない。結局、何もしないままで一年間を過ごすぐらいなら、すぱっとやめて、次の道に進んだほうがいいよ。結婚する時も、そういう約束だったし」

それは事実だった。結婚前に妙子が出した条件は、現役にしがみつかないこと、だったのだ。

「人によっていろいろな美学があると思う。ぼろぼろになるまで挑戦し続けることにも価値はあるかもしれない。だけど私は共感できない。しがみつくことで、きっと多くの人に気を遣わせるし、迷惑だってかける。その事に本人が気づかないわけがない。それでも貫くというのは、なんだかんだいっても結局は甘えなんだと思う。よく、自分には野球しかないからっていう人がいるよね。それはおかしいと思う。野球で食べていけるのはせいぜい四十歳まで。人生の半分しか行ってない。残りはどうする気なのって訊きたい」

いい返せなかった。その通りだと思った。だから約束した。わかった俺は現役にはしがみつかないよ、と。

だから戦力外通告のことを報告した夜も、妙子にはこういったのだ。

「次は何をやろうかな。野球しかやってこなかったから、一から勉強だな」努めて明るい声を出した。

「焦ることないよ。のんびりやろう。少し休んで、それからまた考えればいいよ」励ましてくれる妙子の声は弾んでいた。

それから悩ましい日々が始まった。本当にこのまま野球をやめてしまっていいものだろうか。だが彼女との約束もある――。

後から考えてみれば、あんな悩みは大したものではなかった。所詮スポーツ、所詮職業の話だった。何とでもなることだったのだ。

妙子の死は、柳沢からすべてを奪い去った。悩みさえも消えてしまった。最早、彼が野球を続けようとすることに反対する者はいない。しかし、それが何だというのか。

今シーズンは、ずっと中継ぎだった。前半こそ勝ち試合で投げさせてもらえることが多かったが、チームが低迷し、上位進出が望み薄となると、首脳陣は若手育成に比重を置き始めた。柳沢の出番は大量点差で勝負の行方が決まってからばかりだった。観客席はまばらになり、誰も真剣に見ていない。

だがそんな中でも、相手打者をうまく抑えられた時には嬉しかった。

納得の行く結果を出せた時には、晩酌の酒が旨かった。ただしそれは妙子がいたからだ。

無事にどこかの球団に雇ってもらえたとして、敗戦処理をして帰った夜、俺は誰を相手に自慢話をすればいいのだろうと思った。

5

風格のある建物を見上げ、柳沢は首をすくめた。

「敷居が高いっていうのは、こういう感じをいうんだな。まさか自分が帝都大学の門をくぐるとは思わなかった」

宗田が笑った。「受験しに来たわけじゃないんだから、緊張する必要はないだろ」

「相性の問題だ。こういう場所は苦手なんだよなあ」

気が進まなかったが、どうしてもと宗田がいうので、その物理学者の話を一度だけ聞いてみることにした。先方には草薙刑事が連絡をしてくれたらしい。

物理学科第十三研究室というのが柳沢たちの訪問先だった。そこで待っていた湯川という准教授は、白衣姿の長身の男性だった。年齢は柳沢より少し上ぐらいだろうか。引き締まった体格をしており、柳沢が思い浮かべる学者のイメージとはずいぶん違っていた。

「草薙から大体の話は伺っています。僕の論文を読み、変化球の研究に応用できないかと考えておられるとか」湯川がいい、金縁眼鏡の中央を少し押し上げた。

「難しいでしょうか」宗田が訊く。

湯川はノートパソコンを開き、画面を柳沢たちのほうに向けた。

「理論的には可能だと思います。あの研究では特殊なセンサーを埋め込んだシャトルコックで選手にプレーしてもらい、同時にその様子をデジタル映像に記録しました。選手の動きを画像解析し、どのように打てばシャトルがどう変化するのかを分析したわけです」

画面は真ん中で二分割され、左側には選手の動きが、右側にはシャトルコックの動きが、それぞれCGで再現されている。

「バドミントンでも変化球というのがあるんですか」柳沢は素朴な疑問を口にした。

「あります。というより、すべてが変化球です」湯川は机の下から実物のシャトルコックを出してきた。「このように鳥の羽が円錐状に並べられているわけですが、ショットした瞬間は、空気の抵抗を受けるためにこれらの羽がすぼまります。しかし速度が落ち、受ける風の力が弱まりますと羽は広がります。すると一気に空気抵抗が大きくなり、さらに、しかも急激に速度が低下します。真っ直ぐに打った場合でも、そういう変化が起きるのがバドミントンの特徴でもあるんです」

なるほど、と宗田が即座に同意した。

「でもそれをいえば野球も同じです。ボールは完全な球体じゃなくて縫い目が付いています。完全なストレートボールは存在しない。そもそも重力が働きますし」

「全く同感です。だから野球にも応用が可能なはずだと申し上げたのです」

湯川が再び机の下から何かを出してきた。それは野球のボールだった。いや、正確にいうと野球のボールに似たプラスチック製の球体だった。

「草薙から話を聞き、お二人に御説明するために作っておいたものです。中にセンサーを埋め込んだボールです。急ごしらえなのでお粗末な出来で申し訳ないのですが、意図は理解していただけると思います」そういいながら柳沢のほうに差し出した。

「これをどうするんですか」

「キャッチボールの用意はしてきていただいたでしょうか」

大丈夫です、と宗田がスポーツバッグを叩いた。

「では、ちょっと廊下に出ましょう」

湯川に促され、部屋を出た。

「ここで何球かキャッチボールをしてみてください」ノートパソコンを操作しながら物理学者はいった。

「ここで？」柳沢は薄暗い廊下を見渡した。「いいんですか」

「学生たちが遊びでやっていたら叱りつけますけどね。これは物理の実験です。それにお二人は素人じゃない。問題はありません」

「やってみよう」宗田が上着を脱ぎ始めた。

「直球だけじゃなく、変化球も交えてください」湯川がいった。「球種を適当に変えてくださって結構です」

おかしなことになってきたぞと思いながら、柳沢は軽く肩を回した。センサーが仕込まれたボールは手触りが本物とはまるで違うが、大きさや重さはほぼ同じだ。急ごしらえとはいったが、それなりに工夫したのだろう。つまり遊び半分ではないということだ。妙な科学者だと思いながらも悪い気はしなかった。

軽くウォーミングアップをした後、本格的にピッチングを始めることにした。腰を下ろした宗田のミットめがけ、まずは直球を投げ込んだ。甲高い音が廊下に響いた。ちらほらと人が集まってきた。誰も注意してこないのは、そばに湯川がいるからだろう。

直球の後は、いくつかの変化球を投げた。柳沢の持ち玉は七種類ほどある。ただし実戦で使えるのはせいぜい四種類だ。

オーケーです、と湯川がいったのは、柳沢が十球目を投げ終えた時だった。

部屋に戻ってから、「これを見てください」といって湯川がパソコンの画面を見せた。

そこには野球のボールが描かれていた。ゆっくりと回転している。その軸は水平よりも少し傾いているようだ。

「柳沢さんの一球目です」湯川がいった。「回転数は一秒間に三十二・三回。回転軸は水平よりも右に八・七度傾いています。二球目は回転軸が垂直に近く、それよりも九・二度傾いています。回転数は一秒間に十三・五回。これは変化球ですね」

「スライダーです」柳沢はいった。「驚いたな。投げただけで、そこまでわかるんですか」

「それだけのことなら高速カメラを使えば観測は可能です。センサーを使うメリットは、投げ出される際の加速度、ボールに加えられる力の方向などもわかる点です。それに柳沢さんのフォームを画像解析したデータを合わせれば、フォームとボールの動きとの相関関係を明らかにすることができます」

「するとたとえば」宗田が身を乗り出した。「調子が良かった頃のフォームと比較して、何がどういけないのかをはっきりさせることも可能なわけですか」

「可能なはずです」

「そんな――」柳沢は失笑した。「そんな簡単にはいかないと思いますよ。調子が良かった頃のビデオなんて、飽きるほど見ている。どこがどう違うのかもわかっている。それを修正してもだめだから困っているんです」

するとと湯川は白い歯を覗かせ、小さく顎を引いた。

「僕は理論と方法を紹介しただけです。トライするかどうかはあなたの自由です。プロフェッショナルの感覚というのは、常人には理解できないものだと思いますしね。ただ、その大切な感覚自体に狂いが生じているのだとしたら、科学という客観的手法に賭けるのも一つの手だとは思います」

柳沢は言葉が出なかった。感覚自体に狂いが生じている——まさにその通りだったからだ。

6

練習場から小気味いい音が聞こえてきた。続いて男性の声。おそらく宗田だろう。

草薙はドアを開け、中に入った。柳沢が投球練習をしている。受けているのが宗田というのは以前と同じだが、今日は協力者がもう一人いた。そばに机を置き、湯川がパソコンを操作している。よく見ると、何台かのカメラで撮影もしているようだ。

湯川が気づき、小さく頷きかけてきた。草薙も目で応じた。

間もなく投球練習が終わった。柳沢は草薙に会釈した後、「着替えてくる」と宗田にいい、練習場を出ていった。

「紹介した手前、どんな状況なのか気になりましてね」そういいながら草薙は宗田に紙袋を差し出した。「これ、よかったらどうぞ。差し入れです」中身はどら焼きだった。

「ありがとうございます。――正直、湯川先生に協力してもらって以来、毎日が驚きの連続です。柳沢のフォームが、こんなに崩れていたとは思わなかった。少し修正しただけで、ずいぶんとよくなったように思います。とても勉強になります。関節の角速度、なんていう言葉、初めて使いました」宗田の言葉はお世辞には聞こえなかった。

「へえ、それなら紹介した甲斐があったというものです。――すごいじゃないか」後の台詞は湯川に向けたものだ。

だが湯川は浮かない顔つきで首を傾げた。

「僕は野球に関しては素人だ。柳沢投手の好調時のデータと比較して、その違いを数値化しているにすぎない。単にロボットの動作を確認しているようなものだ。だけど人間はロボットじゃない。数値通りにできないこともたくさんある」

「何だよ、ずいぶんとテンションが低いな」

「いや、それはですね」宗田が口を挟んできた。「フォーム自体はいい感じになってきているんです。でもそれがなかなかボールに現れてこないんです。全盛期の切れが蘇らない。特に決め球のスライダーがだめです。その原因が、じつに微妙な動きの違いにあることは湯川先生のおかげで判明しているのですが、それをどうすれば矯正できるのかがわからず、悩んでいるところでして」

「難しいものなんですね」

「私は精神的なことも大きいと思っているんです。奥さんのことがあるんだろうと」

ああ、と草薙は合点して頷いた。

「やはり事件のショックを引きずっているんですね」

「それもあるんでしょうけど、どこか引っ掛かるものがあるんじゃないかと思います。というのは、奥さんは彼が現役を続けることには反対だったようなんです」

「あ、そうなんですか」

「いつまでも過去にしがみつくのではなく、前向きに生きてほしいという考え方だったみたいです。私なんかは、現役に拘《こだわ》ることが後ろ向きだとは思いませんが、奥さんはそういう女性だったんです。それで彼も引退すると約束していたらしいのですが」

「その奥さんが亡くなり、状況が変わったと」

「そういうことです。反対する人がいなくなったので現役続行に方針転換したわけです。彼としては、野球に没頭することで、事件のことを忘れたいという気持ちもあるんだと思います。だけど内心では揺れてるんですよ。本当に野球を続けていいのか、と。天国の奥さんを裏切ってるんじゃないかってね」

柳沢が戻ってくるのが見えた。宗田は唇に人差し指を当て、「今のことは彼には内緒にしてください」と小声でいった。

湯川が支度を終えたようなので、二人で練習場を後にした。そのまま居酒屋に寄り、夕食を摂ることになった。

「プロのスポーツ選手は大変だな。まだ四十前だというのに、もう進退を考えなきゃいけない」生ビールのジョッキを傾け、草薙は小さく頭を振った。

「殺人事件については、もうすべて片付いたのか」

「事件に関してはな。送検したし、もう俺たちのすることはない」枝豆を口に放り込んだ。

「事件に関しては、とはどういうことだ。片付いてないこともあるという意味か」

「それほど大したことじゃない。犯人がわかるまでは重大な証拠かもしれないってことで気になってたけど、結局は何もなかった」そう前置きし、柳沢妙子が殺された時、車に置いてあった紙包みのことを話した。

「たしかに奇妙な話だな。その時計を誰かにプレゼントするつもりだったなら、当然その相手と会う約束をしていたはずだ。そういう人間は見つかってないのか」

「いろいろと当たってみたが見つからなかった。携帯電話の通話履歴に残っている個人には、すべて問い合わせた。それでも無駄だった」

「気にかかる点というのは、その謎のプレゼントだけか」

「いや、じつはもう一つある」草薙は声を落とした。「被害者の自宅付近の聞き込みをしていた捜査員が、少々気になるネタを拾ってきた」

「どんなネタだ」

「先月あたりから、被害者はちょくちょく車で出かけていたらしい。結構めかしこんでいて、近所へ買い物に行くような感じではなかったという話だ。大体いつも二時間ぐらいで帰ってきたそうだ」

　湯川はジョッキを持ったまま、顔をしかめた。

「近所の目というのは侮《あなど》れないな。どこで誰が見ているかわかったものじゃない。で、そのことを柳沢投手には確認したのか」

「奥さんの昼間の行動についてどれぐらい知っているのかを確かめてみた。予想通り、彼は何も知らなかった。ずっと家にいると思っていたようだ」

「奥さんが出かけていたことを教えたのか」

「まさか」草薙は口の端を曲げた。「教えたところでしょうがない。そんなことを聞いたら、きっとあれこれ疑うだろ」

　ふむ、と湯川は考え込む顔つきになった。「浮気とか、か」

「主婦がめかしこんで昼間に出かけていき、しかもそのことを旦那には話していない。誰が聞いたって怪しいと思うよな。そんな余計なことは教えないほうがいいと思わないか」

「まあ、同感だな」

「いろいろと謎は残ったが、事件と関係のないことは伏せたままにしておくのが俺のやり方だ。あとは一日も早く柳沢さんが立ち直るのを願うだけだ。そのためにも湯川、よろしく頼むよ」

　だが物理学者は指先で眼鏡を押し上げ、「僕にできるのは柳沢投手のピッチングを科学的に分析することだけだ。精神面まではタッチできない」と冷徹な口調でいった。

7

グラウンドを出ると足早に駐車場に向かった。しかし途中で顔見知りの記者に捕まった。柳沢が戦力外通告を受けた時、引退するのは早いという主旨の記事を書いてくれた男だ。無視するわけにはいかないので、歩みを遅くした。

トライアウトの手応えはどうだったか、と記者は尋ねてきた。

「あんなものだろ。今の力だと」やや下を向き、歩きながら柳沢は答えた。

「気持ちよさそうに投げているように見えたけどね。ストレートの走りも、シーズン中よりよくなったんじゃないかって、みんないってた」

「だけど打たれちゃ仕方がない」

「あれは打ったほうがうまかった。奴も必死だからね。でも三振を奪った球は切れてた」

「あれは逆にバッターのほうがへぼすぎた」

「謙虚だね。何か景気のいいことをいってくれると助かるんだけどな」

「廃車寸前のポンコツに、景気のいい台詞なんていえるわけないだろ」柳沢は左手を上げた。これ以上はついてくるな、という意味だ。

駐車場に行くと、車のトランクを開け、荷物を放り込んだ。ばたんとトランクを閉めた時、車のボディの一部から錆が浮き出ていることに気づいた。何だこれは、と訝った。買って八年になるが、大事に乗ってきたつもりだ。洗車の際にはワックスだってかけている。

よく見ると、同じように変質しているところが何箇所かあった。いずれもよく見ないとわからない程度だが、面白い話ではない。

舌打ちをし、車に乗り込んだ。廃車寸前なのは持ち主だけではないらしい。エンジンをかけてみると、こちらのほうはスムーズに動きだした。

今日、一回目のトライアウトがあった。戦力外を宣告された各球団の選手たちが集まり、現時点での実力を披露するわけだ。どこかの球団の目に留まれば再雇用の道が開けるが、可能性は極めて低い。

柳沢は三人のバッターと対戦した。実戦形式で、ランナー一塁という設定、牽制を挟みつつセット・ポジションから投げるという内容だった。

一人目からはうまく三振を奪えた。二人目も打ち損なってくれた。しかし三人目のバッターには初球を痛打された。最初から振ってこないだろうと簡単にストライクを取りにいったのが裏目に出た。

もっとも、そんなに甘い球ではなかったはずだ、という思いもあった。記者は、打ったほうがうまかったといったが、そうではないと柳沢はわかっている。今の自分のボールには威圧感がないのだ。だからバッターたちは少しも怖がらない。妙子のいう通りかもな――フロントガラス越しに空を見上げた。悔しいほどに良い天気だった。

駐車場を出て、グラウンドの脇の道をゆっくりと走った。トライアウトは、まだ行われている。一体何人が息を吹き返すのだろうか。どこかの球団から自分に電話がかかってくることを想像してみたが、夢物語のようにしか思えなかった。

グラウンドに沿った歩道上を一人の男性が歩いていた。その後ろ姿に見覚えがあった。スピードを落とし、横顔を見た。間違いなかった。急いでブレーキを踏んだ。

車は左ハンドルだ。急いでパワーウインドウを下ろし、声を掛けた。「湯川先生」

何か考え事でもしているのか、湯川は俯いたまま歩き続けている。湯川先生っ、ともう一度声をあげた。

ようやく気づいたのか、物理学者は立ち止まった。きょろきょろと周りを見回した後で柳沢に気づいた。「やあ、これは」白い歯を見せた。

湯川を助手席に乗せ、喫茶店を探した。ファミリーレストランがあったので、入ることにした。

「わざわざ見に来ていただいたとは驚きです。ありがとうございます」柳沢はコーヒーカップに手を伸ばす前に頭を下げた。

「たまたま、この近くに用があったものですから」湯川は見え透いた嘘をいった。「トライアウトを見たのは初めてです。なかなか見応えがありました。いつもの野球とは違うスポーツに思えました」

「実際、別物です。三人の打者と対戦するにしても、試合という流れの中で投げるのと、いきなりお膳立てされた中で投げるのとでは、感覚がまるで違います。だけど、文句はいえない。こっちは試されている立場ですからね。物理のテストだってそうでしょう？　問題が悪いといって不満をいっても始まらない」

「それはそうです」湯川は笑った。「で、納得のいく投球はできましたか」

「今の力は出せたと思います」

「それは何より」

「力は出しきりました。だから……」柳沢はコーヒーカップを置き、真っ直ぐに湯川を見つめた。「もう、ここまでにしておこうかなと思います」

湯川は目をそらさず、ぴんと背筋を伸ばした。「引退を決意されたのですか」

柳沢は顎を引いた。

「ボールを投げながら思ったんです。俺は一体何をしているんだろう、この場所にしがみついて、何をやろうとしているんだろうってね。この世界に入った時から、引退までのカウントダウンは始まっていた。その数が残り少なくなったってだけのこと。それを認めず、無駄な抵抗をしているだけじゃないかって」

「あなたがいう抵抗は、僕には立派な努力に見えます。努力することに無駄はないというのが僕の考えです。たとえ野球では結果が出なくても、今後必ず生きてくるでしょう」

「ありがとうございます。とにかく野球から身を引く以上、もう先生たちに迷惑をかけるわけにはいきません」柳沢は両手を膝に置き、もう一度深く頭を下げた。「いろいろとありがとうございました。カムバックすることで恩返ししようと思っていたのですが、それは無理なようなので、何か別の形で改めてお礼をさせていただきます」

「礼などは結構ですが……本当におやめになる気なのですか。今日のトライアウトを見て、どこかの球団が声をかけてくる可能性もあるのではないですか」

柳沢は力なく苦笑し、手を振った。

「自分のことは自分が一番よくわかっています。あんな球しか投げられないピッチャーをプロの球団は欲しがりません。残念ですが、それが現実なんです」

「そうですか。決心されたのなら、もう何もいいません」

「せっかくお力を貸してくださったのに、結果を出せずに申し訳ありませんでした」

「いえ、新たな世界で活躍されることを祈っています」

コーヒー代は自分が払うつもりだったが、湯川に先に伝票を奪われてしまった。

「ここは僕が払います。その代わり、駅まで乗せていってもらえますか」

「御自宅まで送りますよ」

「いえ、駅までで結構です」

店を出て、車に近づいた。ドアに手をかけた湯川が怪訝そうに眉をひそめた。

「どうかしましたか」

「いや、塗装が奇妙な具合に剝げていると思いまして」

柳沢は助手席側に回ってみた。湯川のいう通りだった。窓枠の少し下の塗装が剝げ、錆が広がりかけている。

「ここもそうだ。ここにもある」湯川がボンネットの表面を指先で触った。「こんなふうになっているのは見たことがない。こういっては失礼ですが、皮膚病のようだ。何かあったのですか」

「俺も、ついさっき気がついたんです。どういうことかなと思って。この間ガソリンスタンドで洗車した時には、こんなことはなかったはずなんですけど」

「その間、この車でどこかにお出かけになりましたか」

「いや、じつをいうと運転するのは久しぶりなんです。その洗車をした時以来、乗ってないと思います。あの後すぐに例の事件があったんです」

「事件のあった日、奥さんは車で出かけられたんでしたよね」

「そうです。スポーツクラブの駐車場で襲われたんです」振り返りたくない過去だ。

湯川の目つきが心なしか鋭くなった。じっと車体の表面を睨んでいる。

「どうかされましたか。たしかに変な錆び方ですけど、走る分には問題ないと思います。

そろそろ買い替え時だと思ってたから、ちょうどいいですよ」

物理学者は我に返った顔になった。

「そうですか。いや、少し気になったものですから。こういう金属の腐食は、あまり見たことがなくて」

「やっぱり科学者というのは、いろいろなところに目を向けているものなんですね」そういって柳沢は運転席に乗り込んだ。

8

「ありましたよ、草薙さん。これじゃないでしょうか」内海薫がパソコンの画面を見ながらいった。

草薙は隣から画面を覗き込んだ。「ホテルの駐車場か……」

「あの日だと、この事故以外には、そんなことは起きてないようなんですけど」

うん、と草薙は曖昧に頷き、腕組みをした。

湯川から奇妙な問い合わせを受けたのは、昨日の夜のことだ。柳沢妙子が殺された日、都内のどこかで薬剤が撒き散らされるような事故は起きなかったか、というのだった。

「おそらく強アルカリ性の薬剤だ。消火剤なんかが怪しい」湯川は早口でいった。

どういうことかと草薙が問うと、湯川は柳沢の車のことを話した。塗装の傷み方が不自然なのだという。

「単なる経年劣化じゃない。何か特殊な環境に置かれたとしか思えない。柳沢投手には心当たりがないそうだから、奥さんが乗っていた時に何かあったと考えられる」

それが柳沢妙子の不可解な行動と関係があるのではないか、と湯川はいうのだった。

今回の事件の捜査はすべて完了している。だが草薙としても、柳沢妙子の生前の行動については気になっていた。そこで内海薫に調べさせてみたのだった。

ホテルで起きた事故とは、交通事故だった。地下駐車場への入り口に大型トラックがぶつかったのだ。高さ制限を無視するという、基本的なミスだった。ふだんそのトラックを運転しているのは別の人間で、その日の運転手は、いつも自分が乗っているトラックと高さが違うことを忘れていたのだ。

建物に大きな損傷はなかったが、自動消火装置が作動した。入り口付近に向け、大量の消火剤が噴射されたのだ。気づいた警備員がスイッチを切ったが、約三分間、消火剤は放出され続けていたという。

草薙は湯川に電話をかけ、事故のことを話した。

それだ、と湯川はいった。

「たぶん間違いない。できればホテルに行って消火剤の成分を知りたいが、部外者に果たして教えてくれるかどうか……」

草薙は吐息をついた。

「わかった、付き合おう。柳沢さんにおまえを紹介したのは俺だしな」

三十分後にホテルのロビーで会うことにし、電話を切った。

「もしその時の消火剤によって車のボディが傷んだのだとしたら、柳沢妙子さんは、あの日、そのホテルにいたということになりますね」隣で話を聞いていたらしく、内海薫がいった。「スポーツクラブに行く前です。で、そのことを旦那さんには隠している」

「昼間から主婦がシティホテルに出入りか。ますます不倫の香りが濃くなってきたな」

草薙は鼻の上に皺を寄せ、立ち上がった。

ホテルに行くと、すでに湯川は来ていた。二人で地下の駐車場に向かった。警備員室は自動精算機の隣にあった。

六十歳過ぎと思われる白髪頭の男性が草薙たちの応対をしてくれた。事故があった日も、勤務していたらしい。

「驚きましたよ。あんなことは初めてです。突然、辺り一面が泡だらけになりましたからね」男性は目を丸くしていった。

「ほかの車に影響はなかったのですか」草薙は訊いた。

「消火剤が撒かれたのは出入り口付近だけなので、駐車していた車には影響ありませんでした。ただ、その間に何台かの車が通過していまして、それらについては何ともいえません。防犯カメラに映ってはいるんですが、消火剤のせいでナンバーまでは読み取れず、連絡の取りようもないんです」

「その映像を見せていただけますか」

「いいですよ」

男性は慣れた手つきでレコーダーを操作した。液晶画面に駐車場の出入り口が映った。大型トラックがバックしている。ぶつかったことに気づいたのだろう。すでに出入り口の上部からは、白い泡が噴出している。

何台かの車が、その中をくぐり抜けていった。単なる泡だから大したことはないと思っていたのかもしれない。

あっ、と湯川が声を発した。「今の車じゃないか」

映像を巻き戻してみた。シルバーグレーの車が通過していった。ナンバーは確認できないが、柳沢の車に酷似していた。

「間違いなさそうだな」草薙はいった。

「消火剤の種類はわかりますか」湯川が警備員に訊いた。

「詳しいことはわからないのですが……」そういって警備員はパンフレットを出してきた。

「やはり水成膜泡消火薬剤か」パンフレットを見て、湯川は呟いた。「塗装が万全なら問題ないが、細かい傷があったりすると、そこから腐食が進む可能性は高い。すぐに洗い流せばよかったのだろうが」

「あの日は雨が降っていた。車体に泡がついたとしても、雨で流れただろうから、気にならなかったんじゃないか」

湯川は首を振った。「雨で流した程度じゃだめだ」

「ぶつかった大型トラックは運送会社のものだったんです」警備員がいった。「会社のほうでは、消火剤を浴びた車については、状態を確認した上で賠償するといっています。その方に、こちらに連絡するよう伝えていただけますか」

「わかりました。伝えておきましょう」そういってから礼を述べ、草薙は湯川と共に警備員室を出た。

「柳沢投手の奥さんが、事件当日にこのホテルに来たことは確かなようだな」歩きながら湯川がいった。「問題は、ホテルのどこにいたかだ」

「とりあえずフロントを当たってみるか」

「たぶん無駄だろう。逢瀬が目的なら、人妻がフロントに顔を出すことは考えにくい。男性が先にチェックインしていて、その部屋に直接向かっただろう」

「それもそうだな」

「しかしホテルに来たからといって、部屋に行ったとはかぎらない。奥さんはプレゼントらしき包みを持っていたんだろ？　それを渡すつもりでホテル内のどこかで誰かと待ち合わせをしていた、と考えるのが妥当じゃないか。ところが結局相手は現れず、プレゼントを持ち帰ることになった、というのはどうだ」

「なるほど。それはありそうだ」

エレベータホールで館内の施設を確認した。ティーラウンジが一階にあるようだ。

店に入り、コーヒーを注文するついでにウェイトレスに柳沢妙子の写真を見せてみた。

「あっ、この方なら……」

「知ってるんですか」

「何度かお見えになりました。ハーブティーを注文されることが多かったと思います」

ビンゴだな、と湯川がいった。

「一人でしたか」

「いえ、いつも男性が一緒でした」

草薙は湯川と顔を見合わせた後、ウェイトレスに視線を戻した。

「どんな男性でしたか」

「大柄の年配の男性だったと思います」

「最近では、いつ頃来ましたか」

さあ、とウェイトレスは首を捻った。

「このところは、お見かけしておりません。たぶん一番最後は三週間ほど前だと思います」

彼女の記憶は正しい。事件があったのは二十日前だ。

「その時も男性が一緒でしたか」

「そうだったと思います。――あっ、そうだ」ウェイトレスが何かを思い出した顔になった。「ケーキを注文されたんです。ショートケーキを。その時に、ローソクはありませんか、と訊かれました」

「ローソク？」

「そうしたら一緒にいた男性が、それは結構ですと笑いながらおっしゃいました」

「男性が……」

「それで誕生日なのかなと思ったんですけど……あの、もうよろしいでしょうか」

「ああ、いいです。ありがとう」

ウェイトレスが立ち去ってから、「どう思う？」と湯川に訊いた。

「彼女の推測通りだろう。あの日は相手の男性の誕生日だった。そこでケーキを注文し、ローソクを立てて祝おうとした。男性はローソクは辞退したようだが」

「だったら、あのプレゼントの包みはどうなる？　なぜ渡さなかったんだ。それともあの包みと男性の誕生日は無関係なのか」

「あるいは、渡すつもりだったが、渡せない事情が発生したのか」そういった直後、湯川の目が一瞬大きく見開かれた。「中身は時計だといったな。そうか。そういう可能性もある……」

「何だ。どういうことだ」

すると湯川が真っ直ぐに草薙を見つめてきた。

「草薙刑事、今度は僕から頼み事をしたい。ある人物を探し出してくれ」

9

指定された店は、繁華街からは少し離れた場所にあった。幅の狭い道路に面した、小さな中華料理店だった。柳沢が入り口のドアを開けると、すぐに草薙の姿が見えた。隣には湯川もいる。二人はテーブルについていたが、立ち上がって迎えてくれた。

「急に呼び出したりしてすみません」草薙が謝った。

「それは構わないのですが、一体何ですか、重大な話というのは」

「まあとにかく座ってください。食事をしながら、ゆっくり話しましょう。この店は海鮮料理がお勧めなんだそうです」

柳沢が座ると、二人も席についた。女性従業員が飲み物を訊きに来たのでビールを注文した。

「車のボディは、その後どうされましたか？」湯川が尋ねてきた。

「あのままです。あまり乗らないのですが、見るたびにひどくなっているような気がします。一体どういうことなんでしょうね」

「そのことですが、原因がわかりました」

「えっ、そうなんですか」

「やはり特殊な状況に曝《さら》されていたのです」

湯川は説明を始めた。その内容は柳沢にとっては想像もしないものだった。彼のマンションにも地下駐車場はあるが、あの入り口にトラックがぶつかったら同じようになるのだろうかと考えた。

「海辺の近くで使用される車の寿命が、通常よりも短くなることはよく知られています。海水の塩分によって金属が腐食するからです。海水とは比較にならない強アルカリの消火剤が付着したままなわけですから、日に日に塗装が剝げ落ちていくのも当然です」

「ホテルのほうに連絡してくれとのことでした」草薙が電話番号を記したメモをテーブルに置いた。「事故を起こした会社が賠償に応じてくれるそうです」

「そうですか。でも妙子のやつ、どうしてそんなところに行ったんだろう……」

料理が次々に運ばれてくる。たしかに旨いが、妙子の不可解な行動が気にかかり、柳沢はゆっくりと味わう気になれなかった。

ぼんやり考えていると、「例の包みは持ってきていただけましたか」と湯川が訊いた。

「あ、はい。持ってきましたけど」柳沢は傍らに置いた紙袋から包みを取り出した。事件の日、妙子が車に置いていたものだ。

「中を見ましたか」

「いえ、開けてませんけど」

「そうですか。ちょっと拝見します」湯川は包みを受け取ると、真剣な眼差しで眺め回した。学者の顔になっている。

「あのう……」柳沢は口を開いた。

「やっぱりそうだ」湯川は大きく頷き、包みを指差した。「シールを貼り直した形跡がある。一度包装を開いた後、もう一度包み直したんだ」

「これですべて辻褄が合ったな」草薙がいう。

柳沢は二人の顔を交互に見た。「どういうことですか。さっぱりわからないんですけど」

「奥さんは、ある男性とホテルのティーラウンジでしばしば会っていたのです。事件の日も、そうでした」

「男性と？」嫌な想像が頭に浮かんだ。

「柳沢さん」草薙が背筋を伸ばし、開口した。「あなたは今年の夏頃から、戦力外になるかもしれないと奥さんにはおっしゃっていたそうですね」

「どうしてそれを……」

「その男性が奥さんから聞いていたのです。奥さんはあなたのことで、その人にいろいろと相談していたようです」

持って回った言い方に、柳沢は苛立ちを覚えた。

「誰ですか、その相手の男性というのは。早く教えてください」

すると草薙は視線を柳沢の後方に向け、小さく頷いた。

えっ、と柳沢は後ろを振り返った。白い料理服を着た体格のいい男が立っていた。年齢は五十歳前後に見えた。

「奥様と会っていたのは私です。ヤンといいます。台湾から来ました。この店の主です」

「台湾……」柳沢は息を吞んだ。妙子が台湾人に会い、夫のことで相談していた――。

「私の妻は日本人なのですが、奥様と英会話学校で一緒だったのです。妻が私のことを奥様に話したところ、是非話を聞きたいということだったので、あのホテルのティーラウンジで何度かお会いしました」

ヤンさんは、と草薙がいった。

「弟さんが現在台湾のプロ野球チームに所属しているそうです。だから向こうで野球をするにはどういう準備をすればいいかとか、いろいろと情報を持っておられるわけです」

「向こうで野球……妙子がそんなことを?」

「戦力外になって、拾ってくれる球団がなくても、きっとあの人は野球を続けたがるだろう――奥様は、そうおっしゃってました」ヤンが穏やかな口調でいった。「続けるためには国外に出ることも覚悟しているはずだ、もしそうなった時にあわてなくてもいいように今から準備しておきたい、と」

「まさかあいつが……だって、俺には引退してほしいといってたんですよ」

「それが奥様流の発破の掛け方だったのです。どこへでもおとなしく付いていくという態度を取れば、きっと夫は甘える。女房の反対を押し切っての挑戦だと自覚させたほうがいい。奥様はそうおっしゃってました」

ヤンの言葉が柳沢の胸を激しく揺さぶった。妙子がそんなふうに思ってくれていたことなど、まるで気づいていなかった。

「奥様は、とても優しい人でした。あの日も、私なんかのために誕生日を祝ってくださった。わざわざプレゼントまで用意して」

柳沢は四角い包みに目を向けた。「あなたへの贈り物だったのですか」

「そうです。ただし、受け取りませんでしたが」

「なぜですか」

「台湾では」湯川がいった。「置き時計を人に贈るのはタブーとされているそうです」

ヤンが頷いた。

「置き時計を中国語でジョンといいます。時計を贈る行為は、ソンジョンとなります。このソンジョンというのは、人の死を見届ける行為のソンジョンと発音が同じなので、時計をプレゼントするのはタブーなのです」

「そうだったんですか。初めて聞きました」

「ホテルのティーラウンジで包みを開き、中身が時計だと知った時には少しショックでした。どうしようかと迷いましたが、台湾の習慣を知っておいてもらったほうがいいと思い、奥様に話しました。奥様はとてもあわてて謝られました。それで代わりにケーキを御馳走するといってくださったのです」

柳沢は俯いた。今にも涙が溢れそうになったからだ。自分の知らない間に、妙子がそこまで準備を進めていたとは驚きだった。

台湾野球への挑戦――たしかに最後の選択肢として考えていた。どんなふうに妙子に切り出せばいいか、悩んでいたのも事実だ。しかし彼女にはすべてがお見通しだったのだ。

「奥様がお亡くなりになったと知った時、私の心は痛みました」ヤンはいった。「私が時計を受け取らなかったせいで、不吉な運が奥様のほうに移ったのではないかと思ったからです」

柳沢はかぶりを振った。

「あなたの話を聞けてよかった。妻の本当の気持ちを知ることができました」

「奥様は」ヤンは目を潤ませて続けた。「あなたの切れ味鋭いスライダーを、もう一度見たいとおっしゃっていました」

10

スタンドに行くと、湯川は三塁側の一番端の席に座っていた。草薙は手を振りながら近づいていった。

「どうしてこんな端の席なんだ。いくらでも空いてるじゃないか」内野席を見渡しながらいった。がらがらというほどではないが、空席はいくらでもある。シーズンオフの第二回トライアウトだ。見に来るのはスポーツマスコミの連中か、余程の物好きだけだ。

「柳沢投手のフォームをチェックする場合、この角度から見るのが一番いい。気に食わないなら、別の席に移動したらいい」

「気に食わないとはいってないだろ。で、柳沢投手の順番は？」

「この次のはずだ」

「そうなのか。危なかった」草薙は湯川の隣に腰を下ろした。

ヤンと会った翌日から、柳沢は再びトレーニングを開始したという話だった。湯川にも改めて協力の要請があったらしい。宗田と三人で、今日のトライアウトを目指し、あらゆる努力をしたと聞いていた。

「それにしても、おまえが台湾の慣習に詳しいとは知らなかったな」草薙はいった。

「台湾には優秀な物理学者が多い。彼等の素晴らしいところは、たとえ非科学的であろうとも文化や因習を軽視しないことだ。時計のことも彼等から教わった」

「なるほどね」

湯川によると、柳沢妙子がプレゼントを渡さなかったのは、何らかの事情から渡せなかったのではないか――そんなふうに考えた時、包みの中身が時計だという点に引っ掛かったのだという。渡そうとした相手が台湾人だった場合、時計は受け取ってもらえない。

そこで草薙は、もう一度柳沢妙子の周辺を洗い直してみた。するとじつにわかりやすいところに答えは潜んでいた。携帯電話だ。

柳沢妙子の発信履歴に載っている個人については事件後に連絡を取ったが、個人以外については後回しになっていた。たとえば飲食店などだ。事件の起きる二日前、柳沢妙子はある中華料理店に電話をかけていたのだ。

ヤンは携帯電話を持っていたが、所持していることが少なかった。だから彼に連絡を取るには、店に電話をかけるのが一番手っ取り早かったのだ。柳沢妙子もそのことを知っていて、待ち合わせの約束をする時には店に電話をかけていたらしい。

グラウンドに柳沢が現れた。スタンドから拍手が起きる。長年プロで活躍してきただけに人気はあるようだ。

ピッチング練習を何球かした後、本番となった。バッターとの真剣勝負だ。

「なあ湯川、実際のところはどうなんだ」草薙は訊いた。「柳沢投手はプロのピッチャーとして復活できるのか」

「それは僕のような素人にはわからない」湯川は、さらりといった。「ただ、断言できることはある」

「何だ」

「どのように投げれば、ボールがどのように変化するかは科学で解明できる。だけど、どう投げるかは投手次第だ。そこに物理学の入り込む余地はない。人間の身体の動きが精神に大きく影響を受けることは、多くの実験によって明らかにされている」

「すべては本人次第ということか」

「投手というのは、そういうものだ。そしてヤン氏と会って以来、柳沢投手は明らかに変わった。改めて僕に協力を要請してきただけでなく、練習への取り組み方にも大きな変化が見られた。その結果、科学的データ面だけでいえば、彼の現在のピッチングは全盛期と遜色がなくなっている」

「おい、それはつまり復活できるってことじゃ――」

しっ、と湯川が人差し指を唇に当てた。マウンド上で柳沢が投球モーションに入ったところだった。

しなやかなフォームから白球が投げられた。それが打者の前で鋭く曲がったのが草薙の目にもはっきりとわかった。

打者のバットが空を切った。

第五章　念波る

おくる

1

ドアがノックされた時、御厨籐子《みくりやとうこ》は机に向かって本を読んでいた。お気に入りのミステリ作家の新作で、発売前からネットで予約しておいたものだ。それが今日の昼間に届いた。眠る前に本を読むのが習慣だが、重たいハードカバーの場合はベッドでは読まない。腕が疲れるからだ。

はい、と返事をしながら置き時計に目をやった。午後十一時を少し過ぎたところだった。

栞《しおり》を挟んで本を閉じ、入り口に近づいた。ドアを開けると、パジャマの上からガウンを羽織った春菜が立っていた。化粧水の匂いがかすかに漂ってくる。顔色はあまり良くない。

「遅くにごめんなさい」彼女は謝った。「お願いがあるんだけど」

「何？」

春菜は躊躇《ためら》いがちに口を開き、「若菜さんに電話をしてほしいの」といった。

えっ、と戸惑った。「どうして？　何か急用でもできたの？」

「急用というか……胸騒ぎがするから」

「胸騒ぎ？」

ごめんなさい、と春菜は小声で謝った。「とても不安なの。じっとしていられなくて……。お願い、電話をかけて」

籐子は少し混乱した。春菜がこんなことをいうのは何年ぶりだろう。子供の頃は、よくあった。春菜ではなく、若菜がいいだすことのほうが多かったかもしれない。

「気のせいじゃないの？　このところ少し働きすぎだったから」

春菜は童話作家だ。著書数は三十を超えている。

「違う」彼女は首を振った。「感じるの。強く感じる。若菜さんの身に何かあったんだと思う」

声には悲壮感さえ籠っていた。まさか、と笑い飛ばせなかった。彼女たちに神秘的な繋がりがあることは、これまでの経験から否定できない。

だったら、と籐子はいった。「春菜さんが自分で電話すれば？」

春菜は悲しげに俯いた。「できないの。怖くて……」

籐子は吐息をつき、頷いた。

「わかった。じゃあ私が電話してみる」

「ありがとう。ごめんなさい」

籐子は机に戻った。読みかけの本の横に置いてある携帯電話を手に取った。少し時間が遅いが、若菜ならまだ起きているだろう。アドレス帳から電話番号を選び、発信した。

2

磯谷《いそがい》知宏の携帯電話が着信を告げたのは、ハイボールのおかわりを頼もうと片手を上げかけた時だった。表示を見ると御厨籐子となっている。嫌な予感がした。時刻は午後十一時十五分だ。

はい、と電話に出た。

「御厨です。遅い時間に申し訳ありません」中年女性らしい低い声で御厨籐子は詫びた。

「構いませんよ。ちょっとすみません、静かな場所に移動しますので」磯谷は電話を手に席を立った。彼がいるのは行きつけのバーだった。外に出て、エレベータホールで再び電話を耳に近づけた。「お待たせしました。で、どうしました？」

「じつは……あの、少し説明が難しいんですけど」

「何でしょうか」

「春菜さんが、今すぐ若菜さんに連絡を取ってくれといいまして」

「春菜さんが？　どうしてですか」

「それが……胸騒ぎがするんだそうです」

「胸騒ぎ？」思わず眉をひそめていた。

「若菜さんの身に何かあったんじゃないかって。気のせいじゃないかといったんですけど、とにかく連絡を取ってほしいと。それで私が若菜さんに電話をかけてみたんですけど、繋がらないんです。呼び出し音は鳴っているんですけど、電話に出ないんです」

心臓の鼓動が速くなり体温が上昇するのを磯谷は感じた。

「それで御迷惑かもしれないと思いつつ、知宏さんにお電話したというわけなんです」

「迷惑だなんて、そんな……。たしかにそれは気になります。何をやってるんだろう、若菜のやつ。風呂にでも入ってるのかな」

「知宏さんは外におられるんですね」篠子が尋ねてきた。

「そうです。スタッフたちと飲んでいたところです。でも、こんなことをしてる場合じゃない。わかりました。僕は今すぐに家に帰ります。何かわかったら、すぐに連絡しますよ」

「そうですか。すみませんが、よろしくお願いいたします。何もないことを心より祈っております」丁寧な言葉で締めくくり、篠子は電話を切った。

磯谷は携帯電話を見つめた後、彼の妻である若菜の番号にかけてみた。間もなく電話は繋がったが、たしかに呼び出し音が鳴るだけだった。

店内に戻った。磯谷の部下が三人いて、ワインを飲んでいた。そのうちの一人、山下を呼んだ。スタッフの中では一番の古株だ。といっても、まだ二十代半ばだった。

「今すぐに帰らなきゃいけなくなった」

磯谷の言葉に山下は目を丸くした。「何かあったんすか」

「わからん。うちの奴に連絡がつかないってことで、親戚が心配して電話をかけてきた。俺も電話してみたんだけど、出ないんだ」

「えぇー。それ、心配っすね」

「というわけで、俺は帰ることにする。後のことは頼む」

「それはいいっすけど、俺も一緒に行きますよ。なんか気になるし。何もないってことだったら、また戻ってきて飲み直します」

たしかに誰かが一緒に行ってくれたほうがいいと思われた。

「そうか、悪いな。じゃあ、来てくれ」

ほかのスタッフたちには適当に説明をし、二人で店を後にした。

「えっ、じゃあ奥さんの妹さんが気づいたってことですか。たしか奥さん、双子ですよね。それって、テレパシーってやつじゃないんですか」タクシーの中で山下は興奮し始めた。磯谷が御厨籐子からの話を詳しく話して聞かせたのだ。

「わからん。単なる気のせいかもしれない」

「だけど俺、聞いたことありますよ。双子って、そういうことがよくあるみたいっすよ。中学の同級生にもいました。どっちかが体調を壊したら、必ずもう一方も病気になるし、テストなんかでも間違うところが一緒だったりするとか」

「うん、そういう話は俺もよく聞く。若菜も、そんなことは昔からしょっちゅうあったといってた」

「だからテレパシーもあると思いますよ。双子って不思議だから」そういった直後に山下は慌てた様子で、「いや、あの、今夜はその、単なる気のせいならいいって思いますけど」と取り繕うように続けた。

磯谷たちの居宅は渋谷区松濤にあった。山手通りから一本入ったところだ。モダンな住宅が並んでいる。タクシーの窓から外を見て、すげえなあ、と山下が嘆息した。

家の前でタクシーから降りた。タイル貼りの白い家だ。駐車場に赤いＢＭＷが入っている。若菜の車だった。ということは帰宅しているわけだ。しかし外から見たかぎりでは、邸内の明かりは消えている。

磯谷は門をくぐり、玄関への階段を上がった。後ろから山下もついてきた。鍵を取り出したが、ドアの隙間を見て、鍵穴には挿さずにドアノブを回した。鍵はかかっていなかったのだ。

室内は真っ暗だった。磯谷は壁のスイッチを手で探った。だがそうしながら、匂いを感じ取っていた。よく知っている匂い、若菜がつけている香水の匂いだ。

スイッチを入れた。玄関ホールが明かりで満たされた。

その瞬間、磯谷の背後で山下が「わあっ」と声を上げた。その声の大きさに磯谷は飛び上がりそうになった。

だがじつは彼自身も叫びかけていたのだ。

玄関を上がってすぐの廊下に、人形のように倒れている若菜の姿があった。その頭部からは夥《おびただ》しい量の血が流れ出ていた。

3

東京駅の八重洲中央口の真上にある時計は、午後五時過ぎを示していた。サラリーマンをはじめ、大勢の人々がひっきりなしに自動改札を通過していく。人の流れが途切れる気配はまるでなかった。

「あの人たちじゃないですか」

内海薫にいわれ、草薙は改札口の先に視線を向けた。二人の女性が並んで歩いてくるところだった。一方は五十歳前後で、もう一方は二十代半ばに見えた。若い女性のほうはグレーの帽子をかぶっている。電話で打ち合わせた目印だ。それに彼女の顔を見て、間違いないと草薙は確信した。やはり双子だ。よく似ている。

彼女たちが改札口を出たところに近づいていった。

「御厨春菜さんですね」

草薙の問いかけに、若い女性は数度瞬きした。そうです、と答えた声は小さく細かった。

「警視庁の草薙です。遠いところをお疲れ様です」

二人の女性は小さく頭を下げた。

「若菜さん……姉は今、どこに？」春菜が訊いてきた。

「病院の集中治療室におられます」

「会えますか」

いや、と草薙は首を振った。

「面会謝絶のはずです。危険な状態が続いていますから」

「まだ意識が戻らないんですね」

「そうです」

春菜は目を伏せた。化粧気はないが睫《まつげ》は長い。

でも、と彼女は口を開いた。

「それでもやっぱり病院に行きたいです。どういう状況なのか、話を聞きたいし」

「わかりました。車を用意してありますから、御案内しましょう」

「ありがとうございます」

内海薫が駅前に車を回してくるのを待つ間に、もう一人の女性が自己紹介をした。春菜たちの叔母で御厨籐子というらしい。現在は長野県にある家で、春菜と二人暮らしをしているという。

「今の家は、私の父が建てたもので、私もそこで生まれ育ちました。兄が結婚したのを機に私は一旦家を出たのですけど、二十年ほど前に飛行機事故で兄夫婦が亡くなったので、もう一度家に戻って、この子たちの世話をすることになったんです」

「飛行機事故で……それはお気の毒なことでしたね」

草薙が春菜を見ると、彼女は長い睫をぴくぴくと動かした。

「つまり、親代わりということですね」

「そんなに大げさなものではありません。幸い父や兄たちが財産を残してくれましたし、親戚も助けてくれましたから、苦労らしいことは殆どしなくてすみました」御厨籐子は淡々とした口調でいった。

「そうですか。失礼ですが、御結婚は？」

「一度もしておりません。縁がなくて」ほんの少しだけ唇を緩ませた。

内海薫の運転する車が到着したので、二人を後部座席に乗せ、病院に向かった。車中で草薙は、事件の概要を簡単に話した。

事件が起きたのは、昨夜の十一時頃だ。渋谷区松濤の一軒家で、その家に住む女性が頭から血を流して倒れている、という知らせが通信司令室に入った。通報したのは女性の夫だった。すぐに近くの交番から警官が駆けつけ、状況を確認した。賊に襲われた可能性が高く、犯行からあまり時間が経っていないと思われたので、緊急配備が敷かれた。草薙たちに出動命令が出たのは今朝のことだった。所轄の警察署に、強盗殺人未遂事件ということで捜査本部が開設された。

被害者は磯谷若菜という二十九歳の女性だった。抵抗した形跡はなく、着衣も乱れていなかった。青山でアンティークショップを経営しており、その店から帰宅し、玄関から中に入ったところを襲われたと思われる。大きな傷は頭に二箇所、後頭部と額の横だ。

「では、犯人が誰かはまだわかっていないんですね」春菜が尋ねてきた。

「そうです。現在、全力で捜査をしているところです」

「知宏さん……義兄からは何かお聞きになりました？」

「今日、病院でお会いしました。でも、思い当たることはないということでした」

草薙は内海薫と共に病院の待合室で磯谷知宏と会った。一睡もしていないらしく、憔悴しきった様子だった。誰かに恨まれていたとは思えないし、最近身の回りで特に変わったことがあったというような話も聞いていない、というのが磯谷の弁だ。

「警察では、強盗の仕業だと考えているのでしょうか」

御厨籐子の質問に対し、「断定はできませんが、その可能性が高いのはたしかです」と草薙は慎重に答えた。

室内が荒らされた様子はないが、若菜のバッグから財布が消えていた。磯谷によれば、十万円以上の現金が入っていたはずだということだった。

犯人の侵入経路は判明している。通りから見えない場所にある窓ガラスが割られていたのだ。それを知ると磯谷は、「こんなことなら、もっと早く警備会社のホームセキュリティを申し込んでおくんだった」といって悔しそうに唇を噛んだのだった。

状況だけを考えると、単純な金目当ての犯行のように思われた。ただし、犯人が空き巣に入ったところにたまたま磯谷若菜が帰ってきたのか、帰宅してくる家人を襲うつもりで犯人が邸内に潜んでいたのかは不明だ。

病院が近づいてきた。二人の女性は沈黙している。彼女たち、特に御厨春菜の心境が草薙は気になった。肉親の突然の不幸に驚いているはずだが、ふつうの場合とは違う。少なくとも彼女にとって今回の事件は、「寝耳に水」ではなかったのだ。

磯谷知宏からは手がかりになりそうな話を殆ど聞けなかったが、草薙は一つだけ引っ掛かったことがあった。それは磯谷が倒れている妻を発見するに至った経緯だ。

きっかけは義妹のテレパシーだ、と彼はいったのだ。


病院に着いたが、やはり面会は叶わなかった。だが担当医が状況を説明してくれるということなので、御厨春菜と籐子は看護師の案内で別室に消えていった。その間、草薙は内海薫と共に待合室にいることにした。

「どう思った？」草薙は後輩の女性刑事に訊いた。

「詳しく話を聞いてみないことには何とも」あっさりした答えが返ってきた。

「だけど雰囲気はあるよな。どことなく神秘的だ」

「草薙さんの神秘的というのは、単に美人だってことじゃないんですか」

「それはまあ、否定しない」

内海薫は、わざとらしくため息をついた。くだらない会話を交わす気はなさそうだ。

磯谷知宏によれば、昨夜御厨籐子から電話があり、急いで自宅に帰ったということだった。電話の内容は、春菜が姉の身の危険を察知した、それで若菜に連絡を取ろうとしたが繋がらない、心配なので家に帰って様子を見てもらえないか、というものだった。単なる気のせいではないかと思いつつ、磯谷は部下の山下と共に家に向かった。籐子の話を笑い飛ばす気にはなれなかったという。妻と妹の不思議な繋がりについては、これまでにも何度か見聞きしていたからだ。

そして結果は彼が予感した通り、いや春菜が感じた通りのものだったというわけだ。

「不思議な話だと思います。やっぱり双子の間にはテレパシーのようなものが働くんですかねえ」磯谷知宏は真剣な眼差しでいった。

草薙は釈然としなかった。これまでにも事件を通じて、多くの不思議な事例を見てきた。心霊現象、超常現象、超能力——そういったものの存在を認めざるをえないようなケースも多々あった。しかし結果的にそれらのすべてに合理的な説明をつけることが可能だったのだ。今回も、それらと同じではないのか。

ではどう説明をつけるか。

内海薫と話し合った結果、同じ結論に辿り着いた。その本人に、つまり双子の妹に会ってみようということになったのだ。御厨春菜に連絡を取ったところ、これから上京するつもりだとのことだったので、東京駅で待ち合わせたのだった。

春菜たちが戻ってきた。心なしか、どちらも表情が硬いようだ。あまり良い話を聞けなかったのだなと草薙は察した。

お待たせしました、と御厨籐子が頭を下げた。

「いかがでしたか」

草薙の問いに籐子は暗い顔でかぶりを振った。

「何ともいえないそうです。助かるかもしれないし、このまま意識が戻らないおそれもあるとかで……」

医者としては、そう答えるしかないのだろう。

「そうですか。我々も、快復されることを心より祈っております」

ありがとうございますと籐子がいい、横で春菜が頭を下げた。

「いくつかお尋ねしたいことがあるのですが、これからいかがでしょうか。お時間は取らせません」

二人は顔を見合わせ、頷いた。わかりました、と籐子が答えた。

病院内に喫茶コーナーがあったので、そちらに移動してから質問を始めた。彼女たちによれば、この一年間は若菜とは会っていないらしい。アンティークショップの経営が好調で、若菜のほうが忙しかったからだという。しかし電話やメールでのやりとりは、月に何度かあったようだ。

「最後に若菜さんと何らかのやりとりをしたのはいつですか」

春菜は首を傾げ、「二週間ほど前にメールをもらいました」と答えた。「今度仕入れた商品の中に、あたしが気に入りそうな小物入れがあるということで、その商品の写真をメールしてくれたんです。それであたしのほうから電話をかけて、是非ほしいから宅配便で送ってちょうだいと頼みました」

「その時、お姉さんの様子に何か変わったところは感じませんでしたか」

「特には気づきませんでした。明るくて元気そうで、いつも通りの姉でした」

磯谷若菜のほうは明るくて元気なのか、と草薙は意外に思った。御厨春菜を見ていると、そんなふうには思えないからだ。もちろん双子だからといって性格まで同じだとはかぎらないし、姉が生死の境を彷徨《さまよ》っている時に明るく振る舞えというほうが無理なのかもしれないが。

「今回あなたは、お姉さんの身に危険が迫っていることを察知されたそうですね」草薙は本題に入ることにした。「そういうことは、これまでにもよくあったのですか」

御厨春菜は表情を変えず、ええありました、と答えた。

「大学時代、姉はスキーをしていたんですけど、ある夜不吉な予感がして電話をかけてみたら、怪我をして病院に運ばれていました。逆にあたしが病気で寝込んでいる時、ハワイ旅行中だった姉が電話をかけてきたこともあります。不意に嫌な予感がしたんだといっていました。ほかにも似たようなことは数えきれないほどあります」

草薙は御厨籐子に視線を移し、「そうなんですか」と訊いた。

「よくあります」籐子は答えた。「私なんか慣れっこになってしまって、それが当然のように思っています」

「だから今回春菜さんの話を聞いた時も、疑問を抱くことなく若菜さんに連絡を取ろうとしたということですか」

「おっしゃる通りです」

「最近はどうでしたか。今回のように、若菜さんの危機を察知したということはなかったですか」草薙は春菜と籐子の顔を交互に見ながら訊いた。

「ここしばらくはありませんでした。――ねえ」春菜が叔母に同意を求めた。

「はい。私の知るかぎりはございません」

「このところ落ち着いていたんです。昨日の夜までは、ずっと。でもあの時にかぎって、ひどく胸騒ぎがして……」御厨春菜は右手を自分の胸に当てた後、真っ直ぐに草薙の目を見つめてきた。「そして一瞬頭に浮かんだんです。男の人の顔が。すごく恐ろしい顔が。あの男性が姉を襲ったのだと思います」

4

「悪いが断る。ほかを当たってくれ」湯川学は淡泊な口調で断ってきた。しかしこれは予想通りの反応だった。

「そういわず、話だけでも聞いてくれないか。ほかを当たれというが、こんなおかしなことを相談できる相手はおまえ以外にはいないんだ」草薙は隣の椅子に両足を載せ、電話を持っていないほうの手で頭をぼりぼりと掻きながらいった。

「だからそれが間違っている。僕以外にいないのではなく、僕もいない。頼むから、そんな話は持ち込まないでくれ」

「そういうなよ。それに、じつに興味深い話だとは思わないか？　テレパシーだぜ。ネットで調べたところだと、科学者の間でも、テレパシーが存在するかどうかはまだ結論が出ていないそうじゃないか。それを明らかにしたら世紀の大発見だ」

ふん、と鼻を鳴らす音が聞こえた。

「君にいいことを教えてやろう。科学者の間では、幽霊が存在するかどうかもまだ結論が出ていない。ネス湖の恐竜もそうだ。いや、そういう意味でいえばサンタクロースも同様だ」

「じゃあ訊くが、もし幽霊の写真があったらどうだ。見たいと思わないか？　本物のサンタクロースに会ったという人間がいたとしたらどうだ。話を聞きたいと思わないか？　もし思わないんだとしたら、その理由は何だ。そんなものは存在しないと決めつけているからじゃないのか。それは科学者の姿勢としてどうなんだ。どんなことも中立的な立場からアプローチするのが真の科学者じゃないのか。おまえはいつもそういってるぞ」

草薙の詰問に少し沈黙してから、「驚いたな」と湯川はいった。

「そんなふうに切り返してくるとは思わなかった。君にしては極めて論理的だ。どこでディベート能力を磨いた？」

「もちろん取調室だ。最近の被疑者には弁の立つ奴も多いからな」

ふうーっと湯川の太い息が電話に吹きつけられた。

「証人はいるのか。本人がいってるだけじゃなくて」

「何人もいる。だから被害者を早期に発見できたんだ。発見がもう少し遅れていたら助からなかった」

湯川は黙っている。脈が出てきたようだなと草薙は感じた。

「当人は、今こっちに来ている。おまえがいいなら、すぐにでもそっちに行かせるが」

はあ、と諦めたような声を湯川は出した。

「自分の性格が嫌になる。好奇心と探究心にはどうしても勝てない。なぜ君のような人間を友人に持ってしまったのだろう」

「それが運命なんだよ」

「いっておくが」湯川はいった。「運命なんてものは信じない。サンタクロース以上に」

「知らねえよ。じゃあ、連れていっていいんだな。今日はどうだ？」

「空けることは可能だ」

「オーケー、詳細は後で内海から連絡させる」そういって電話を切った後、すぐそばに立っている内海薫を見上げた。「話がついた」

「やはり幽霊やサンタクロースの話が出たようですね」

「おまえからレクチャーを受けておいてよかった。あいつに言い争いで勝てたのは初めてだ。それにしても、よくあいつがいいそうなことを予想できたな」

「それなりに付き合いが長いですから」

「俺なんか二十年以上の付き合いだけど、あいつのことはさっぱりわからんけどな。まあいい、とにかく御厨さんたちを帝都大学にお連れしてくれ。二人は今、どこにいる?」

「ホテルで待機してもらっています」

「すぐに行ってくれ。湯川の気が変わったら面倒臭い」

「わかりました」

内海薫が立ち去るのを見送ってから、草薙は腰を上げた。広い会議室の前列に間宮の姿があった。渋い表情で書類を睨んでいる。

「御厨さんたちに湯川のところへ行ってもらうことにしました」

間宮は顔を上げ、下唇を突き出した。

「そうか。ガリレオ先生が、何とか筋の通った説明を考えてくれると助かるんだがな。事件の概要を上に説明しなきゃいかんのだが、導入部で困っている。まさかテレパシーとは書けんからなあ。しかも面倒臭いことに、早くも嗅ぎつけた新聞記者がいるらしい。

所轄の刑事が漏らしたようだな。全く、おしゃべりなやつはどこにでもいる。そのうちテレビ局からも何かいってくるぞ」

「例の件、どうしますか。似顔絵」

「あれか」間宮は額に手を当てた。「似顔絵班に相談はしてみた。必要とあればいつでも協力してくれるという話ではあったが……」

御厨春菜の頭に浮かんだという男の顔を、とりあえず似顔絵にしてみてはどうか、と草薙は提案したのだ。

「やはり問題がありますか」

うーん、と間宮は唸った。

「そんな似顔絵を作ったことがマスコミに漏れたりしたら、それこそ大騒ぎになるだろうからなあ」

否定はできなかった。警視庁捜査一課がテレパシーを犯罪捜査に利用？――そんな見出しが頭に浮かんだ。

「全く厄介な事件だ。被害者が意識を取り戻してくれれば話が早いんだがな」間宮はため息まじりにいった。

夕方、内海薫が捜査本部に戻ってきた。どうだった、と草薙は訊いた。

「最初のうち、湯川先生は明らかに乗り気ではなさそうでした。いくつかの質問を春菜さんたちにしておられましたが、偶然の一致を疑っていることは私にもわかりました」

「そんな言い方をするところを見ると、湯川の態度に変化があったということか」

「ありました」内海薫は深く頷いた。「春菜さんのある言葉をきっかけに、先生の態度が変わったんです」

「言葉？」

「繋がっている、という一言です」内海薫は手帳を開いた。「春菜さんはこういったんです。自分と姉の心は今も繋がっている。見かけ上は意識不明でも、若菜さんの脳はちゃんと活動していて、様々なメッセージを送ってくる。その意味を読み取れないのは悔しいけれど、今も彼女が苦しんでいることだけはわかる――」

「……マジかよ」

「その話を聞いて、湯川先生は興味を持たれたようです。別室で御厨さんのことを検査したいとおっしゃいました」

「どんな検査だ」

「私は別の部屋で待っていたので直には見ていないのですけど、湯川先生によれば、ごく小さな電磁波を探知する機械を使うのだとか。もちろん本来の用途はテレパシーとは関係ないそうですが」

「で、その検査はどうだったんだ」

「ふつうの人とは異なる結果が出たようです。最終的に、第十三研究室の研究対象にしたいという話になりました」

えっ、と草薙は目を剝いた。「湯川が研究するというのか。テレパシーを」

「そのようです。御厨さんたちの今後の予定を尋ねておられました。できれば明日から研究を始めたいので、是非協力してほしいとか」

「意外な展開だな」

「私も驚いています」

「すると今回の現象に関しては、さすがの湯川も合理的な説明をつけられないということか。テレパシーの存在を認めざるをえないってことなのか」

「そうかもしれません。私も協力を求められました」

「どんなことだ」

「事件の関係者全員の顔写真を持ってきてほしいと。御厨さんに見せて、脳の反応を確認するんだそうです」

「おいおい、冗談じゃねえぞ」草薙は頭を掻きむしった。「そんな話がマスコミに伝わったら大騒ぎになる。内海、このことはほかの人間には漏らすな。身内にもだ」

「わかりましたけど、写真のことはどうしますか」

「それはこれから考える」

草薙は早速このことを間宮に報告した。

「話が違うじゃないか」丸顔の上司は気色ばんだ。「じゃあ報告書にも、テレパシーって書けっていうのか」

「まあ、もう少し待ちましょう。一度、あいつの話を聞いてみます」

「そうしてくれ。じつをいうと、さっき知り合いの新聞記者から電話がかかってきた。今度の事件に超能力が関わっているという話を耳にしたけど事実かってな」

「何と答えたんですか」

「もちろん、とぼけたさ。疑っている様子だったけどな」

「最近、大きな事件がありませんから、社会部の記者たちもネタに困っているんでしょう」

「全く、面倒臭い話だ。肝心の捜査が一向に進まないってのに……」間宮は口をへの字に曲げた。

5

ドアに貼られた行き先表示板によると、湯川は別の棟にいるらしかった。何をやってるんだあいつ、と訝りながら草薙は携帯電話を取りだした。今日、訪れることは事前に連絡してある。

湯川に電話をかけると、すぐに繋がった。はい、と無愛想な声が聞こえた。

「草薙だ。何をやってる？」

「ああ……いい忘れていたが、御厨さんに関する研究は別の場所でやっている。すまないが、こっちに来てくれ」

「それはいいけど、そこはどこだ」

「医学部の生理学研究室だ」

「生理学？」

場所を訊こうと思ったが、すでに電話は切られていた。

外に出て、案内板を頼りに構内を移動した。帝都大学病院なら何度か入ったことはあるが、医学部の研究棟に足を踏み入れるのは初めてだ。建物は新しくて美麗だった。何年か前に建て替えられたばかりだという話を草薙は思い出した。

研究室の入り口で名乗ると、学生が奥に案内してくれた。潜水艦の入り口を思わせる重々しいドアが開いたままになっている。そこから中に入り、草薙はぎょっとした。生理学という言葉からは想像がつかないような巨大な装置が、天井からぶら下がっていたからだ。ロケットのような形をしており、先端部が斜め下を向いている。そしてその下には御厨春菜の頭があった。彼女は緑色の服を着て、ベッドで横たわっている。

そばには湯川とワイシャツ姿の男性がいた。湯川が草薙に気づき、紹介してくれた。男性は医学部の教授だった。この研究室の責任者らしい。

「彼への説明は僕でもできますから、教授は一息入れてきてください」

湯川がいうと上品な顔つきの教授は、「では遠慮なく」といって部屋を出ていった。

草薙は改めて装置を見上げた。「これは一体何だ？　えらくでかいな」

「脳磁計というものだ。脳の中でニューロンに電流が流れると、極めて微弱な磁場が発生する。それを検出する装置だ」

「磁場？　人間の頭からそんなものが出ているのか」

「生体はあらゆる部分から磁気を発している。心臓や筋肉からもね。それらに比べると脳から発せられる磁気は非常に弱い。地磁気の一億分の一というレベルだ。検出するには超伝導材を使ったコイルが必要で、液体ヘリウムで冷却し続けなきゃいけない。だから装置全体がこんなに大がかりになってしまうというわけだ」

「ふうん。これでテレパシーを調べられるのか」

「研究の一環だ。いろいろとやってみないと詳しいことはわからない。——お疲れ様でした。起きてくださって結構です」

湯川にいわれ、御厨春菜がゆっくりと上半身を起こした。草薙を見て、小さく会釈した。

「おまえがテレパシーの存在を認めたと聞いて、正直いって驚いた」

草薙の言葉に湯川は眉をひそめた。

「認めたわけじゃない。研究してみる価値はあると思ったんだ」

「同じようなものだろう」

「まるで違う」

「しかし今回のケースについて、ほかに合理的な説明をつけられないのは事実だろ」

「何をもって合理的と考えるかは人それぞれだ。僕はとにかく御厨さんの頭脳から発せられている信号のようなものが気になっただけだ。その正体を突き止めたいと考えている」

「信号？」草薙は御厨春菜の顔を見た。彼女は気まずそうに俯いた。

「今もいったように脳には磁場が発生する。彼女の場合、それに規則性があるようなんだ。それが何なのか、調べているところだ」

草薙は言葉を失った。そんなものが御厨春菜の脳から出ているというのか。これを間宮にどう説明すればいいだろうと思った。

「写真は持ってきてくれたか。事件の関係者全員の顔写真がほしいといったはずだが」

湯川が訊いてきた。

「いや、今日は持ってきていない。とりあえずおまえの説明を聞こうと思ってな」

湯川は不満そうに眉根を寄せた。

「早く事件を解決したいんじゃないのか。なぜそんな効率の悪いことをする？」

「捜査資料は無闇に持ち出せない。プライバシーに関することなら尚更だ」

「しかし彼女は、ある意味目撃者かもしれないんだぞ。そういう人物に関係者の顔写真を見せるのは、君たちの常套手段のはずだ」

「目撃者……なのかな」

「その言葉がふさわしくないなら、別の表現を使ってもいい。とにかく彼女の記憶が薄れないうちに手を打つべきだと思うが」

草薙は指先で眉の横を掻き、改めて御厨春菜のほうを向いた。

「そのことですが、一つ提案があります。似顔絵の作成に協力していただけませんか」

春菜は瞬きした。「似顔絵……ですか」

「そのテレパシーというか……お姉さんが襲われた時にあなたの頭に浮かんだ男の顔を、とりあえず似顔絵にしてみようと思うんです。上司の許可は取れました」

横で湯川が馬鹿にしたように鼻を鳴らした。

「そんな似顔絵を作って、一体どうしようというんだ。テレパシーに基づいて作成した似顔絵だといって公開する気か。世界中が大騒ぎになるだろうな」

「公開はしない。聞き込み捜査の連中に参考資料として持たせるだけだ。現場周辺で目撃された怪しい男の顔だとでもいってな」

「なるほど。仲間さえも欺くわけか」

「仕方がない。御厨さんのテレパシーのことを知っているのは一部の人間だけだ。――お願いできますね」

だが御厨春菜は困惑した顔で、首を傾げた。「それは……無理だと思います」

「無理？　どうしてですか」

「そういうところには入ってないからです」

「そういうところ、とは？」

「僕が説明しよう」湯川が口を挟んできた。「記憶には様々な種類がある。たとえば年を取って人の名前が咄嗟に出なくなる、という話はよく聞くだろ。だけどそういう人たちでも、椅子とか机といった物の名前をど忘れすることはまずない。記憶した内容が収まっている場所が違うからだ。彼女の場合もそうだ。事件発生時に男の顔を頭に思い浮かべたのは確かだが、その記憶を自由には取り出せないんだ」

「じゃあ、忘れてしまったのと同じじゃないか」

「そんなことはない。ある人物の顔を思い出せなくても、写真を見ればその人物かどうかを判断できるってことは、君だってよくあるんじゃないか」

「それは、たしかに……」

「だからいってるんだ。関係者全員の写真を持ってこいと」

草薙は太いため息をついた。

「そんなことといったって、どこまでを関係者と考えればいいんだ」

「どこまでもだ。できるかぎりたくさんの写真を集め、春菜さんに見てもらう。それ以外に解決策はない」

草薙は湯川の顔をしげしげと眺めた。「おまえ、本当にテレパシーを信じているのか」

「そんな先入観は僕にはない。彼女の頭に浮かんだ映像の正体を突き止めたいだけだ。それが真犯人だった場合には、次のステップに移ることになるだろうけどね」

草薙は鼻の上に皺を寄せた。

「今回の事件については、流しの犯行だろうというのが大方の見解だ。関係者の写真を見てもらっても意味がないと思う」

「意味がない……か。この世に意味のない実験などは存在しないんだがね。まあ、君がそんなふうにいうことは予想していた。だからほかの情報源を用意してある」

「ほかの？」

草薙が訊いた時、背後で物音がした。振り返ると、案内してくれた学生が立っていた。

「また一人、お客さんがいらっしゃったんですけど」

「ちょうどよかった。入ってもらってくれ」そういってから湯川は草薙を見た。「ほかの情報源が到着したらしい」

草薙は訝りながら入り口に目を向けた。学生に案内されて入ってきたのは、磯谷知宏だった。

「あっ、刑事さん……」磯谷のほうも驚いたようだ。

「どうしてここに？」草薙は訊いた。

「もちろん、僕が頼んだんだ」湯川が答えた。「例のものは揃いましたか」これは磯谷への質問だ。

「どうにかこうにか」磯谷は抱えていた鞄からUSBメモリーを取り出した。「私たちの周りにいる人間となれば、これでほぼ全員だと思います」

「おい湯川、それはもしかして……」草薙は物理学者とメモリーとを交互に見た。

「磯谷さんにお願いして、御夫婦と何らかの繋がりのある人間全員の顔写真を集めてもらったんだ。君たちは流しの犯行だと決めつけているようだが、顔見知りの犯行だという可能性だってゼロではないだろ？」

「その写真を春菜さんに見せるわけか」

「その通りだ。——あっ教授、グッドタイミングです」

先程の教授が戻ってきたのだ。湯川が磯谷が持ってきた写真のことを手短に説明した。

「では早速始めますか？　無論御厨さんが良ければという話ですが」

教授の言葉を受けて湯川が、「いかがですか」と春菜に訊いた。

「あたしは構いません。すぐにでも始めてください」

「わかりました」湯川は顔を草薙のほうに向けた。「そういうわけで、これからテストを行う。悪いが外に出てくれないか。——磯谷さんもお願いします」

意外な展開に、草薙は戸惑いながら部屋を出た。わけがわからない。

長椅子があったので、磯谷と並んで座った。磯谷は興味深そうに室内を見つめている。

「こういう研究が行われていることは、いつお知りになったのですか」草薙は訊いた。

「二日前です。春菜さんと籐子さんから話を聞きました。その後、ここに連れてきてもらい、湯川先生と会いました」

「驚かれたでしょうね」

「それはもう」磯谷は大きく首を上下させた。「若菜と春菜さんの間に、ふつうの人とは違う特別な心の繋がりがあることはわかっていましたが、まさかここまでとは思いませんでした。だけど、おかげで犯人を突き止められるかもしれない。僕としても、手伝わないわけにはいきません」そういってから彼は、探るような目を草薙に向けてきた。「警察のほうはどうなんですか。何か進展があったんでしょうか」

それを訊かれると辛かった。

「目撃情報などを整理しているところです」とりあえずそう答えた。

「あまり芳しくないようですね」磯谷は表情を曇らせた。「だからこそ、この研究室に期待しているんです、僕は」

草薙が言葉を探していると湯川と教授が部屋から出てきた。分厚いドアを閉め、がっちりとロックをかけた。

「終わったのか」草薙は湯川に訊いた。

「とんでもない。テストはこれからだ」

二人は壁際のデスクに向かった。そこには液晶モニターや様々な操作盤が並んでいる。

「今から御厨さんに、磯谷さんが集めてくださった顔写真を一枚ずつ見てもらう。彼女の記憶に触れるものがあれば、脳磁気に変化が生じるはずだ。——教授、始めてください」

教授は頷き、キーボードを叩いた。液晶モニターに男の顔が映し出された。若い男だ。

「うちのスタッフです」磯谷がいった。「山下といいます」

別のモニターには複雑な形の波形が表示されていた。それが脳磁気というものらしい。草薙は分厚いドアの前に立ち、円形の窓から中の様子を覗いた。ベッドに横たわった御厨春菜の頭に、例の巨大な装置の先端が押し当てられている。彼女の顔の前にはモニターがある。そこに顔写真が映し出されているのだろう。

もしこの方法で犯人を突き止められたとして、捜査報告書には何と書けばいいのだろう——そんなことを考えた。

顔写真の数は百枚以上あり、テストには約一時間を要した。淡々と作業をこなした湯川たちの表情は最後まで晴れなかった。御厨春菜の記憶が喚起されなかったことは草薙にもわかった。

「どうやら僕が持ってきた写真の中には、犯人はいなかったようですね」磯谷がいった。

「それが犯人かどうかはともかく、春菜さんの頭に浮かんだ人物はいなかったようです」湯川が答えた。「せっかく写真を集めていただいたのに残念です」

いいえ、と磯谷は力なく首を振った。

湯川が草薙に目を移してきた。「今日のテストの結果については御覧の通りだ。何かあったら、こちらからまた連絡する」

わかった、と草薙は答えた。

大学の正門を出たところで草薙は磯谷と別れた。駅に向かって歩きかけた時、携帯電話が鳴りだした。湯川からだった。

「何だ、どうした。忘れ物でもしたかな」

「そうではないが、至急戻ってきてもらいたい。君に渡したいものがある」

6

磯谷知宏が店に出てみると、ストリート・スポーツ用の自転車であるBMXの売り場で、山下が親子連れと思われる客の相手をしているところだった。父親は四十手前、息子は小学生といったところか。

ほかに二人いるスタッフの片方はレジカウンターで俯き、手元で何やらやっている。どうせスマートフォンをいじっているのだろう。もう一人はスケートボードの売り場で佇んでいたが、磯谷の姿を見て、姿勢を正した。「おはようございますっ」挨拶だけは元気がいい。

「どんな感じだ」

「ええと、まあ、こんな感じです」耳にピアスを二つ付けているスタッフは、頭を掻きながら店内を見回した。親子連れ以外に客はいない。特別セールと銘打っているにもかかわらず、だ。

「ネットで広告を打ったのに効果なしか。金をドブに捨てただけだったかな」

「そんな感じですね」ははは、とピアスのスタッフは笑った。磯谷がじろりと睨むと、あわてて手で口を押さえた。

　磯谷がストリート・スポーツ専門店の『クールX』をオープンさせたのは二年前だ。スケートボード、インラインスケート、ローラースケート、BMX、そしてそれらを楽しむための備品や靴、ウェアなどを扱っている。開店当初は活況を呈した。ストリート・スポーツ好きの若者はもちろんのこと、ヒップホップ系のダンスや音楽を好むという若者なども訪れた。

　ところが客足は徐々に落ちていった。はっきりとした原因はわからなかった。内装を変えたり商品の並べ方を変えたりしたが効果はなかった。

　人口が減っているのだ、というのが磯谷の出した結論だった。子供や若者の数自体が減っている。その中でスポーツをする人口となれば、さらに少なくなる。ゲームやスマホのせいだ、と磯谷は考えていた。子供も若者も、バーチャルの中でしか遊ばない。屋外で身体を使って楽しむという発想が最初からないのだ。

　だが若菜は違う意見をいった。やり方が悪い、というのだ。

「ほかの店はそれなりに繁盛してる。話を聞いてみたら、そういう店はやっぱり努力してるの。スタッフはよく研究してるし、プロ並みの腕前っていう人も珍しくない。『クールX』のスタッフなんて、趣味に毛が生えた程度でしょ。あれじゃあマニアは来ないと思う」

　この台詞を聞いた時には憤慨した。自分のアンティークショップが少しばかりうまくいってるからといって馬鹿にするな、と反論した。それで彼女は黙り込んだのだが。

山下がやってきた。冴えない表情をしている。

「さっきの客、だめだったのか」磯谷は訊いた。「親父が子供に自転車を買ってやるために来たって感じだったのに」

山下は顔の前で手を振った。

「違うんです。息子はもうBMXを持ってるんです。パークにも行ってるみたいで、大会でも良い結果を出してるようなことをいってました。で、いろいろと自慢したくて、店に入ってきただけです。冷やかしですよ。適当に話を合わせて、追い返しました」

磯谷は舌打ちをした。「せっかくのセールだっていうのに、そんなのしか来ないのか」

「まあ、不景気ですからね」山下は気持ちの籠らない口調でいった。

その時、磯谷の携帯電話が鳴った。知らない番号だった。警戒しつつ電話に出てみると、相手は警視庁の草薙だった。

「お忙しいところをすみません。じつは、二、三お尋ねしたいことがあるんです。どこかでお会いできませんか」

「構いませんが、どういった内容でしょうか」

「それはお会いしてからということで。どちらに伺えばよろしいでしょうか。磯谷さんの都合のいい場所で結構です」草薙の口調はやけに丁寧だ。そのことが磯谷に嫌な予感を抱かせた。

待ち合わせ場所はセルフサービスのコーヒーショップにした。磯谷が行くと、草薙はすでに奥の席に座っていた。小さく会釈してくる。磯谷はLサイズのコーヒーを買ってからテーブルに向かった。

「突然申し訳ありません」草薙は腰を浮かし、頭を下げた。

いえ、と短く答えて磯谷は向かい側に座った。

「先日はお疲れ様でした。さっき帝都大学から連絡があり、今日、もう一度テストをするとのことでした。あなたが集めた顔写真を使って」

「あ、そうなんですか」

磯谷は帝都大学での実験の様子を思い出した。一流大学の学者が本気でテレパシーの研究に乗り出すとは想像外だった。若菜たち姉妹のテレパシーは、それほど強いものだということか。

「それにしても、よくあれだけの写真を集められましたね。どうやって集めたんですか」

「そりゃあいろいろです。これまでに撮った写真の中から拾い集めたり、新たに撮影させてもらったり……」

「新たに撮影？　それはどういう人を選んだんですか」

「そんなのは特に基準はありません。ふだん僕や若菜が出入りしている場所で、片っ端から撮ったんです」

「でも、なかなか会えない人もいるでしょう」

「そういう場合は電話をかけて、こちらから会いに行きました」

「よく撮らせてくれましたね」

「広告を作るのに大量の顔写真が必要なんだといったんです。怪しむ者もいましたけど、頼み込んで撮りました」

「なるほど。それは大変そうだ」

「若菜のためですから、どうってことありません。それより、訊きたいことというのは何でしょうか」

すると草薙は上着の内側に手を突っ込み、「六本木の『バロット』という店を御存じですよね」と訊いてきた。「ビリヤード台のあるバーです。よく行かれるとか」

磯谷の体内で何かが跳ねた。それが表情に出てしまうのを懸命に堪えた。

「あの店が何か？」

「あの店の関係者も撮影されたんですよね」草薙は上着の内側に手を入れたままだ。

「ええ、撮りましたよ。例のメモリーには店員全員の顔写真が入っていたはずです」

「たしかに店員さんの写真はありました。常連客の写真も何枚か。しかし全部ではなかったようですね」

磯谷は唾を呑み込もうとした。しかし口の中はからからだった。

「……どういう意味ですか」

「後藤剛司《つよし》という男性を御存じですね。『バロット』の常連客です。あなたとも顔馴染みだったようですが」草薙は上着の内側から写真を出してきた。スキンヘッドの男が正面を向いた写真だ。「この人物です」

「あ、いや、たしかに知っていますが顔馴染みというほどでは……」

「そうですか。おかしいな。店員さんの話では、よく勝負をしておられたみたいですが」

磯谷は口元に手を当てた。急激に吐き気を催してきたのだ。全身から冷や汗が出る。

磯谷さん、と草薙は淡泊に呼びかけてきた。

「なぜですか。それほどの間柄なのに、なぜこの人の写真は撮らなかったのですか。あのメモリーの中には入っていなかったようですが」

「それは、顔を合わせる機会がなかったので……」

「でもこの人の電話番号を御存じでしょう？　先程あなたは、会えない場合は自分から会いに行ったとおっしゃいましたが」

磯谷は俯き、口を閉ざした。うまい言い訳が思いつかなかった。

「ひとつ面白いことがあるんです」草薙がいった。「この男、スキンヘッドでしょう？おまけに卵みたいに奇麗に髭を剃っている。でも少し前までは金髪だったそうなんです。しかも顔中髭だらけという風貌だったらしいです。ところがつい最近になって、髪も髭も剃り落としている。これ、どういうことだと思います？」

視界が狭まっていくような感覚があった。これが絶望というやつかな、などとやけに客観的に考えている。

あいつのせいだ、と後藤の髭面を思い浮かべた。きちんと若菜の息の根を止めておかないからこんなことになった——。

「先日、軽犯罪法違反でこの男を逮捕しましてね、部屋を家宅捜索したんです。すると何が出てきたと思います？　血の付いた革ジャンです。その血を分析したところ、磯谷若菜さん、つまりあなたの奥さんのものに間違いないことが判明しました。今、殺人未遂の容疑で取り調べ中です。本人は、人に頼まれてやった、と主張しているんですがね」

磯谷の両側で同時に人の動く気配があった。顔を上げると、二人の男が彼を挟むように立っている。どちらも刑事のようだ。

「これから先の話は警察署でやったほうがよさそうですね」草薙が朗らかとさえいえる表情でいった。

7

「本当に申し訳ありませんでした」刑事部屋の一角にある応接スペースで、御厨春菜は深々と頭を下げた。

「最初から話していただけますか。いや、その――」草薙は顔をしかめ、手にしているボールペンを振った。「最初というのがいつのことなのかも、こちらにはわかっていないわけですが」

はい、と春菜は頷いた。

「それは今から二か月ほど前のことです。仕事の関係で上京する機会があり、その時、姉に会いに行きました」

「待ってください。前にお尋ねした時、ここ一年は会っていないとおっしゃいましたよね」

「申し訳ございません。嘘をつきました」彼女は再び丁寧に頭を下げた。

草薙は吐息をついた。「その時、何かあったのですか」

「ございました」春菜は静かにいった。「襲われたのです」

草薙は目を見張った。「誰がですか」

「あたしが、です」

真摯な顔つきで彼女が話し始めた内容は次のようなものだった。

その日、磯谷若菜は家にいた。経営している店が内装工事のために休業していたからだ。春菜が連絡すると、すぐに来てくれという。そこで途中でケーキを買い、松濤にある姉の家に向かった。

若菜は久しぶりに会う妹を喜んで迎えてくれた。夫の知宏は出張で、その日は帰らないという話だった。泊まっていけばいいと若菜がいうので、春菜はその言葉に甘えることにした。

事件が起きたのは、午後六時頃だった。若菜に頼まれ、春菜は庭の花木に水をやっていた。磯谷家の庭は裏にあり、通りからは見えない。裏にも邸宅はあるが、塀が高いので覗かれる心配はなかった。

植木鉢の一つ一つに如雨露《じょうろ》で水をやっている時だった。不意に頭から何かを被せられた。視界が真っ暗になった。

恐怖よりも驚きのほうが大きかった。家には自分と姉しかいないという思い込みがある。若菜が悪戯を仕掛けてきたとしか思わなかった。

「ちょっとやめてよ、若菜さん」半分笑いながらいった。

次の瞬間、どんと突き飛ばされた。春菜は尻餅をついていた。何が起きたのか、まるでわからなかった。

頭に被せられているものを取り除いた。黒いビニール袋だった。春菜は周囲を見回した。そばには誰もいなかった。ただ、黒い影がさっと塀の向こうに消えるのを目の端で捉えたような気がした。

春菜は二の腕を触った。その時になって初めて、その部分を強く掴まれていたことに気づいた。

何だったのだろう、今のは――。

家の中に戻った。キッチンを覗くと、若菜は料理をしているところだった。彼女は妹を見て、「どうかした？」と訊いてきた。

何でもない、と春菜は答えた。状況をうまく説明できなかった。姉に心配をかけたくないという気持ちもあった。そもそも、自分でも何が起きたのかよくわからないのだ。

二人で食事をし、昔話などに花を咲かせているうちに、もやもやした気持ちも次第に薄れていった。風で飛ばされたビニール袋が、たまたま頭に被さったのかもしれない。それでパニックになって転んでしまったのを、誰かに突き飛ばされたように感じたのだ
――そんなふうに思うことにした。実際、何の被害も受けていない。

だがバスルームで服を脱いだ時、鏡に映った自分の姿を見て息を呑んだ。両方の二の腕に、くっきりと痣《あざ》が残っていたからだ。転んだだけで、そんなことになるわけがない。

腕を摑まれたように感じたのは錯覚ではなかったのだ。

やはり誰かに襲われたのだろうか。だとすれば、なぜ犯人は突然消えたのか。

そこまで考えて、はっとした。

もしかすると犯人は若菜を襲うつもりだったのではないか。ところが春菜が、「ちょっとやめてよ、若菜さん」といったので、間違えたことに気づき、あわてて立ち去った
――そう考えれば筋が通る。

もしそうだとすれば、犯人の目的は暴行でも金品目当てでもないことになる。

黒いビニール袋を若菜の頭から被せ、その後はどうするつもりだったのか。誘拐か。

いや、あの庭に侵入することは難しくないが、人間一人を担いで外に出るのは容易ではない。あの時間帯は、まだ人目もある。

やはり若菜の命を奪うことが犯人の目的だったとしか思えなかった。しかし一体誰がそんなことを企むだろうか。

考えを巡らせているうちに気づいたことがいくつかあった。本来ならこの日は、若菜は仕事で家にはいないはずだった。犯人は、彼女の店が臨時休業していることを知っていたことになる。しかも庭にいるところを狙ったのだから、彼女が休日の夕方に水撒きをすることも把握していた可能性が高い。それらの条件を満たす人物といえば、春菜には一人しか思い浮かばなかった。

磯谷知宏だ。

じつをいうならば、春菜は元々あの人物に良い印象を持っていなかった。ただし具体的な理由があるわけではない。所謂、直感だ。初めて若菜から紹介された時、ああまたこういうタイプなのか、と内心嘆息したのを覚えている。

双子にはよくあることらしいが、春菜と若菜も様々な好みが似ている。食べ物、洋服、アクセサリー――相手が何を選ぶか、顔を見なくても推測がつく。自分と同じだからだ。

ところが男性の好みだけは全く違った。言葉でいえば、どちらも「優しい人が好き」ということになるのだが、何を優しさと感じるのかが違うらしい。春菜は寡黙で地道なタイプが好きだが、若菜は能弁で派手なタイプを選ぶ。それはそれで構わないのだが、春菜の目には若菜の相手は、いつも軽々しい人間のように映った。実際、これまでの相手は、金銭面をはじめ、様々な点で若菜に甘える人間ばかりだった。そのことについて春菜が疑問を口にすると、「わかってるんだけど、ああいうタイプの男を見ると何だか放っておけなくなるのよ」などと若菜はいうのだった。

そして磯谷知宏も、その部類に入る人物のように春菜には思えた。だから結婚すると聞いた時、嫌な予感がした。本当に若菜が幸せになれるだろうかと不安だった。春菜たち姉妹には、親から受け継いだ多額の資産がある。それが目当てのような気がした。

彼等が結婚してから三年が経つ。どんな生活を送っているのか、正確なところを春菜はよく知らない。若菜があまり話してくれないからだ。若菜は、自分の夫について妹が良い印象を抱いていないことを知っている。その夜にしても知宏の話題が出ることは殆どなかった。

もしかすると夫婦の間に何らかの亀裂が入っているのではないか。そのことが先ほどの出来事に関係しているのではないか。

春菜は自分自身の推理に動揺した。とてもほかの人間に、とりわけ若菜に話せる内容ではなかった。あなたの夫があなたを殺そうとしているのではないか——どんな顔をして、切り出せばいいのか。しかも知宏にはアリバイがあった。その日は出張で沖縄にいたのだ。

結局若菜には何もいえぬまま、春菜は自宅に戻った。妹の様子がおかしいことに若菜は気づき、心配する言葉をかけてくれたが、「疲れただけだから」という答えで押し通したのだった。

春菜の悩みの日々が始まった。若菜の身に何かあるのではないかと不安は増すばかりだ。

耐えきれず、思い立った時に電話やメールで無事を確認してみるが、若菜に不審に思われてもまずいので、あまり頻繁にはできない。

そんな彼女の異変に気づいた人間がいた。同居している叔母だ。

「春菜さんの様子がおかしいことには気づいていました。でも東京でそんなことがあったとは夢にも思いませんでした」春菜に替わって草薙の前に座った御厨籐子は、小さく首を横に振りながらいった。

「春菜さんによれば、彼女に代わって若菜さんに電話をおかけになっていたとか」

草薙の問いに、籐子は頷いた。「最初は今月五日の夜でした」

「五日？　よく覚えておられますね」

「その日は、私が楽しみにしていた本の刊行日で、昼間に届いたんです。就寝前にそれを読んでいる時、春菜さんが部屋にやってきて、不吉な予感がするから若菜さんに電話をかけてほしいといいだしました。自分でかけたらといったんですけど、何だか怖くてできないんだと」

「それでかけてみたんですね」

「かけました。でも若菜さんは元気そうで、何も問題はありませんでした」

「その後も何度か、若菜さんに電話をかけるように頼まれたわけですか」

「そうです。毎日のように頼まれました。それで私は若菜さんではなく、春菜さんのことが心配になってきました。軽いノイローゼではないかと疑いました。だから実際には若菜さんに電話をかけなかったのですけど、かけた、と春菜さんにはいっておきました」

「でも、あの夜は違ったんですね。事件が起きた夜は」

籐子は、ゆっくりと頷いた。

「いつものように春菜さんが、今すぐに若菜さんに連絡を取ってほしいと頼んできました。居間に二人でいる時だったので、ごまかしようがありませんでした。仕方なく若菜さんに電話をしたところ、呼び出し音が鳴るだけです。それで私も気になって知宏さんに電話を……後は以前にお話しした通りです」

「でもあなたは嘘をつきましたね。若菜さんに電話をするよう春菜さんから頼まれたのは、あの夜が初めてだと」

申し訳ございません、と御厨籐子は頭を下げた。

「事件を知り、春菜さんを問い詰めました。なぜ若菜さんに危険が迫っていることを知っていたのか、それをどうして隠していたのか、と。彼女はようやく重い口を開いてくれましたが、その内容に驚きました」

「磯谷知宏——若菜さんの夫が犯人ではないか、というわけですね」

「まさかと思いました。ただ春菜さんの話を聞いてみると、たしかに頷けるのです。でも知宏さんには今回もアリバイがあります。若菜さんが襲われた時、別の場所にいました」

「その通りです」

「私たちは迷いました。知宏さんへの疑いを警察に話すべきかどうか。もし若菜さんが助からないということであれば、躊躇いなく話していたでしょう。でも彼女が意識を取り戻した時のことを考えると決心がつきませんでした。もし知宏さんが犯人でなかったら、彼を疑った私たちを、若菜さんは一生許さないだろうと思ったのです。悩んだ末、とりあえず警察には話さず、様子を見ようということになりました」

草薙は顔をしかめた。「話してほしかったですね」

「申し訳ございません。でも、事件が解決すればいいというものではないのです。あの姉妹にだって、今後の人生というものがございます。二人が仲違いするようなことは避けたかったのです」

「では、あれは何のためですか。テレパシーを感じるという嘘をついた目的は」

「あれは春菜さんのアイデアでした。もし知宏さんが犯人だとしても、彼にはアリバイがありますから、実行したのは共犯者ということになります。その人物の顔をテレパシーを通じて見たといえば、きっと知宏さんは何らかの動きを見せるだろうというのです。もしかしたら次は私を狙うかもしれない、と春菜さんはいいました」

「あなたは、そのアイデアに乗ったわけですか」

「危険だとは思いました。でも命を賭けてでも真相を突き止めたいという春菜さんの決意は固くて、翻意させられませんでした」

「おかげでこちらは振り回されました」

「本当に何とお詫びすればいいのか……言葉もございません。でも、あの方を紹介していただいて本当に助かりました」

「あの方というのは……」

「もちろん、湯川先生です」籐子は口元を綻ばせた。「帝都大学の物理学研究室に連れていかれた時には緊張しました。私は春菜さんにやめたほうがいいといったんです。でも彼女は、テレパシーの存在を主張している以上、逃げるわけにはいかないといって……。仮にどんなテストをされようとも、姉の考えが伝わってくると主張すればいいだけだといっておりました。どれほど優秀な科学者でも、テレパシーの存在を否定することはできないはずだからって」

草薙は首の後ろを擦った。「いい度胸をしている」

「でもあの方――湯川先生はもっと上手《うわて》でした。何しろ、すぐに私たちの嘘を見抜いたのですから」

んです」

「すぐに？」草薙は聞き直した。「初めて会った時に、ですか」

「そうです。それだけではありません。私たちに、もっと良い知恵を授けてくださったんです」

8

草薙が第十三研究室を訪れると、湯川は部屋の中央にある作業台に向かい、竹を編んで作られた籠を大きな鋏で切っているところだった。草薙が入ってきたことに気づいていないはずはなかったが、振り返ろうとしない。

「何をしているんだ」声をかけてみた。

案の定、湯川は驚いた素振りを見せず、「学生たちに説明するための模型を作っている」と乾いた口調でいった。

「その竹籠みたいなものが模型なのか」

「みたいなものではなく、竹籠そのものだ。新しく開発した磁性体の結晶構造がこれとそっくりなので、模型に転用することにしたというわけだ」

草薙は腕組みをし、そばの椅子に腰を下ろした。「本来の物理学研究に戻ったらしいな」

「妙なことを。寄り道をしていた覚えはないが」

「あれは寄り道じゃないというのか。テレパシーの存在を確認する実験とやらは。いや、芝居といったほうがいいかな」

湯川は片側の頬を緩ませると流し台に向かった。薬缶《やかん》に水を入れ、コンロで火にかけた。いつものようにインスタントコーヒーを振る舞ってくれるらしい。草薙はさほど飲みたくもなかったが、馳走になることにした。

「多少誤解があるようだから弁明しておくが」湯川はいった。「生体から発せられる磁気や電磁波には謎が多く、以前から一度調べてみたいと思っていた。幸い今回、そういう機会が得られたので、医学部の教授に協力してもらい、データを取ってみたというわけだ。忘れているかもしれないが、僕はテレパシーなどという言葉は一度も使っていない」

草薙は椅子をくるりと回し、下から湯川を睨んだ。

「そんな屁理屈でいい逃れられると思っているのか。警察を騙しておいて」

「騙してなどいない。君たちが勝手に誤解しただけだ。もっとも――」湯川はマグカップを並べ、肩をすくめた。「敢えて隠していたことがあったのは事実だ。その点は認める。しかし法律違反ではないはずだ」

「それだ。そのことを聞きたい。なぜ俺に隠していた」

「御厨さんたちから話を聞いてないのか」

「大まかなことは聞いた。だけどおまえからも詳しいことを聞いておく必要がある。彼女らの話に矛盾がないかどうかを確認するためだ」

薬缶の湯が沸いた。湯川はインスタントコーヒーの粉をスプーンでマグカップに入れ、そこへ湯を注いだ。いい香りが草薙のところまで漂ってきた。

「初めて春菜さんと会った時、彼女は僕にいった。自分と姉の心は今も繋がっている。見かけ上は意識不明でも、彼女の脳は活動していて、様々なメッセージを送ってくる。その意味を読み取れないのは悔しいけれど、今も彼女が苦しんでいることだけはわかる――」湯川は二つのマグカップを持ってきて、一つを草薙の前に置いた。

「そうらしいな。内海から聞いたよ。びっくりする話だった」

「あの話を聞いた時、すぐに彼女が嘘をついていると思った」

「なぜだ。科学的にありえないからか」

「科学ではなく心理の問題だ。今も姉が苦しんでいることだけはわかる――考えてみろよ。そんな時に、呑気に物理学者の好奇心に付き合っていられるだろうか。病院に駆けつけ、四六時中そばにいたいと思うのがふつうじゃないか？　テレパシーの存在が証明されようが否定されようが、彼女にはどうでもいいことのはずだからな」

草薙はマグカップを手にしたまま口を半開きにした。「たしかにそうだ」

「だから僕は疑問に感じた。なぜこんな嘘をつくのだろう、とね。そこで立てた仮説は、春菜さんにはお姉さんとテレパシーで繋がっていることにしなければならない何らかの事情があるのではないか、というものだった」

「それで本人たちに直接訊くことにしたわけか」

「その通りだ。単なる悪戯だとは思えなかったからね」

「簡単な実験をするといって、二人を別室に連れていった時だな。内海によれば、脳から出る電磁波を測定したとかいう話だったが」

湯川はコーヒーを啜り、くすくす笑った。

「そんな装置はない。元々テレパシーには懐疑的だったから、ろくな準備をしていなかった。そもそもその部屋は資料室だ。実験室じゃない」

「春菜さんたちから聞いたよ。検査をするといったのに、何もなかったから驚いたといっていた。内海を遠ざけるための嘘だったわけか」

「警察の人間がそばにいたのでは本当のことを話しにくいだろうと思ってね。別室に行ってから、僕は春菜さんたちにこういった。何か隠していることがあるなら正直に話してください。警察には無論のこと、決して誰にも口外しないし、協力できることがあれば協力します。もしテレパシーが存在しているように見せかけたいのなら、事情によってはお手伝いしましょう、と」

「そこまでいったのか」

「正直いうと僕自身が知りたかったんだ。なぜ春菜さんにお姉さんの危機が察知できたのかをね。何らかのトリックがあるはずだと思った」

「それで彼女たちは……」

うん、と湯川は顎を引いた。

「春菜さんと叔母さんは顔を見合わせた後、どちらからともなく口を開き始めた。その内容については、すでに二人から聞いただろう?」

「それはまあな」

湯川は頰を緩めた。

「手品の種は単純だった。春菜さんは毎晩のように若菜さんの身を案じていた。つまりテレパシーでも何でもなかったわけだ。しかしそれを利用した次の一手には感心した。襲った相手の顔をテレパシーで受け取った――もし本当に被害者の夫が犯人なら、どんな反応を示すか僕も興味が湧いた」

「だから協力することにしたわけか」草薙は友人の顔を睨んだ。「俺には黙って」

「口外しないと約束した以上、君にも話すわけにはいかなかった。ただ、彼女たちの話を聞いていて、今のままでは事態が進展しないようにも思った。だから提案したんだ。どうせやるなら徹底的にやりましょう、僕も協力しますから、とね」

「それがあの生理学研究室での大がかりなデモンストレーションだったというわけか。あそこまでやる必要があるかねえ」

「あそこまでやらないと磯谷知宏は春菜さんの話を本気にしなかっただろうし、彼女が姉からテレパシーで受け取ったという記憶を恐れなかったんじゃないかな」

草薙は口元をゆがめた。「それは……そうかもな」

「大事なことは、犯人たちにテレパシーは存在するらしいと思い込ませることだった。その前提があってはじめて罠を仕掛けられる。それもまた君に話さなかった理由の一つだ。誰かを罠に嵌めることを警察が黙認したら問題だろ？」

「たしかに相談されていたら困っただろうな」

あの日、実験の後で草薙は湯川から電話で呼び戻された。そして手渡されたのは、磯谷が持参してきたUSBメモリーだった。

「一般人の磯谷さんに、周辺の人間全員の顔写真を集められたかどうかは怪しい。だから君のほうで抜けている人物がいないかどうか、確認してくれないか」湯川はそういったのだった。

なぜそんなことを、と草薙が尋ねると湯川はさらにいった。

「もし抜けている人物がいるのだとしたら、なぜ抜けていたのか。磯谷さんの単なるミスか、それとも意図的か。それをはっきりさせたい」

意図的、というところを強調していった。

その言葉で草薙はぴんときた。湯川は磯谷知宏を疑っているのだ。おそらく春菜たちから何かを聞いているのだろう。

間宮と相談し、翌日から何人かの捜査員に磯谷知宏の周辺にいる人物を洗わせた。さほど難しいことではない。USBメモリーに入っている写真と照合するだけのことだ。声をかける必要はない。探すのは磯谷が写真に撮らなかった人物だ。

こうして見つかったのが後藤剛司だった。定職に就かず、最近まではホステスのヒモのような生活を送っていた。その女性と別れ、金に困っているという噂だった。決定的だったのは、最近になって髪や髭を剃ったことだ。磯谷から話を聞き、春菜の、つまり若菜の記憶に自分の顔が残っていると思ったからではないのか。

血痕の付いた革ジャンという証拠が見つかったことで、後藤はあっさりと白状した。凶器のハンマーは川に捨てたらしい。そしてやはり首謀者は磯谷知宏だった。

「若菜さんが死ねば磯谷には三億円以上の遺産が入る。その中から一千万円を支払うことで殺人を請け負ったんだそうだ。全く、人の命を何だと思ってやがる」マグカップを持ったままで草薙は吐き捨てた。

「旦那の目的は金か？」湯川が訊いた。

「一言でいうとそういうことになる。磯谷の店は若菜さんの援助で辛うじて保ってたそうだが、旦那のあまりの無能ぶりに呆れた彼女が、最近では離婚を口にするようになっていたらしい。磯谷には浮気の前科もあって、裁判でも勝てそうになかった」

「だからその前に殺してやれ……か。何と安易な発想だ。しかしまあ、そういう男だったから、今回の罠にも引っ掛かったんだろうが。ところで若菜さんの容態はどうなんだ」

「それについては朗報がある。徐々に回復に向かっていて、間もなく意識が戻るんじゃないかということだ」

「それはよかった。病院に行ったのか？」

「いや、ここへ来る途中、春菜さんから電話があった。彼女から聞いたんだ」

春菜の弾んだ声は、まだ草薙の耳に残っていた。彼女はこういったのだ。

「今朝目が覚めたら、頭の中がものすごくすっきりしているんです。昨日までは靄《もや》が立ちこめたようになっていたんですけど、風が吹いたみたいに奇麗に消えています。きっと若菜さんの脳の状態がこうなんだと思います。彼女、きっと目を覚まします」

その話を聞いた湯川は眼鏡を外し、辛そうに口元を歪めた。

「希望的観測に基づく自己暗示、といったところかな。脳磁計での実際の結果は、春菜さんも一般人と全く変わらないというもので、そのことは彼女にも話したんだけどなあ」

「テレパシーはないってことか」

「それらしきものは観測できなかった。何ひとつね」

その時だった。草薙の携帯電話がメールを受信した。春菜からだった。その文面を見て、思わず目を剝いた。

『ついさっき、若菜さんの意識が戻りました。記憶もあるそうです。よかった。』

草薙が呆然としていると、「どうした？」と湯川が尋ねてきた。「事件か？」

さてこの事実を、すまし顔の物理学者はどのように受け止めるか――。

草薙はわくわくしながらメール画面を湯川のほうに向けた。

第六章　偽装う

よそおう

1

「カーナビゲーション・システムは画期的な発明だが、馬鹿正直すぎるところが難点だな」助手席の湯川学が不満そうにいった。「さっきから山中の一本道を延々と映しているだけだ。たぶんこの先も同じだろう。それなら次の分岐点が来るまで、画面を消していればいいのに」

「何も映ってないと寂しいからだろ」草薙はハンドルを操作しながらいった。たしかに先程から一本道を走り続けている。「くだらない文句はいいから、この道がどこまで続くのかを調べてくれ」

湯川は腕を伸ばし、液晶画面上で指先を滑らせた。地図が動くのが、草薙の視界に入った。

「朗報だ。あと二キロほど行けば、目的地周辺だ」

「二キロか。やれやれだな」

時刻は午後一時半を過ぎたところだから、ほぼ予定通りだ。東京を出発してから三時間以上が経っていた。高速道路のパーキングで、一度休憩を取ったきりだ。ハンドルは草薙が握り続けている。湯川は自分では認めないが、おそらくペーパードライバーなので、運転を代わってくれとはいえない。

「それにしても雲行きが良くないな」草薙はちらりと視線を上げた。「山の天気は変わりやすいというが……」

湯川が携帯電話を取り出し、操作を始めた。

「降水確率は九十パーセントとなっている。予報によれば間もなく降ってくるそうだ。しかもかなりの大雨らしい」

「本当か。そいつは参ったな。傘を持ってきてねえよ」

「車をホテルの玄関前に止めれば問題ない」

「駐車場が離れてたらどうするんだよ。俺だけ濡れろっていうのか」

「二人とも濡れるよりはましだ。上着と荷物は僕が預かろう。被害をかなり防げる」

草薙はため息をついた。この男のいうことに、いちいち腹を立てていたらきりがない。

やがてフロントガラスに、ぽつりぽつりと水滴が当たるようになった。

ハンドルを握りながら、おかしいな、と草薙は思った。車体が左右にふらつくようだ。

車を道路脇に寄せ、ゆっくりと停止させた。

どうした、と湯川が訊いてきた。

「ハンドルが取られる感じだ。ちょっと見てみる」

運転席から出て、車の周りを見て回った。案の定だった。左側の後輪がパンクしていた。高速道路のドライブインでは異状はなかったはずだから、その後、どこかで金属片でも踏んだのかもしれない。

湯川にそのことを話すと、「仕方がない。手伝おう」といって助手席から降りてきた。

後部のトランクルームからジャッキと工具と軍手、スペアタイヤを取り出した。パンクしたタイヤに近いところにジャッキをセットし、車体をゆっくりと上げていく。ついてないことに、雨が本降りになってきた。

湯川は道路のセンターライン付近に立っている。後ろから車が来ないか、見張っているようだ。

一台の赤い車が近づいてきた。アウディA1だ。湯川は工事現場の誘導員のように、身振り手振りで合図を送り始めた。

だが赤い車は通過せず、湯川のいる位置よりも少し手前で止まった。

運転手から声でもかけられたのか、湯川が車に近づき、何事か話している。やがて赤い車は動きだし、草薙の車の横を通過していった。

湯川が草薙のところへやってきた。いつの間にかビニール傘をさしている。

「どうしたんだ、その傘」

「今の女性からもらった」

「女性？　運転してたのは女か」

「若い女性だった。しかもなかなかの美人だ。タイヤ交換をしている人、つまり君がずぶ濡れになっているのはかわいそうだから、ということだった。世の中には親切な人がいる。まだまだ捨てたものじゃない」湯川は草薙の横に立ち、傘を掲げた。

「助かった」草薙は作業を続けた。

タイヤ交換を終え、再出発した。雨脚は激しくなる一方だ。トンネルをいくつかくぐると、右前方に白い建物が見えた。正面玄関前の広い駐車場は、七割ほどが埋まっている。ここで若き町長の結婚式が行われるとなれば当然か。山中のリゾートホテルとしては、ありがたい話のはずだ。

「さっきの車だ」湯川が駐車場の端を指した。先程の赤い車が止められていた。「あの女性も結婚式に招待されているのかな」

「もし見つけたら教えてくれ。礼をいわないと」

「美人と聞いて、気になったようだな」

「まあ、それは否定しない」

ホテルのロビーでは懐かしい顔ぶれが待っていた。湯川と同様、草薙が大学時代にバドミントン部で一緒だった二人の男だ。

「おまえたち、いよいよリーチだぞ」古賀という男が草薙と湯川を指していった。「独身は二人だけになった。忘れてないよな。最後の一人は、全員に焼き肉の食い放題を奢るっていう約束だ」

最初の一人が結婚した時、みんなで交わした約束だった。十年以上も前のことだ。

「もちろん、それは忘れてないが」湯川が、スイカのように丸く突き出た古賀の腹を指差した。「その約束を果たすことは、古賀のためにならないような気がする」

古賀は顔をしかめ、腹を手で隠した。

「約束を覚えているならいい。その日までに何としてでもダイエットする気だ」

「どうせそんな日は来ないだろうとたかをくくった発言だな」もう一人の友人がいい、その場が笑いに包まれた。

バドミントン部の同期は、草薙自身を含めてちょうど十人いる。全員に招待状を送ったはずだから、今日来られなかった連中には、それぞれに逃れようのない事情があるのだろう。草薙にしても、休暇を取れたのは奇跡に等しい。

チェックインし、草薙と湯川はツインルームに入った。そこでスーツに着替えた後、式場フロアに向かった。

控え室で再びバドミントン部の仲間たちと談笑していると、谷内祐介が、「やあやあみんな」と声を響かせて現れた。学生時代よりも顔は倍ほど大きくなり、恰幅も良くなっている。町長としての手腕は不明だが、貫禄は十分だ。

「遠いところを悪かったな。だけどここは料理は旨いし、温泉も出る。各種施設も自由に使ってもらって結構だ。せっかくだから、のんびりしていってくれ」谷内は明朗な口調でいった。

彼は大学卒業後、すぐに地元に帰り、県庁に入った。そこで地元振興の仕事に従事した後、二年前に県庁を退職し、この町の町長選に立候補したのだ。谷内の父親も元町長だった。結果、対立候補なしで当選している。

地元のリゾートホテルで結婚式を挙げるという通知を受け取った時、草薙は谷内の心意気を感じた。こういう機会に、少しでも地元の良さを知ってもらおうと考えたのだろう。

谷内は控え室にいる全員に挨拶した後、出ていった。これから式だというのに御苦労なことだ。

草薙は、ほかの出席者の顔ぶれを眺めた。谷内よりもずっと年上と思われる男性の姿が多い。小さな町とはいえ、首長となれば様々な付き合いがあるはずだ。大変だろうなと想像した。

「赤いアウディの女性は新婦側の控え室かな」草薙は小声で湯川に訊いた。

「かもしれないな。それはともかく」湯川は窓の外を見ていった。「天気予報は、ずばり的中したようだ」

草薙もそちらに目を向けた。ざあざあと勢いよく雨がガラスに当たっていた。

2

桂木多英が部屋を出たのは、午後六時を少し過ぎた頃だ。エレベータを二階で降り、廊下を進むと、奥にイタリアの国旗を入り口に飾った店があった。さほどおいしくはないが、このホテル内にあるレストランの中ではましなほうだ。

店に入るとウェイトレスがやってきた。一人だというと、窓際の席に案内された。夕食時だというのに店はすいている。駐車場に車がたくさん止まっているのは、今日ここで町長の結婚式が行われるからだ、とチェックインした時に聞いた。今頃、宴会場は賑わっていることだろう。

食欲など全くなかったが、何か食べておかねばならない。サラダとパスタを注文した。ワインを飲みたい気分だが我慢だ。

グラスに注がれた水を口に含みながら窓の外に目を向けた。雨は、ますます勢いを増していくようだ。うちの別荘はどうなっているだろう、と少し気になった。ぬかるんだところを歩くことになると思うと憂鬱だ。

携帯電話を取り出し、リダイヤルで母の亜紀子に電話をかけた。だが呼び出し音が聞こえるだけで繋がらない。次に別荘の固定電話にかけてみたが、結果は同じだった。

武久の携帯電話にかけるかどうかを迷っていると料理が運ばれてきた。胃袋が働いてくれる気配はないが、とりあえずフォークを手にした。

パスタを少しずつ口に運びながら、頭の中ではまるで別のことを考えていた。鳥飼修二はどうしただろうか。武久の呼び出しに応じて、こんな場所までやってきただろうか。ふつうの人間なら、まず拒否するところだ。だが鳥飼には、常人にはない図太さがある。堂々と乗り込んでくるような気もした。

しかし鳥飼が別荘に行ったのなら、今頃は多英のところに何らかの連絡があるはずだ。この時間になってもそれがないということは、おそらく行ってはいないのだろう。

味がわからないままに食事を終えた。ウェイトレスがやってきて、デザートはどうかと訊く。首を振って断り、会計をして店を出た。

時刻は七時近くになっている。急ぎ足で正面玄関から出ようとすると、お客様、と呼び止められた。黒服を着た中年男が駆け寄ってきた。

「これからどこかへお出かけですか」

「そうだけど」

「町のほうでしょうか」

「ううん、別荘地」

ああ、と男は口を半開きにした。

「そうでしたか。それなら問題ございません。気をつけて行ってらっしゃいませ」丁寧に頭を下げてきた。

何だろうと思いながら、多英は歩きだした。玄関から外に出て、げんなりした。相変わらずの大雨だ。

華奢な傘をさし、アウディまで歩いた。パンプスの中まで濡れてしまったが、気にしている場合ではない。車に乗り込むと、すぐにエンジンをかけた。ワイパーのスピードを上げる。

暗い道を進んでいった。すれ違う車はない。こんな天気では、余程の用でもないかぎり、外に出ようという気になれないだろう。

前方に見慣れた建物が見えてきた。道路に面した駐車スペースに、ボルボのワゴンが止まっていた。武久の車だ。その横は空いている。多英は周囲を見回した。ほかに車は見当たらない。やはり鳥飼修二は来ていないようだ。

多英はアウディをバックでボルボの横に止め、傘をさして外に出た。案の定、地面がぬかるんでいる。車のタイヤは泥だらけだ。なぜ駐車スペースも舗装しないのだろうと持ち主である武久に腹を立てた。

門をくぐって玄関ドアまで歩いた。鍵は持っていない。だが把手を引くと、何の抵抗もなくドアは開いた。

靴脱ぎに男物の革靴と女性用のローファーが置かれている。ほかには武久がこの別荘で使用するサンダルがあるだけだ。

多英は靴を脱ぎ、スリッパラックから一足取って履いた。廊下を奥に進む。ドアの向こうがリビングルームだ。物音ひとつ聞こえてこない。リビングのドアを開けた。部屋は真っ暗だった。手探りで壁のスイッチを入れた。リビングルームに明かりが広がった。

窓際のロッキングチェアに人が座っていた。武久だった。

多英は唾を呑み込んだ。武久の胸から下が血にまみれていた。

夢じゃない、これは現実だ――頭の隅でそんなふうに思いながら、彼女はしゃがみこんだ。左手で口を押さえ、視線をさまよわせた。

庭に面したガラス戸の手前で、亜紀子が倒れていた。スカートがまくれあがっている。顔は灰色だった。

震える手でバッグから携帯電話を取りだした。1、1、0とボタンを押す親指も震えが止まらなかった。

3

草薙たちが披露宴会場を出る時には七時を過ぎていた。

「あんな披露宴なら、俺たちは二次会からでもよかったな」げんなりした顔でこぼしたのは古賀だ。「主賓は副知事で乾杯の音頭は県会議員ときたもんだ。警察署長までスピーチしてやがったな。あれでは単なる地元の名士の集まりだ」

「まあ、そういうな。何しろ町長だ。立場ってものがある」草薙はいった。「だから谷内も気を遣って、二次会まで用意してくれたんだろう」

「何だ、草薙。昔と違ってずいぶんと人間が丸くなったな。どういうことだ、湯川」

問われた湯川は小さく肩をすくめた。「仕方がないだろう。草薙も公務員だ」

「なるほど、たしかにそうだ。お上のやることには逆らうなというわけか」

「何をいってやがる。公務員の辛さを知らねえな」草薙は拳を突き出した。

二次会は最上階のバーで行われることになっている。それまで下のラウンジで時間を潰そうということになった。

一階に行くと、正面玄関付近で人だかりができていた。見たところ、谷内の披露宴に出席していた顔ぶれのようだ。警察署長の姿もあった。二次会には出ない人々だろう。だが少し様子がおかしい。誰もが当惑したような表情だ。

驚いたことに、谷内がエレベータホールから現れた。まだタキシードを着たままだ。披露宴中とはうって変わった険しい顔つきで人々の群れに駆け寄ると、警察署長らと何やら話し始めた。

「何かあったようだな」草薙の横で湯川がいった。

「うん。ちょっと訊いてこよう」

草薙は谷内に近づいた。ちょうど会話が切れている様子だったので、どうかしたのか、と小声で尋ねた。

谷内は口元を歪め、肩をすくめた。

「大雨のせいで土砂崩れがあったようだ。下山する道路の一部が通行止めになっている」

「あの一本道が塞がれたのか」ここまでの道を草薙は思い出した。

「そういうことだ。幸い事故は起きてないようだが、多くの人が足止めを食うことになりそうだ」

町長、と小柄な男が駆け寄ってきた。

「現場の状況を見たかぎりでは、明日の午前中には開通できそうだとのことです」

「そんなにかかるのか」

「この雨が上がらないことにはどうにもなりませんし、土砂を撤去できたとしても、安全確認には時間をかけたほうがいいと……」

谷内は下唇を嚙み、頭を掻いた。「参ったな」

丸顔の警察署長がやってきた。「町長、事情はお聞きになりましたか」

「聞きました。すみません。お手数をおかけしますが、よろしくお願いします」

警察署長は頷いた。

「すでに交通規制を始めさせています。この時間ですし、大きな混乱はないでしょう」

すみません、と谷内はもう一度いった後、思い出したように草薙のほうを振り向いた。

「そうだ。署長に紹介しておきましょう。以前、警視庁に大学の同級生がいるとお話ししましたよね。彼がそうです」

突然紹介され、草薙は戸惑った。あわてて名刺を出した。「草薙といいます」

「おう、これはこれは」署長も名刺を出してきた。「お噂は町長から伺っております。難事件をいくつも解決されたとか」

「その話は鵜呑みにしないでください。たまたまです」

名刺によれば署長の名字は熊倉というようだ。温厚そうな人物に見えた。

その時だった。熊倉の礼服の下から携帯電話の着信音が聞こえてきた。失礼、といって熊倉は電話に出た。

「私だが……ああ、何だ。道路のことでまた何か――」そこまで話したところで熊倉の小さな目が見開かれた。表情が一気に強張るのがわかった。さらに続けられた言葉は、周囲の空気に緊張を走らせた。「えっ、殺人事件発生？」


二次会は予定より少し遅れて始まったが、主役の片方は欠けたままだった。それでも新婦を取り囲んで、若者たちが楽しそうに写真を撮り合っている。披露宴では議員や役人といった煙たい連中が幅を利かせていた。若い仲間たちで花嫁を祝福するには、新郎さえも不在のほうが都合がいいのかもしれない。新婦は谷内よりも十三歳も年下らしい。許せない話だ、と古賀などは真剣に怒っている。

一人の男が草薙たちのところへやってきた。先程、谷内に土砂崩れの状況を伝えていた男だ。小柄な身体をさらに縮め、草薙の耳元で、「すみません。ちょっと来ていただけませんか」と囁いた。

「俺？」

「はい。町長がお話があるとかで。署長も一緒にお待ちです」

「警察署長も……」

嫌な予感がしたが、断るわけにはいかなかった。隣の湯川は、今のやりとりが聞こえていないはずはなかったが、横を向いてカクテルを飲んでいる。

草薙は男に頷いてから腰を上げた。

歩きながら男は自己紹介した。小高といい、町役場で総務課長をしているらしい。

「どういった用件でしょうか」草薙は訊いた。

「それは私の口からは……。町長から直接お話しされるということでしたので」小高は歯切れが悪かった。

案内されたのは、ホテルの二階にある部屋だった。会議にでも使うのか、大きな机を囲んでソファが並んでいる。そこで谷内と熊倉が待っていた。谷内はスーツに着替えていたが、署長は礼服のままだった。

「寛いでいるところを申し訳ない」谷内は向かい側のソファを手で勧めてきた。

「それはいいんだけど、一体何事だ。新婦を一人にしておいていいのか」草薙は座りながら訊いた。

「それどころじゃないんだ」谷内は熊倉のほうに顔を向けた。

じつは、と熊倉が口を開いた。

「さっきの電話で気づかれたと思いますが、殺人事件が起きました。署に通報があったのです。両親が殺されている、という内容でした」

「場所は？」

「この近くです」熊倉は険しい顔つきで答えた。「このホテルの前の道をさらに上っていくと別荘地があります。そこの別荘の一つで起きたようです。通報してきたのは主の娘さんで、今夜行ってみると、先に到着していた両親が殺されていたとのことでした」

「それは大変ですね。しかし――」草薙は熊倉と谷内の顔を交互に見た。「なぜその話を私に？」

熊倉は顔を歪めた。

「もちろん、警視庁の方には何の関係もありません。これは県警の事件です。ただ御存じの通り、現在下の道が通行不能で、県警本部からは無論のこと、うちの署からも人を現場に差し向けることが困難な状況なんです。ヘリを飛ばそうにも、この天気ですし」

「では今も、通報者は一人で待っているんですか」

「いや、別荘地のそばに駐在所がありまして、そこの警官が現場保存に当たっています」

「なるほど……」事情が呑み込めてきた。

「道路が復旧するのは、どんなに早くても朝になりそうなんです。しかし、それまで何もしないというわけにはいきません。こういう事件では、初動捜査の遅れが命取りになりますから」

「それはもちろんそうですが、道路が不通じゃどうしようもないでしょう」

「たしかに署から現場には行けません。しかし、ここからなら現場へ行けます」

「えっ」

「署長は、自ら現場に出向くとおっしゃってるんだ」谷内がいった。

「署長さんが……」

熊倉は胸を反らせた。「署長といえど、私も警察官ですから」

「そういうことですか」

草薙は頷いた。別におかしな話ではない。殺人のような重大事件が発生した場合、所轄の署長が現場に駆けつけるのは、手順としてはむしろ当然のことだ。

ただ、といって熊倉はばつが悪そうに眉根を寄せた。

「お恥ずかしい話ですが、私は主に交通畑を歩いてきまして、刑事事件の現場経験が殆どないんです。もちろん最低限のことはわかっているつもりですが、万一下手なことをして取り返しのつかないことになったらまずいという気持ちもあります」

「そこで、だ」谷内が身を乗り出してきた。「署長から俺に相談があったんだよ。草薙さんのお力を借りられないか、と」

「俺の？」草薙は少し身を引き、熊倉を見た。「現場に同行してくれってことですか」

「じつは、そういうことです」熊倉は両膝に手を置いた。「署長がすぐそばにいながら何もしなかったというのでは、やはりそれはちょっと……」

まずいだろうな、というのは草薙にもわかる。だがこんなところまで来て、殺人現場に足を踏み入れたくはなかった。

何とか断ろうと口実を考え始めた時だった。

「俺からも頼む。この通りだ。町長に恥をかかせないでくれ」まるで草薙の内心を読んだように、谷内が深々と頭を下げた。

4

雨は少し小降りになっていた。それでもワイパーの速度を緩められるほどではない。車の運転をしている小高のハンドルさばきは慎重だった。

ホテルを出てから十分ほどで別荘地の入り口に到着した。そこを過ぎると一定間隔で洋風の建物が現れた。やがてパトカーが止まっているのが見えた。すぐそばに建物があるようだ。あそこらしいですね、と小高がいった。

パトカーの後ろに車を止めた。草薙は傘を広げ、車から降りた。熊倉も続いたが、小高は車内に残った。

草薙と熊倉は作業着姿だった。ホテルで借りたのだ。帽子もかぶっている。髪の毛を現場に落とさないための配慮だ。もちろん手袋も用意している。

別荘は木造の建物だった。暗いし、鬱蒼とした木々に囲まれているので全貌はよくわからないが、土地の広さだけをいえば百坪ほどはありそうだ。桂木という名字は、ここへ来るまでに聞いていた。

建物の横に駐車スペースがあり、ボルボと赤のアウディが並んで止まっていた。草薙がアウディをじっと見つめていると、何か、と熊倉が尋ねてきた。

「いえ、何でもありません」草薙は首を振った。

門のそばでレインコートに身を包んだ警官が立っていた。熊倉を見て、緊張の面持ちで敬礼した。三十歳ぐらいの朴訥そうな青年だった。

「通報者は？」熊倉が訊いた。

「中におられます」

「どんな様子だ」

「はあ、それはもう、大変ショックを受けておられます」

「話は聞いたのかね」

「あ、いえ、あまり詳しくは……」

「君は現場を見たのか」

「はい。あ、でも、ちらりと見ただけです」

熊倉が草薙に視線を送ってきた。これからどうすべきかを相談する目だ。

「とりあえず、署長さんも現場を見たほうがいいでしょう」草薙はいった。「ただし、極力、物には触れないように」

熊倉は神妙な表情で頷いた。年齢も階級も下の人間に対して偉ぶったところが全くない。人望で署長にまでなったのだろう。

門から玄関へと繋がっているアプローチには飛び石が並んでいた。その上を、ゆっくりと歩いた。土の上へは足を下ろさないよう注意した。犯人の足跡が残っているかもしれないからだ。本来ならば鑑識が作業を終えるまでは、署長といえども現場には近づかないほうがいいのだ。

玄関前に到着した。手袋をはめた手でドアをノックしてみた。

どうぞ、という女性の弱々しい声が聞こえた。草薙はドアを開け、ぎくりとした。玄関ホールで一人の女性が膝を抱えて座っていたからだ。ジーンズに赤いシャツ、その上からグレーのカーディガンを羽織っている。

女性は顔を上げ、ゆっくりと立ち上がった。年齢は二十代後半だろうか。すらりとした体形で、背が高く、髪も長かった。目は適度に吊り上がっていて、湯川がいったように、なかなかの美人だ。

女性は桂木多英と名乗った。

熊倉が自己紹介を始めた。こんな格好をしていますが警察署長です、という言い方がおかしかったが、笑うわけにはいかない。

草薙については簡単な説明がなされた。桂木多英は黙って頷いている。警察の事情など、どうでもいいのだろう。

「で、現場は？」熊倉が訊いた。

「奥です」彼女は背後の廊下を指した。「奥にあるリビングルームです」

草薙と熊倉は靴を脱ぎ、用意してきたビニール袋に足先を入れた。さらに、ずり落ちないよう、足首の部分を輪ゴムで留めた。なるべく自分たちの痕跡を残さないようにするための用心だ。

桂木多英を残し、二人で廊下を進んだ。奥のドアは、ぴったりと閉じられている。

草薙はゆっくりとドアを開けた。まず気づいたことは異臭だ。汚物と血の混じったような臭いがする。

慎重に足を踏み入れた途端、思わず息を止めた。後から入ってきた熊倉は、おお、と声を漏らした。

まず目に飛び込んできたのは、窓際に置かれたロッキングチェアだ。そこに一人の小柄な男性が座っていた。胸に大きな穴が開き、そこから下が、どす黒い血に染まっていた。服装はスラックスにポロシャツ、ベストという出で立ちだ。

そのまま視線を右側に移動させると、庭に面したガラス戸がある。ガラス戸の一枚が開いていた。その手前の床で、女性が仰向けになって倒れている。こちらには一見したところ外傷はなさそうだ。

草薙はポケットからデジタルカメラを取り出した。自前の品だった。谷内の結婚式のために持参したのだが、まさかこんなことに使うとは夢にも思わなかった。

その場から室内の様子を何枚か撮影した後、周囲のものに触れないよう気をつけながらロッキングチェアに近づいた。だが約一メートルほどの距離のところで足を止めた。床に細かい血しぶきが飛んでいることに気づいたからだ。その上を何者かが移動した形跡も見られる。

その位置から胸の傷を観察した。えぐられたような穴が開いている。肉も内臓も、ぐちゃぐちゃに破壊されているようだ。その傷跡の正体が何なのか、草薙には見当がついた。以前、同じような死体を見たことがある。

男性の年齢は六十歳から八十歳の間か。皺の多い灰色の顔面は、亀を連想させた。

何枚か写真を撮った後、女性の遺体に近づいた。

こちらの死因も、すぐに察しがついた。その痕には、首に絞められた痕があるからだ。紐ではない。指の痕がくっきりと残っている。その痕には、うっすらと血が付いていた。

「草薙さん、あれを……」熊倉が懐中電灯で庭を照らした。

雨で濡れた地面の上で、黒い銃身が鈍く光っていた。

「やっぱり散弾銃か……」草薙は呟いた。

「竹脇桂《かつら》先生のお名前なら、私も存じております。そうでしたか。あの男性は竹脇先生だったのですか。それは驚きました」熊倉がやけに重々しくいった。

桂木多英が力なく首を振った。

「その名前では呼ばないでください。それは父が家の外で使っていたもので、あたしには他人の名前にしか聞こえません」

「あ……そうでしょうなあ。失礼しました。では今後は本名の桂木武久さんと呼ばせていただきます。それでええと、お母さんのお名前が亜紀子さん、と……」

そうです、と桂木多英は頷いた。

ホテルに戻り、先程の会議室を借りて事情聴取を行っている。草薙も同席していた。気乗りしなかったが、ここでもやはり谷内に頼まれ、断れなかったのだ。

ロッキングチェアで死んでいたのは、ペンネームが竹脇桂という作詞家だった。それだけではぴんとこなかったが、代表曲をいくつか教えられて少々驚いた。主に演歌だが、いずれも大ヒット曲だ。紅白歌合戦で歌われたこともある。別荘の一つや二つは持っていても不思議ではない。

「父と母は、今朝早くにあの別荘に着いたはずです。毎年この時期は、ひと月ほど別荘で過ごします」

「あなたは御一緒ではなかったのですか」熊倉が訊いた。

「あたしはふだんから両親とは離れて暮らしています。今回は、心配なことがあってやってきたんです」

「心配なこと、といいますと」

桂木多英は少し躊躇する表情を見せた後、唇を舐めた。

「昨夜、母から連絡がありました。母によれば、父はある人物を別荘に呼び出すといいだしたそうです。鳥飼修二という人です。父の弟子だった人で、今は音楽プロデューサーをしています」

「なぜその人を？」熊倉が訊いた。

「抗議するためです」

「抗議？」

桂木多英は、ふっと吐息をついた。

「鳥飼さんは最近何人かの新人歌手をデビューさせたのですが、いずれも鳥飼さん自身が作詞をしておられます。ところがその歌詞のひとつが、かつて父が書き、いつか誰かに歌わせようと思って温存してあったものと酷似しているのです」

「ははあ、つまり盗作だと」

桂木多英は頷いた。

「でも、それに対する鳥飼さんの言い分は真逆のものでした。その歌詞は元々自分が修業時代に書いて、父に見てもらった作品だというんです。たしかにいくつか修正するよう指導はされたけど、大部分は自分のオリジナルだと」

ううむ、と熊倉は唸った。「どっちの言い分が正しいんですか」

桂木多英は首を振った。

「わかりません。父はキャリアが長く、膨大な数の作品を書いてきました。ストックもたくさんあったと思います。でもそれだけに、どれが自分の作品だったのかわからなくなり、弟子の作品と混同していても不思議ではないと思います」

「鳥飼さんの言い分が正しいこともありうると」

「はい。その主張を聞いた父は激怒して、鳥飼さんを別荘に呼び出すことにしたそうです。そのことを母から聞き、あたしは心配になりました。というのは、鳥飼さんと仲違いして良いことなど一つもないからです。鳥飼さんが音楽プロデューサーとして活躍しておられるからこそ、現在も父のところへ作詞の仕事が回ってきていたのです。話がこじれてしまえば、作詞家としての父の地位が揺らいでしまうかもしれないと思いました。何とかして話を穏便にまとめねば――そう思ってやってきたんです」

「あなたならそれが可能なわけですか」

「それはわかりません。でも仲裁役を果たせるとしたら自分しかいないと思いました。父はあたしのいうことなら、何でも聞いてくれましたから」

「なるほど。大体、事情はわかりました。では、二人の死体を発見した時の様子を、できるだけ詳しく話していただけますか」

桂木多英は一つ頷くと、グラスに注がれた水を口に含み、何度か大きく呼吸してから口を開いた。このホテルに到着したのが、午後二時頃。チェックインして部屋に入った後、両親の携帯電話や別荘の固定電話に何度か電話してみたが、いずれも繋がらなかった。携帯電話を持たずに二人で出かけているようだと思い、しばらく部屋で休んでいることにした。だが六時近くになっても繋がらないので、さすがに心配になってきた。二階のイタリアンレストランで食事を摂り、七時前にホテルを出発した。別荘に到着したのが七時二十分頃。別荘に鍵はかかっておらず、靴からスリッパに履き替えて奥のリビングに向かった。リビングルームの明かりは消えていて、壁のスイッチを入れ、異変に気づいた。二人の身体に近づいてみたところ、素人目にも死亡しているとしか思えず、119ではなく110に電話をかけた。その後はリビングルームにいるのが恐ろしく、玄関ホールで警察が来るのを待っていた――以上が桂木多英の供述だ。

熊倉は、鳥飼との確執以外で、最近何か変わったことはなかったか、桂木夫妻が命を狙われることについて心当たりはないか、といった質問を桂木多英にぶつけた。だが彼女は首を捻るばかりだ。

「両親が誰かに恨まれていたとは思えません。ただ以前一度だけ、別荘が荒らされていたことがあります。絵画や骨董品などが盗まれました。さほど高価なものではありませんでしたけど。三年ほど前です。地元の警察署に被害届を出したはずです」

「犯人は？」

桂木多英はかぶりを振った。「捕まっておりません」

事情聴取は一時間ほどで終わった。桂木多英は、自分の部屋に引き上げていった。

5

「全く、君と一緒にいるとろくなことがない。まさかこんなことにパソコンを使うとはね」湯川が渋面でパソコンを立ち上げ、カードリーダーを突っ込んだ。それには草薙のデジカメに入っていたSDカードが挿入されている。

「俺だって、好きこのんで事件に首を突っ込んだわけじゃない。谷内の顔を立てるためだ。あいつの身になってやれよ。記念すべき結婚式の日に、土砂崩れで道路は通行止め、おまけに近所で殺人事件発生だ。花嫁としっぽりやりたいところだろうが、今もまだ関係者と協議中だ」

「たしかに谷内には同情するが……」湯川はパソコンの前で立ち上がった。「さあ、準備完了だ」

パソコンの画面にはウインドウが表示され、その中に小さな写真が並んでいる。草薙が撮影した事件現場だ。

このSDカードは県警の鑑識課に提供するつもりだが、その前に内容を確認しておこうと思ったのだ。

「それにしてもアウディの女性が被害者の娘だったとはな。傘の礼はいったのか」湯川が訊いてきた。

「そういう雰囲気じゃなかった。それに向こうは気づいてない様子だったし」

「親切にしてくれた女性が、そんな悲劇に見舞われたと聞くと心が痛む。一刻も早く事件が解決することを祈るよ」

「同感だ。まあ俺は、その鳥飼とかいう男が怪しいと踏んでるんだけどな。別荘内を見回ったかぎりでは、盗みが目的の犯行とは思えなかった。口論しているうちにかっとなった武久氏が、猟銃を出して脅そうとしたところ、逆に奪われて射殺された——そんなところじゃないかと思う」

「銃は被害者のものなのか」

「そうらしい。娘さんの話では、武久氏は数年前までクレー射撃を趣味にしていたそうだ。最近はやらなくなっていたそうだがな。リビングルームの壁に、銃を飾るための木製の棚が取り付けられていて、その戸が開いたままになっていた」

「弾丸もそこに？」

「いや、そこにはなかった。地下の倉庫に金庫が置いてあって、通常はそこに保管してあるらしい。俺たちが見た時には、金庫の扉は閉まっていて、鍵もかかっていたので開けられなかった。事前に武久氏が一発だけ取り出しておいたのだと思う」

湯川は指先で眼鏡を少し押し上げた。

「妥当性のある推理だと思うが、脅すだけなら弾は入れなくてもいいんじゃないか」

「そうはいかない。飾ってあるだけの銃には、ふつう弾は入っていない。脅すためには相手の目の前で弾をこめる必要がある」

湯川は少し考える顔つきをした後、首を縦に振った。「たしかに一理ある」

「まあ、ともかくアリバイ確認だ。鳥飼は西麻布在住だってさ。俺たちが見た時点で死後七、八時間ってところだったから、もし犯人なら昼間のアリバイはないはずだ」

「なるほど」湯川は頷き、雑誌を手にした。

「おまえは写真を見ないのか」パソコンの前に移動してから草薙は訊いた。「これまで何度か捜査に協力してくれたが、事件現場を見たことはないだろ。後学のためにどうだ」

湯川は顔を傾け、唇をへの字に曲げた。

「遠慮しておく。人生に役立つ知識が得られるとは思わない」

「そうか。まっ、無理にとはいわないが」

草薙はキーボードを操作し、最初から順番に写真を確認していった。リビングルームの入り口から撮影した写真が何枚か続く。家具や調度品の位置関係を記録するのが目的だ。

そしていよいよ死体の写真が登場した。ロッキングチェアの上で目を閉じている桂木武久の胸から下は、大量の血で赤黒く染まっている。その様子を様々な角度から撮影した写真が何枚か続く。

次は妻である桂木亜紀子の遺体だ。庭のほうに頭を向け、仰向けに倒れている。長いスカートの裾が乱れているが、下着が覗くほどではない。

その時だった。ストップ、という声が後ろから聞こえた。振り向くと、湯川が雑誌から顔を上げ、パソコンの画面を見ていた。

「何だ、結局見てたのか」

「たまたま目に入って、気になることがあったんで見ていたんだ」

「気になること？」

「前の画像をもう一度見せてくれないか。射殺されている男性の写真だ。何枚かあったようだが」

「見たいなら、自分で見ろよ。これはおまえのパソコンだ」

わかった、といって湯川は立ち上がり、草薙の隣にやってきた。タッチパッドに指を載せ、慣れた手つきでいくつかの写真を表示させた。いずれもロッキングチェアの上で死んでいる桂木武久を撮影したものだ。

「すごい血の量だな」湯川が呟いた。「即死だろうか」

おそらく、と草薙はいった。「近距離から心臓をぶち抜いている。声をあげることもなかっただろう」

ふうむ、と湯川が考え込む顔になった。

「何だ。何が引っ掛かるんだ」

「いや、まだ何ともいえない」

湯川はデスクの引き出しを開け、ホテルのメモ用紙とボールペンを手にした。画面を見ながら、何かを書き込むと、ソファに戻った。

「何なんだ。勿体ぶらずに、はっきりいえよ」

だが湯川は答えない。メモ用紙にボールペンで何やら書き込んでいる。草薙は首を伸ばして友人の手元を覗き込み、ぎょっとした。彼が書き込んでいるのは数式だったからだ。

質問するのが怖くなり、草薙はパソコンに向き直った。変人の物理学者のことは無視し、作業を再開することにした。

桂木亜紀子の遺体写真を確認し終えた頃、「散弾銃は」と湯川がいった。「庭に捨てられていたという話だったな」

「そうだ。これがその写真だ」

草薙は画面に写真を表示させた。芝生の張られた庭に散弾銃が落ちている。ガラス戸から二メートルほどの距離だ。撮影を終えた後、熊倉と相談し、銃は屋内に回収した。雨に濡れ続けると、重要な痕跡が失われると思ったからだ。銃身には返り血も付着していた。

「奥さんのほうは首を絞められていたといったな。絞殺か」

「いや、扼殺《やくさつ》だ。武久氏を射殺した現場を目撃されたため、犯人としてはやむをえず夫人も殺さねばならなくなったんじゃないか。夫人の首に付いていた血は、たぶん武久氏のものだろう。銃には返り血が付いていていたからな」

だが湯川は釈然としない顔つきだ。

「どうした。何が気に入らない」

「別に気に入らないわけじゃないんだが、今の君の話だと、散弾銃はリビングルームに落ちてなきゃおかしい。銃を持ったままでは夫人の首を絞められないからな」

「じゃあ、夫人を殺す前か、あるいは殺した後で庭に放り出したんだろ」

「何のために?」

「わからんよ。犯人に訊いてみないことには」

草薙は写真の確認作業を続けた。別荘内だけでなく、建物の周辺も一応撮影しておいた。駐車スペースの写真もある。ボルボとアウディが並んで止められている。泥が付着してボルボのナンバープレートが読みにくいことに気づき、草薙は舌打ちした。もう少し近くで撮影すべきだった。

「たしかに、あのアウディだな」後ろから湯川がいった。やはり見ていたようだ。「その車は今、どこにある?」

「向こうに置いてきた。下手に動かすわけにはいかないからな。この車がどうかしたか」

「いや、何でもない」

その時、部屋の電話が鳴りだした。草薙が受話器を取った。「はい」

「もしもし、草薙か。俺だよ、谷内だ」

「ああ。何かあったのか」

「あれから大きな変化はない。それより、今日は申し訳なかった。無理を聞いてくれたことに感謝する。熊倉署長も助かったといっていた」

「それはよかった。署長はどうしてる？」

「まださっきの会議室にいるんじゃないかな。あちこちに電話をかけまくっているようだ。何しろ土砂崩れに殺人事件だからな。たぶん今夜は眠れないんじゃないか」

真面目な性格のようだから、じっとしていられないのだろう。気の毒に、と思った。

「ところで今、古賀たちと一階のラウンジで寛いでいるところなんだ。まともに二次会をできなかったお詫びだ。おまえたちも一緒にどうだ？」

「わかった。湯川にもいってみる」

電話を切り、話の内容を湯川に伝えた。

「悪くない誘いだ。記念写真の一枚も撮ってないし」湯川はパソコンを操作してＳＤカードを引き抜くと、草薙のほうに差し出した。「ただ、その前に少し調べたいことがある。君は先に行っててくれ」

「何だ。何を調べる気だ」

「大したことじゃない。何かわかったら、君にも話そう」

「相変わらず、もったいぶるやつだな。まあいい。俺は署長のところに寄っていく」そういって草薙はSDカードを受け取った。

部屋を出た後、エレベータを二階で降り、会議室に向かった。ドアが開いたままなので中を覗くと、谷内がいっていたように熊倉は電話中だった。

「では朝一番に特殊車両を出動させるということで……はい、それでお願いします。こちらも用意をしておきますので。では、どうぞよろしく」電話を切り、ほっと吐息をついている。

草薙は開いたままのドアを拳で叩いた。熊倉は彼を見て、疲れた笑みを浮かべた。

「やあ、どうも」

「これをお渡ししておこうと思いまして」草薙は中に入っていき、SDカードを差し出した。「一応、中を確認しておきました。何とか撮れているようです」

「ありがとうございます。助かりました」熊倉は貴重品を扱うような慎重な手つきで受け取った。

「その後、何か進展はありましたか」

「うーん、進展といえるほどのことではないのですが、思ったよりも早く県警本部から応援に来てもらえそうです。ぬかるんだ道でも走行できる、特殊車両を出動させてくれるとかで」

「なるほど、それはよかった」

「あとそれから鳥飼という人物の動きについてですが、警視庁に協力を依頼することになりました。状況から考えて、その人物が最も怪しいわけですが、アリバイ等は、すぐにはっきりするでしょう。いやもう今回は、草薙さんにはすっかりお世話になってしまい申し訳ないです」

草薙は手を振った。

「気にしないでください。それより、無理して身体を壊さないよう用心してください。今夜はお休みになったほうがいいと思いますよ」

「ありがとうございます。そうさせていただきます」

腰の低い警察署長と別れ、草薙はエレベータに乗った。すると中に湯川がいた。

「調べ事は済んだのか。収穫はどうだ」

草薙の質問に対して、「まずまずというところかな」と意味深な答えが返ってきた。

一階のラウンジに行くと、奥のスペースに陣取っている谷内たちの姿が見えた。花嫁も一緒のようだ。谷内も草薙たちに気づいたらしく、手を振ってきた。

ほかには客がちらほらといる程度だった。だが谷内たちから少し離れた席にいる女性客を見て、草薙は足を止めた。桂木多英だった。たまたま目が合い、彼女が会釈をしてきたので、彼も小さく頭を下げた。

「あの陰惨な光景を目にしたら、部屋で一人きりになるのは心細いだろうな」草薙は湯川の耳元で囁いた。

谷内たちのところへ行くと、皆が二人のために席を空けてくれた。

「聞いたぜ。こんなところでも敏腕ぶりを発揮しているそうじゃないか」古賀が冷やかす口調でいった。

「やめろよ。別に何もしてないって」

「いや、警視庁の刑事さんはやっぱりすごいって署長が感心していた。あれは社交辞令じゃない。俺も鼻が高かった」谷内は新妻のほうを向き、自慢するようにいった。十三歳年下の花嫁は、すごいですね、と目を輝かせた。

あなたの亭主のほうがすごいですよ、と草薙はお世辞を返しておいた。

シャンパンやワインを飲みながら、旧友たちと語り合った。途中で湯川が草薙の脇腹を肘で突いてきた。

「ミス・アウディが、さっきからこちらを気にしている。君に何か話したいことがあるんじゃないか」

「ミス・アウディ？」

草薙は湯川が顎で示した先に目を向けた。するとたしかに桂木多英も彼を見ているようだった。

ちょっと失礼、と谷内に断ってから腰を上げた。桂木多英の席に近づき、「私に何か？」と尋ねてみた。

彼女は小さく頷いた。「少しよろしいでしょうか」

「ええ、もちろん」草薙は向かい側に座った。「事件のことですね」

はい、と彼女は答えた。「お尋ねしたいことがありまして」

「何でしょうか」

「じつはお恥ずかしいことなんですけど、あたし、気が動転していて、現場をあまりよく見ていないんです。両親が死んでいたってことはわかったんですけど、何が起きたのか、正直いってちっとも把握していないんです。それで、一体どういうことなのか、お聞きしておきたくて」桂木多英は、やや俯いたまま、遠慮がちにいった。

「ああ……それは無理もないと思います。ふつうの人では、なかなか正視できない状態でしたからね。現場というより、御遺体が」

「犯人は、どんなふうにして両親を殺したんでしょうか。父が猟銃で撃たれたらしいってことはわかりましたけど」

「おそらく至近距離から、椅子に座った状態の武久氏を撃ったと思われます。その後、素手で夫人の首を絞めたんでしょう。詳しいことは、鑑識に調べてもらわないとわかりませんが」

寒気を感じたのか、桂木多英は両腕を交差させて二の腕を擦った。

「誰がそんな恐ろしいことを……、強盗の仕業でしょうか」

草薙は首を傾げた。

「その可能性もゼロではありませんが、考えにくいですね。強盗なら、自前の凶器を用意しておきます。たまたまそこに猟銃があったから、そっちを使った、ということはないでしょう。やはり顔見知りの犯行と考えて間違いないでしょう」

「顔見知り……するとあの人、鳥飼さんが？」

草薙は苦笑し、かぶりを振った。

「ここから先は県警の仕事です。私は警視庁の人間です。部外者が無責任なことを発言するわけにはいきません」

「あ……そうですね」

彼女がグラスに手を伸ばしかけた時、湯川が近づいてくるのが草薙の視界に入った。

「昼間はどうもありがとうございました。おかげで助かりました」湯川が立ったままで桂木多英に礼を述べた。

いえ、と彼女は小声で答えた。「あの時のお二人だったんですね」

湯川は名刺を出した。物理学の准教授という肩書きに驚いたのか、彼女は瞬きした。

「事件のことを彼から聞きました。このたびは誠にお気の毒なことでしたね。事件が一刻も早く解決することを心から祈っています」

「ありがとうございます」

二人のやりとりを聞きながら、草薙は思わず身構えていた。湯川は、特に親しくもない相手のところへ、わざわざ出向いてまで悔やみを述べるような人間ではない。

「少しお邪魔してもよろしいですか」

湯川の問いに、どうぞ、と桂木多英は答えた。

「じつは僕はお父様のファンなんです。いや、お父様が作詞された歌の、というべきかもしれませんが」草薙の隣に座りながら湯川はいった。

「そうなんですか……」

桂木多英は戸惑った顔をしている。しかし草薙は彼女以上に驚いていた。湯川が演歌のファンだなんて話は、これまで一度も聞いたことがない。無論、その驚きを顔に出すわけにはいかなかった。湯川には何か考えがあるのだろう。

「お父様の作品には、家族愛をテーマにしたものが多いですよね。子供が生まれた喜びを表現したもの、娘を嫁に出す父親の心境を歌ったもの、老いた親に感謝する気持ち。心が温まるものばかりです」

「そういっていただけると父もあの世で喜んでいると思います」

「実際、お父様は家族関係を重視されていたそうですね。仕事仲間とも定期的にホームパーティなども開いて、家族ぐるみの付き合いをしていたとか」

「よく御存じですね」

「ネットで読みました。パーティに招待された人がブログを書いていたんです。竹脇桂先生の御家庭は絵に描いたように円満で羨ましいと」

そういうことを調べていたのか、と草薙は湯川の話を聞きながら思った。

「今回の事件で、お父様の作品の価値はどうなるでしょうね。失ってはじめて、素晴らしい才能の持ち主だったことを音楽界が再評価する。そんなところかもしれませんね」

だが彼女は力なく首を振った。「そんなことはありえません」

「そうでしょうか」

「病死や事故死ならともかく、殺されたというのはイメージが悪過ぎます。歌手たちも、今後は歌いたがらなくなるかもしれません」

「そういうものですか。じゃあ、あなたもいろいろと大変かもしれませんね。失礼ですが、御両親は生命保険には入っておられたんでしょうか」

ぶしつけな質問に、草薙はぎょっとした。だが湯川は平然としている。

「さあ、どうでしょう。たぶん入ってなかったと思います。二人とも、そういうのは嫌いでしたから。でも構いません。自分のことは自分で何とかしますから」

「そうですか。でもどうか御無理なさらずに。あなたを助けてくれる人が、必ずどこかにいるはずです」

桂木多英は、ほんの少しだけ表情を和ませた。「だといいんですけど」

「お仕事は何をされてるんですか。もしかして、あなたも作詞を?」

「いえ、あたしはデザインの仕事をしています」

「そうですか。それにしてもやはりクリエイティブなお仕事をなさっているわけだ。お父様の良い才能を受け継がれたようですね」

桂木多英は複雑な表情を浮かべ、黙っている。草薙にも湯川の狙いはわからなかった。

「ところで、今夜はこちらにお泊まりだそうですね。昼間のうちにチェックインされたとか」

「そうですけど、それが何か」

「いや、御両親の別荘があるのなら、なぜそちらに泊まらないのかなと不思議に思っただけです」

草薙は湯川の横顔を見た。いわれてみれば、たしかにそうだ。

桂木多英が、すっと息を吸い込むのがわかった。

「どういう結果になるか、予想がつかなかったからです」

「結果？」

「鳥飼さんとの話し合いの結果です。もしかすると、すごく気まずい雰囲気になるかもしれないと思いました。父が機嫌を悪くしたりして……。だから自分だけはホテルに泊まろうと思ったんです」

湯川は小さく首を上下させた。

「そういうことでしたか。しかしあなたがチェックインされたのは、かなり早い時間ですよね。別荘に行くまで、何をしておられたのですか」

桂木多英の切れ長の目が大きく見開かれた。頬が強張っている。

「別荘に行く前に両親たちに電話をしようと思ったんです。でも繋がらないので、部屋で休んでいました。それがどうかしましたか。いけないことでしょうか」

「いえ、決してそういうわけでは……」

桂木多英は傍らのバッグを抱え、立ち上がった。

「すみません。少し疲れましたので、お先に失礼させていただきます。草薙さん、貴重なお話をありがとうございました」

「いえ、とんでもない。ゆっくり休んでください」

おやすみなさい、といって彼女は出口に向かった。その後ろ姿を見送りながら草薙は、

「どういうことだ」と湯川に詰問した。「あんなふうにいわれたら、誰だって気分を害する。しかも彼女は被害者の遺族だぜ。一体何を考えてるんだ。まさか彼女が犯人だなんてことをいいだすんじゃないだろうな」

するると湯川は黙って見返してきた。その目は科学者特有の冷めたものだった。

「おい、まさか本気で――」

「提案したいことがある」湯川はいった。「傘の礼についての提案だ」

6

ベッドに横たわり、とりあえず瞼を閉じた。だがそうしていられるのは、ほんの数十秒ほどだ。瞼の裏に蘇る、血にまみれた武久の姿と扼殺されていた亜紀子の姿は、多英に安らかな眠りなど与えてくれそうになかった。

ナイトテーブルの明かりを点け、身体を起こした。さほど喉が渇いているわけでもなかったが、何か飲もうと思った。

その時、ホテルの電話が鳴りだした。ぎくりとしてナイトテーブルに備え付けのデジタル時計を見た。午前一時を少し過ぎたところだ。

唾を呑み込み、受話器を取った。何か緊急事態でも起きたのだろうか。

はい、と答えた。

「すみません。お休みでしたか」低いがよく通る声だ。「湯川です」

「あ……いえ、まだ起きてました」

「そうですか。では、僕の話を少し聞いていただけませんか」

「話を？」

「はい。できれば、電話ではなく、会ってお話ししたいんです。申し訳ないのですが、これから一階のロビーに来ていただけないでしょうか」

多英は即座には返答できなかった。湯川の口調は穏やかだが、尋常でない気配を感じさせた。元より、こんな時間に電話をかけてくること自体が非常識なのだ。だが、今夜は遅いので明日にしてほしい、と答えることにも躊躇《ためら》いを覚えた。一体どういう話をする気なのだろう。ラウンジでのやりとりが蘇る。あの男は間違いなく何かに気づいている。

いかがでしょうか、と湯川が重ねて尋ねてきた。多英は深呼吸をした。

「わかりました。ロビーに行けばいいんですね。でも少しお待たせするかもしれません」

「どうぞ、ごゆっくり。では、お待ちしております」

電話が切れる音を聞き、多英も受話器を置いた。

支度を始めながら考えた。湯川は何に気づいたのか。だが事件に関することなら、湯川ではなく草薙が電話をかけてくるはずだ。

化粧をやり直す気はなかったが、眉だけは描き、眼鏡をかけてから部屋を出た。

エレベータで一階まで下りた。深夜のフロアは、しんと静まり返っていた。おそるおそるロビーに向かった。フロントにも人影はない。

内庭に面した窓の近くで長身の男が立っていた。湯川だ。多英を見て、丁寧に頭を下げてきた。

「遅くなってすみません」近づいてから彼女はいった。

「とんでもない。無理をいってるのは僕のほうですから」湯川は白い歯を見せた。「何かお飲みになりますか。自販機コーナーが、すぐそこにあります」

「いえ、結構です」

「そうですか。では、とりあえず座りましょう」

湯川が近くのソファに腰を下ろしたので、多英もテーブルを挟んで向き合って座った。

彼の傍らにはノートパソコンが置いてある。

「雨はやんだようですね」窓の外を見て、湯川がいった。「雨がやんでくれれば作業もやりやすくなる。午前中には道路が復旧できるだろうという話でした。そうなれば、本格的に捜査が始まるでしょう」

多英は頷いた。「それを聞いて安心しました」

すると湯川は、じっと彼女の顔を見つめてきた。「本当にそうですか」

「えっ?」

「本当に捜査が早く始まればいいと思っているんですか」

多英は思わず眉根を寄せた。「それ、どういう意味でしょうか」

湯川は、ぴんと背筋を伸ばした。

「日本の科学捜査は進んでいますから、事件現場を少々うまく偽装しても、すぐに見破られてしまう。偽装を行った者としては、捜査が始まるのは遅ければ遅いほどいい。遺体の状況などは刻一刻と変化しますからね」

多英は顎を引き、物理学者を睨んだ。

「何をおっしゃりたいんですか。いいたいことがあるなら、はっきりといってください。あたしが何をしたというんですか」

湯川は彼女の視線を正面から受け止めた。目をそらすことはなかった。

「だから何度もいっています。偽装、です」そういって彼はパソコンを引き寄せた。

7

缶ビールのプルタブを引くと、白い泡が左手に飛んだ。それを舐めてから草薙はビールを飲んだ。窓の外は真っ暗で、ガラスには彼自身の姿が映っている。

湯川が部屋を出ていってから、十分ほどが経った。そろそろ桂木多英と話し始めている頃だろう。

今回は特別だぜ——少し前の湯川とのやりとりを思い出しながら、草薙は口の中で呟いた。

「僕が最初に引っ掛かったのは、例のロッキングチェアに座った被害者の写真を見た時だ」パソコンを立ち上げ、事件現場の写真を表示させてから湯川はいった。無断でSDカードのデータをコピーしたらしい。草薙としては抗議したいところだったが、話を聞くのが先決だ。

「覚えてるよ。あの時からおまえの様子は変だった。何が気になったのかは教えてくれなかったが」

「君は刑事だからな、不確かなことはいえなかった。軽はずみな発言で、誰かに迷惑がかかるのは本望じゃない」

「それはわかったから、何が引っ掛かったのかを早く教えてくれ」

湯川はパソコンを操作した。画面に映し出されたのは、問題の写真の一枚だ。ロッキングチェアに座った被害者を斜め横から撮影している。

「僕は銃には詳しくないが、散弾銃を至近距離で撃った場合、被害者の受ける衝撃はどの程度のものだろう」

意外な質問だった。草薙は腕組みをした。

「そりゃあ、かなりのものだろうな。正確なことはわからんが。小さなピストルでも、近くから撃たれたら、どーんと突き飛ばされたような衝撃があるという話だ」

うん、と湯川は頷き、パソコンを指した。

「被害者はロッキングチェアに座っていた。ロッキングチェアは前後に揺れる構造になっている。さて、その状態で散弾銃で撃たれたらどうなるか。それは君でもわかるんじゃないか」

草薙は写真を見つめた。

「椅子は後ろに傾く」

「その通りだ。かなり大きく傾くだろう」

わかった、と草薙はいって指を鳴らした。

「大きく傾いて、そのまま倒れる。つまりおまえは、椅子が倒れていないのはおかしいといいたいわけだ」

だが湯川は、かぶりを振った。

「いや、高級なロッキングチェアというのは、じつによくできていて、どんなに傾けようとも倒れることはまずない」

「何だ、そうなのか。だったら、別に問題はないじゃないか」

湯川は口元を緩めた。

「後ろに大きく傾いた後、椅子はどうなる？」

「どうなるって、そりゃあもちろん今度は前に……あっ」

「どうやら、いいたいことがわかったようだな」湯川は写真を指差した。「後ろに傾いた反動で、椅子は勢いよく前に戻ろうとする。これはロッキングチェアの利点の一つでもある。老人でも、この反動を使えば、深く座っていても立ち上がりやすいんだ。しかしもし座っているのが生きている人間ではなく、即死した死体ならどうか」

「椅子が前に戻った勢いで、身体が投げ出される……」

「そういうことだ」湯川は上着のポケットからメモ用紙を出してきて、テーブルに置いた。数式が書き殴られている。「写真を元に、椅子の形状や重量、被害者の身長や体重を類推して、ざっと計算してみた。その結果、どう考えても死体がロッキングチェアに座ったままだというのはおかしいと判明した。今、君がいったように、前に投げ出されていなければならない」

「じゃあ、どうしてそうなっていなかったんだ。犯人の仕業か」

「それも考えられるが、可能性は低い。犯人になったつもりで想像してみてくれ。銃で撃つ。被害者の身体は椅子ごと後ろに大きく傾く。そして今度は勢いよく自分に向かってくる。思わずよけるのがふつうの反応だろう」

情景を頭の中に描き、草薙は頷いた。

「たしかにその通りだ。すると、どういうことだ」

「状況から考えて、被害者が別の場所で射殺され、ロッキングチェアに座らされたという可能性はかぎりなく低い」

「その点は俺も保証する。出血の量が半端じゃなかった。死体を動かしたなら、すぐにわかる」

「被害者は座った状態で撃たれた。しかし身体は椅子に残ったまま。この矛盾を解決できる答えは一つしかない。撃たれても、ロッキングチェアは殆ど揺れなかった、ということになる」

「何かが椅子の後ろに引っ掛かってたとか?」

湯川はパソコンのタッチパッド上で指を動かした。何枚かの写真が続けて表示された。

「君が撮った写真を見るかぎりでは、椅子の揺れを妨げるようなものは見当たらない」

「うん、俺が見た時には、そんなものは何もなかった」

「被害者は間違いなく椅子に座った状態で撃たれた。銃弾が身体に当たった衝撃を受けても、椅子は揺れなかった。それはなぜか。銃弾を浴びると同時に、別の力を反対側に受けたからだ。具体的にいえば、身体を前に引っ張る力だ」

「前に？　犯人が引っ張ったのか」

「犯人がそんなことをする理由があるか。それに犯人の両手は銃で塞がっている」

「じゃあ、どういうことだ。勿体ぶらずに教えてくれ」

湯川は少し考える顔をしてから口を開いた。

「草薙は射撃の腕前はどうなんだ。撃ったことはあるんだろ」

「射撃？　あまり得意じゃねえな。定期的に訓練はさせられるが」

「だったら、銃を撃った時の反動の大きさは知ってるな」

「もちろんだ。危うく肩を痛めそうになったこともある」そういってから草薙は眉間に皺を寄せた。「それとどういう関係がある」

「銃弾を発射した瞬間、反作用で銃には後ろ向きの大きな力が加わる。では仮に、撃たれる人間が、その銃を摑んでいたらどうなるだろう？」

えっ、と草薙は目を見開いた。

「銃弾を受け、被害者の身体は後ろ向きに押される。一方、銃は、それとは反対側に飛ばされる。その銃を摑んでいたら、双方の力が打ち消し合って、結果的に被害者の身体はその場に留まることになる」

「銃を摑むって、それは……」

「回りくどい言い方はやめておこうか」湯川は真顔になって続けた。「銃を撃ったのは被害者自身。おそらく足の指を使って引き金を引いたのだと思う。つまり、自殺だということになる」

草薙は大きく息を吸った。そのままでしばらく停止した後、ふうーっと吐き出した。

「まさか。それはないだろ」

「どうして？ それ以外に、死体がロッキングチェアに座ったままだったことについて説明がつくかい？ 別の説があるならいってみてくれ」

草薙は鼻の上に皺を寄せた。

「そんなこと、俺にできるわけないだろ。じゃあ、自殺だとしよう。その場合、夫人のほうはどうなる。まさかあっちも自殺だとかいうんじゃないだろうな」

「そうはいわない。手で自分の首を絞めて死ぬのは至難の業、というより不可能といっていい。だが武久氏の死が自殺であった以上、夫人の死についても疑うべきだ。あるいはこういう言い方をしてもいい。夫妻の死は、ある一人の人物の意思によるものと考えるのが合理的だ、と」

湯川のいわんとしていることが草薙もわかった。

「武久氏が夫人を殺したってことか」

「それが最も妥当な推理だろうな。武久氏は妻を絞め殺した後、銃で自殺したんだ。要するに今回の事件は、心中だったわけだ。夫人が抵抗している形跡があるようだから、無理心中の疑いが濃い」

「待て。だったら、あれはどうなる。銃が庭に放り出してあったことは」

湯川は、すました顔で頷いた。

「それについては最初から不自然だといっただろ。不自然なはずさ。捜査を攪乱するための偽装工作だったんだ」

「誰かが銃の位置を変えたと……」

「それしか考えられない。問題は、誰がやったのかということだが」

可能性のある人間といえば、一人しか思いつかない。

「桂木多英さんが？　何のために？」

「問題はそこだ。何のためだと思う？」

「心中事件を強盗殺人事件に偽装するメリットか」草薙は考え込んだ。やがて、すぐに一つの可能性が浮かんだ。「そうか、それで話題性のことを訊いたのか」

「御明察。もしかしたら、そういう大事件の被害者となれば、作詞した曲が再評価されるのかと思ったが」

「そんなことはまるで期待できないという話だったな。逆にイメージダウンになるとか」

「いわれてみればその通りだと思った。そこで次の可能性として考えたのが――」

「生命保険か」

「その通り。生命保険に加入していても、心中の場合は保険金は支払われないと聞いたことがある」

「被保険者故殺免責というやつだ。合意の上での心中だろうと無理心中だろうと、保険金が支払われることはない。だけど多英さんの話では、武久氏も亜紀子夫人も生命保険には加入していなかった」

「あの話はたぶん嘘ではないだろう。調べればわかることだからな。さあそうなると、単なる無理心中を殺人に見せかける目的は何か」

「殺人事件となれば、警察からあれこれ訊かれるだろうし、煩わしいことも増えるはずだ。犯人はいないんだから、当然捜査は長引く。そんな不愉快な思いをしてまで事件を偽装する意味があるのか」草薙は頭を掻きむしった。「俺には思いつかんな。逆ならわかる。殺人事件の犯人が、現場を心中事件に見せかけるっていうのならな。今回のケースでいうと、武久氏を射殺した後、亜紀子夫人を扼殺した犯人が、さも無理心中のように偽装するわけだ」

すると湯川は、そこだ、といった。「今君は、武久氏を射殺した後、亜紀子夫人を扼殺した、といった。なぜその順番なんだ」

「そりゃあ、夫人の首に血が付いていたからだ。おそらく武久氏の血だ。だったら、武久氏が先に殺されてなきゃおかしい」

草薙の言葉に、湯川は満足そうな笑みを浮かべた。「そこなんだ、重要な点は」

「何だ、一体」

湯川は人差し指を立て、「大事なのは、順番なんだ」といった。

8

「心中事件を殺人事件に見せかけるメリットは何か。それがどうしてもわからなかった。じつは僕は大きな勘違いをしていたんです。あなたは別に殺人事件に見せかけたかったわけじゃない。心中事件のままで目的が果たせるなら、それが理想的だった。そうですよね」

穏やかな口調で語る湯川の声が、静まり返ったロビーで響いた。実際にはさほど大きな声ではない。むしろ控えめだ。響いて聞こえるのは、言葉の一つ一つが多英の心を揺さぶるからに違いなかった。

しかし不思議に狼狽はしていなかった。胸中を諦念が支配しつつある。ロッキングチェアに死体が座ったままなのが不可解——考えもしなかったことだ。こんなことに気づく人間がほかにいるだろうか。

「どうぞ、続けてください」彼女はいった。

湯川は小さく頷いてから唇を動かした。

「あなたが偽装したかったのは、二人が死んだ順番ですね。武久氏が亜紀子夫人を殺害した後、銃で自殺——これではあなたにとって都合が悪かった。何とかして、順番を逆にする必要があった。そこで仕方なく、架空の殺人犯を作りだし、武久氏を射殺した後、亜紀子夫人を扼殺したというふうに偽装したんです。順番が大切だったから、夫人の首に武久氏の血を付着させた。違いますか」

柔らかい笑顔で尋ねられ、多英は肩の力が抜けるのを感じた。

「なぜ順番が大切なんですか。父と母のどちらが先に死のうとも、子供には関係ないじゃないですか」おそらくこの学者はすべてを見抜いているのだろうと思いつつ、多英は少しだけ抵抗してみることにした。

「その子供が」湯川はいった。「二人の実の子供なら、その通りです。順番は関係ありません。でもそうでないなら話は変わってきます」

この言葉を聞き、多英は大きく深呼吸した。やはり、ここまで見通されていた。覚悟していたことだったので、狼狽せずに済んだ。

「あたしが二人の実の子供ではないとおっしゃるのですか」

「そのように推理しました。では逆にお尋ねします。あなたは武久氏の正式なお子さんですか。ここで嘘をついても無駄ですよ。すぐに確認できることです」

ふうっ、と多英は息を吐いた。何か言い逃れを考えようとしてやめた。湯川のいうように、すぐにわかることだ。

「おっしゃる通りです。あたしは母の連れ子でした。六歳の時、母が再婚しました」

「やっぱりね。さっき僕が才能の遺伝について触れたところ、あなたは気詰まりな顔をされました。あの時に血の繋がりはないと確信しました。問題は武久氏と養子縁組がされているかどうかですが……」

　していません、と多英は答えた。

「名字は桂木を名乗りました。姓の変更を家庭裁判所に申し立てたんです。でも養子縁組はしていないので、あたしとあの人との間に法的な親子関係はありません」

　敢えて、あの人、といった。父、ではなく。

　湯川は、ゆっくりと首を縦に動かした。

「親子関係がなければ相続権もないことになる。あなたが武久氏の遺産を相続できる条件はただ一つ、武久氏が亜紀子夫人よりも先に死ぬこと。そうすれば、氏の財産は一旦夫人に相続される。夫人とあなたとは当然親子関係があるわけだから、次に夫人が死ねば、すべての財産があなたの手に渡る」

　多英は唇をほころばせていった。

「あの人は母と結婚した後、自分の子供がほしくてたまらない様子でした。その子に、自分の全財産を譲りたかったみたい。だからあたしを養子にはしなかったんです」

　湯川は肩をすくめ、首を傾げた。

「おかしな話だ。結局子供はできなかったんだから、何の意味もない」

「あの人はそういう人だった、ということです。でも湯川さん」多英は物理学者の端正な顔を見つめた。「あたしに事件現場を偽装する動機があったとして、それを実際にやったという証拠はないんじゃないですか。遺体がロッキングチェアに座ったままだというのは、もしかしたら物理的に不思議なことかもしれませんけど、偽装工作の証拠にはならないんじゃないですか」

「おっしゃる通りです」湯川は口元を緩めた。「でもあなたは一つ、大きなミスをしてしまいました」

多英は顎を引き、上目遣いに学者を見た。「何でしょうか」

湯川はパソコンを操作し、モニターに一つの画像を出した。ボルボとアウディが並んで止まっている写真だ。「これです」

「それが何か」

「よく見てください。ボルボのナンバープレートに泥が付いている。この泥は、いつ付いたものだと思いますか」

「そんなの、あたしにわかるわけないじゃないですか」

「そうでしょうか。隣にバックで駐車しただけなら、泥は後方に飛ばない。泥の付着は、このボルボのすぐ前でほかの車が急発進したことを示しています。そしてそれをするには、その車は一旦、ボルボの横のスペースに侵入しなければならない。となれば時間は特定できます。泥が付いたのは、雨が降り始めた午後二時前から、あなたが最後にアウディを止めた午後七時過ぎまでの間です。一体誰があそこに車を止めたのでしょう。犯人だとは思えない。草薙の見立てによれば、死亡推定時刻はもっと前です」

多英は、はっとした。するとあの時か。たしかにあわてていた。急発進したかもしれない。アウディのタイヤが泥をはね飛ばしたかもしれない。

「あなたはもっと早い時間、おそらくチェックインした直後に一度別荘へ行っている。そして二人の遺体を発見した。しかしすぐには通報しなかった。いくつかの偽装工作をした後、車で別荘を出た。泥は、その時に付いたものです。ホテルに戻ったあなたは、夕食後に改めて別荘を訪れた。そうですよね」

多英は背筋を伸ばした。せめて、うろたえた姿は見せたくなかった。

「あたしが二度別荘に行ったという証拠がありますか」

「おそらく見つかるでしょう。駐車スペースにはタイヤ痕がたくさん残っているはずです。雨の降り始めと本降りになってからでは、タイヤ痕の付き方が違います。一度目に別荘に行った時、それを消しましたか。消してないなら、アウディが時間を置いて二度駐車されたことは証明できると思います」

湯川の指摘に多英は絶句するしかなかった。自分の愚かさが情けなくなった。

それに、と物理学者は続けた。

「日本の警察は優秀です。科学捜査の技術だって、驚くほどに進んでいる。たとえば夫人の首に付着している血痕ですが、武久氏のものであることは、たぶん間違いないでしょう。しかしどういう状態で付着させられたかは、問題になると思います」

その意味がわからないので多英が黙っていると、時間です、と湯川はいった。

「もし何者かが武久氏を射殺した後、夫人を扼殺したのなら、その首に付着した血は、出血からあまり時間が経っていないもののはずです。二人は同じものを食べているでしょうから、消化状態から死亡推定時刻はかなり正確に割り出せる。二人が死亡した時刻にずれはないのに、夫人の首に付着している武久氏の血が、凝固開始から時間が経った後に擦りつけられたものと判明すれば、何らかの偽装工作が行われたのではないかと警察は疑うでしょう」

彼の淡々とした語りからは、多英を追いつめようという気配は伝わってこなかった。理詰めで駒を置いていけば、いずれは相手が投了するだろうと確信している余裕があった。

多英は、ふっと息を吐いた。「ほかにも証拠が？」

「おそらく見つけるでしょう、警察は」湯川はいった。「扼殺とは、素手で首を絞めることです。詳しく調べれば、絞めた時の指の位置などもわかります。そこから手の大きさや形を類推できますし、皮脂が付着していれば、犯人のDNA鑑定だって可能です。昭和の時代とは違うのです。素人の偽装など、簡単に見抜かれてしまいます」

多英は笑みを浮かべていた。自らの浅はかさを嘲《あざけ》るのと同時に、どこかほっとした気持ちが含まれていた。

もしかしたら、と呟いた。「うまくいくんじゃないかって思ったんですけど」

「ラウンジで草薙に、犯行内容について質問したそうですね。警察が事件をどのように見ているか、確認したかったんでしょう？　草薙が話した内容は、あなたの狙い通りだったので、安心したんじゃないですか」

「おっしゃる通りです」

「残念ながら、警察はそんなに甘くありません」湯川は、子供にいい聞かせるような表情になった。「仮に僕が進言しなくても、あなたと武久氏の間に親子関係がないことは、いずれ判明する。そうなれば警察は、二人が死んだ順番を徹底的に明らかにしようとするでしょう。はじめから成功する可能性が極めて低い犯行だったといわざるをえません」

多英は小さく頭を振った。「馬鹿みたいですね……」

「無理心中の動機に、心当たりはあるんですか」

「ええ……母の男性関係が原因だと思います」

湯川の片方の眉がぴくりと動いた。「浮気を？」

「浮気というには、あまりにも関係が深すぎました。相手は鳥飼さんです」

「鳥飼さんというと例の……」

「弟子だった人です。関係は十年以上続いていたはずです」

「武久氏は、いつ二人の関係に気づいたんですか」

多英は笑みを浮かべていた。「たぶん最初からです」

「最初から？　まさか」

「嘘だと思われるでしょうけど、本当なんです。あの人……桂木武久は、妻の不貞を見て見ぬふりをしていました」

「それには何か理由が？」

「ええ。でも、そこまではお話ししたくはありません」

湯川は、あっと小さく声を漏らした。「すみません。立ち入ったことまで訊いてしまいましたね」

いいえ、といって多英はバッグを引き寄せた。中に入っているハンカチを出したかった。今にも涙が滲み出しそうだったからだ。しかし目元をぬぐうところを湯川に見られたくなかった。

やはり、といって湯川が立ち上がった。「何か飲み物を買ってきましょう。冷たいものがいいですか。それとも暖かいものが」

多英は小さく空咳をし、顔を上げた。「じゃあ、暖かいものを」

わかりました、といって湯川は歩きだした。気をきかせてくれたのだろう。

多英はバッグからハンカチを出し、目尻に押し当てた。ふと、誰のための涙だろうと思った。武久や亜紀子の死を悲しむ気持ちなど微塵もない。亜紀子にしたって自業自得だ、という思いが強い。

いつ頃から武久のことを「お父さん」と呼ぶようになったのか、多英には明確な記憶がない。小学生の時には、そう呼ぶことに何の抵抗も覚えなくなっていた。ただし、この人はお母さんの旦那さんだけど自分の本当の父親ではない、という思いは常に頭の片隅にあった。なぜそのことが頭から離れないのか、その時はわからなかった。

亜紀子と鳥飼の関係に気づいたのは、多英が十三歳の時だった。武久が外に仕事場を借りるようになってから一年以上が経っていた。その日、体調が悪くて学校を早退した多英は、自宅の寝室から鳥飼が下着姿で出てくるのを目撃してしまったのだ。ドアの隙間からは、亜紀子がベッドで上半身を起こすのが見えた。彼女は全裸だった。

鳥飼は狼狽《うろた》えることも悪びれることもなかった。苦笑いを浮かべて寝室に戻ると、亜紀子と何やらぼそぼそと言葉を交わし始めた。多英は自分の部屋に駆け込んだ。頭が混乱し、どうしていいのかわからなくなった。

やがて亜紀子が部屋にやってきて弁明を始めた。その内容は、二人の関係は武久も承知している、というものだった。

「あの人、何年か前に病気をしたでしょ？　あれ以来、あっちのほうがまるでだめになっちゃったのよ。まあ、歳だしね。だから、私が誰と何をしようが文句をいえないの。夫としての役目を果たせないんだから当然でしょ。それに、あの人が今も作詞家としてやっていけるのは鳥飼さんのおかげ。鳥飼さんに見放されたら、仕事の依頼なんて来なくなる。それが自分でもわかっているから、見て見ぬふりをしているの。だからあなたは何も気にしなくていい。今日のことは見なかったと思えばいい。わかった？　わかったわね」

とても承伏できる話ではなく、多英は俯いて黙っていた。するとそれをどう解釈したのか、亜紀子はさっさと部屋を出ていってしまった。間もなく、「大丈夫、ちゃんといい聞かせたから」と鳥飼に話しているのが聞こえてきた。

その日以降、鳥飼の姿を家の中で見ることはなくなった。だが二人の関係が終わったわけではないことは、亜紀子の様子を見ればわかった。武久の留守中、入念に化粧をした母親がいそいそと出かけていくのを多英は何度も目にした。

一方で亜紀子は、外部の人間に対しては、献身的な妻という役どころを見事に演じていた。彼女は武久と別れることは全く考えていない様子だった。最近でこそあまり売れなくなったが、若い頃に大ヒットをいくつも飛ばしたことで、彼にはそれなりの資産があった。また武久のほうも離婚を切り出すことはなかった。彼の作品には家族愛を素材にしたものが多い。またそういうテーマでのトーク番組への出演依頼が来ることもある。円満で理想的な夫婦というイメージは、仕事上、不可欠といえた。

だが表面が美化されるのと対照的に、家の中は冷えきっていった。そして多英が十五歳の夏、決定的なことが起きた。夜、自分の部屋で寝ていると、武久が入ってきたのだ。それだけでなく、無言でベッドにもぐりこんできた。アルコール臭い息が顔にかかった。

その夜、亜紀子は友人との旅行に出ていた。もちろん、実際の相手は友人ではなく鳥飼だったのだろう。

多英は武久に無理矢理キスをされた。口の中に舌までねじ込まれた。さらに彼は、彼女の下着の中に手を入れてきた。

驚きと共に、とてつもない恐怖心が襲ってきた。身体を動かせず、声も出せなかった。だが頭の中が真っ白になりつつ、瞬間的に理解したことがあった。

ああ、そうなんだ。

この人は、あたしにとって他人なんだ。この人にとっても、あたしは他人なんだ。だからあたしを見る目も、実の子供に対するものじゃない。そういうことが、昔から何となくわかっていたから、あたしは心の底からこの人を父親だとは思えなかったんだ。

そして今、あたしは仕返しをされている。これはきっと妻の裏切りに対する武久の報復なのだ。だからあたしは抵抗してはいけないんだ。

武久は多英の顔を舐めながら、全身を撫で回した。その間、多英は身体を固くしてじっと耐えていた。悪夢の時間が過ぎ去るのをひたすら待った。

やがて武久はベッドから出た。最初から最後まで無言だった。彼は性行為には及ばなかった。亜紀子がいったように身体がいうことをきかなかったのだろう。

部屋のドアが閉まる音を聞いた後も、多英はしばらく指先ひとつ動かせなかった。放心状態だった。

このことは亜紀子にも話せなかった。学校から帰るとすぐに部屋にこもり、武久とは極力顔を合わせないようにした。彼のほうも、明らかに彼女を避けていた。殆どの時間を仕事場で過ごすようになり、帰らないことも多かった。

滑稽なのは、そんな二人の変化に、張本人である亜紀子がまるで気づいていないことだった。彼女は相変わらず不倫を続け、外では良妻賢母を演じていた。

多英は大学進学と同時に独り暮らしを始めた。一生、武久や亜紀子と会わなくてもいいと思ったが、たまに開かれるホームパーティにだけは渋々顔を出した。亜紀子にしつこく頼み込まれたからだ。その場では多英も円満な家族の一員を演じた。

盗作問題の真偽について、多英は本当のことを知らない。だがおそらく武久の言い分が正しいのではないかという気がしている。鳥飼と亜紀子は、どうせ武久は抗議などしないだろうとたかをくくっていたに違いない。

だから武久が鳥飼を別荘に呼び出したと聞いた時、多英でさえも意外に思った。まともな話し合いになるのだろうかと首を傾げた。

同席してほしいと亜紀子から電話で頼まれたのは事実だ。だが多英は即座に断った。自分には関わりのないことだといった。すると亜紀子は、こんなことをいいだした。

「お願いだから、来て。何もしなくていい。いてくれるだけでいいの。あの人、何だか様子がおかしいの。妙に優しいのよ。もしかしたら変なことを考えているのかもしれない」

「変なことって？」

亜紀子は一拍置いた後、「私と鳥飼さんを殺す気かも」といった。

「まさか」

「だって、そんな気がするのよ。とにかく来てちょうだい。あなたがいれば、あの人だって変なことは考えないと思うから」

「いやだ、そんなの」多英は電話を切った。電源もオフにした。

馬鹿馬鹿しいと思った。とても付き合いきれない。

だが時間が経つにつれ、不安になってきた。亜紀子は元々大げさな物言いをするのだが、いつも以上に言葉に切迫感があった。それに今までの経緯を振り返ると、あながち考えられないことでもない。

迷った末、アウディに乗り込み、別荘に向かった。だが泊まる気などなかった。同じ屋根の下に武久がいると思うと、眠れるわけがない。いつものようにホテルを利用することにした。

そして別荘での、あの惨状を目にした。その瞬間、武久の真意を悟った。彼は亜紀子を殺して自分も死ぬことで、すべての決着を計ることにしたのだ。

すぐに警察に通報しようと思った。実際、携帯電話を手にした。だがボタンを押す前に混乱した。

警察には、どのように説明したらいいだろう。両親が心中した？　いや、違う。母親と、母親の夫が心中した？　それも違う。母親は殺されたのだ。だから無理心中だ。まず母親が彼女の夫に殺され、その夫が猟銃で自殺を——。

そこまで考えた時、不意に冷静になった。携帯電話から顔を上げ、改めて二つの死体を見つめる余裕さえあった。

このまま通報すれば、一体どうなるんだろう。


遺産相続について、亜紀子から話を聞かされたことがある。極秘の企みを話すように、母は声をひそめていった。

「多英は、あの人と養子縁組してないから、今のままじゃ遺産はもらえない。だから私は何が何でも長生きするからね。少なくとも、あの人より先には死なない」

その時の話を思い出した。このままだと遺産は入ってこない。

そんなものはどうだっていいじゃないか、という気持ちはあった。遺産をほしいなどと思ったことは一度もなかったのだ。だがロッキングチェアの上で死んでいる小男を見つめているうちに、別の考えが湧いてきた。

これでおしまいにしてしまっていいのか。

あの夜から十年以上が経つ。この男がどれほど苦しめられたかは知らないが、自分の比ではないと思った。眠れない夜をどれほど過ごしたか。眠れたとしても、悪夢で目を覚ました回数は計り知れない。大人の男性に近づくと動悸がし、全身から汗が出た。まともに口をきけるようになるまで、どれほどの密かな訓練が必要だったか。

このままでいいわけがない。自分は償いをしてもらっていない。

だから現場を偽装することにした。二人が死んだ順番を逆に見せかける。

遺産が欲しいんじゃない。これは、自分が当然受け取るべき慰謝料を得るための手続きだと思った。

偽装工作を終えた後、一旦ホテルに戻ることにした。できれば死体発見の役割は鳥飼にやらせたかった。彼が警察に疑われるようなことになれば幸いだ。偽装工作は、ますます見破られにくくなるだろう。

だが鳥飼は来なかった。その時点で計画は破綻していたのかもしれない。

足音で我に返った。湯川が近づいてくるところだった。両手に缶を持っている。

「ココアとミルクティーとスープがあります。どれがいいですか」

「じゃあ、ミルクティーを」

はい、といって湯川が缶のひとつを差し出してきた。多英は受け取った。缶は熱いほどだった。

「考えたんですが」湯川はいった。「武久氏によって、あなたは実のお母さんを殺されています。そのことによる有形無形の損失は計り知れない。つまりあなたは武久氏に、損害賠償を請求できるのではないでしょうか」

多英は意外な思いで湯川の顔を見返した。こんなことをいいだすとは思えなかった。

いかがですか、と彼は訊いてきた。どうやら冗談でいったわけではなさそうだ。

「良い考えかもしれませんね。でもそれをする以前に、まずあたしが裁かれないと」多英はいった。「あたしのやったことは、どういう罪になるんでしょうか。詐欺罪かな」

湯川はココアのプルタブを引き上げ、一口飲んでから口を開いた。

「明日の朝にでも熊倉署長にいえばいいじゃないですか。気が動転していて、間違ったことを話してしまった。銃は暴発が怖かったので自分が庭に捨てた。その手で、つい母親の首筋に触れてしまった、とでも。正式な供述調書が作られているわけじゃない。まだいくらでも修正は可能です」

多英は瞬きし、ミルクティーの缶を両手で握りしめた。

「でも、あなたのお友達は警察官なのに……」

だから、と湯川はいった。

「彼は、ここには来ていないんです。同席させると、いろいろとまずいことがある」

つまりあの草薙という警視庁の刑事も、この決着に同意してくれているということか。

多英は胸の奥が少し熱くなるのを感じた。

どうして、と彼女は訊いた。「どうして助けてくださるんですか」

湯川は微笑み、頷いた。

「傘のお礼です。あなたの助けがなければ、僕たちは友人の結婚式の間中、くしゃみをすることになったでしょう」そういうとココアを飲み、顔をしかめた。「少し甘過ぎる。砂糖は半分でいい」

多英はミルクティーの缶を横に置き、バッグからハンカチを出した。再び涙が出てきたからだ。誰のための涙なのか、ようやくわかった。暗い闇から脱出できた自分に対する労《ねぎら》いの涙なのだ。

もう明日からは何も演じなくていい。何も装う必要がない。そう思うと心に羽が生えたような気がした。

第七章　演技る

えんじる

1

死者の網膜はどうなっているのだろう。

人間の目も所詮カメラと同じだと聞いたことがある。ならば死者の網膜を科学的に分析すれば、その人が最後に見た映像がどのようなものだったのかもわかるのではないか。現代の科学では無理だとしても、いずれそんなことが可能になる日が来るのではないか。

駒井良介の灰色の顔を見つめながら、敦子はぼんやりとそんなことを考えた。彼の目は天井に向けられていたが、最後に見た光景は違っていたはずだ。刃物を持って突進してくる女の狂ったような形相だったか。

どんっ、どんっ、と鈍い破裂音が遠くから響いた。花火の音だ。さっきからずっと間断なく聞こえ続けていたはずなのに、今ようやく耳に届いた。

敦子は視線を手元に移した。手袋を嵌めた両手でナイフの柄を握りしめていた。その刃は駒井の胸に深々と突き刺さっている。

現実感はまるでなかった。ほんの数時間前、駒井は稽古場で生き生きと動き回ってい
た。何をやってるんだ、そんな声じゃ客の心を一ミリだって動かせないぞ——役者以上
に張りのある声が稽古場に響いた。

ところが今、駒井の心臓は止まっている。二度と動くことはない。

刺したのは自分だ、自分が彼を殺したのだ——心の中で何度も繰り返した。

もう一度、駒井の顔を見る。彼の表情は変わっていない。能面のように弛緩している。
すべてを諦めたような顔だ。生きていた時には見せなかった表情だ。

柄から手を離した。ナイフは駒井の胸に突き刺さっている。それは小さな山に立てら
れた十字架のように見えた。

敦子は周囲を見回した。黒い携帯電話が足下に落ちていた。手袋を嵌めた手を伸ばし、
拾い上げた。発信履歴と着信履歴を確認する。最新の着信は、『神原敦子』となってい
る。削除したいところだが我慢するしかない。どうせ警察は携帯電話の会社に詳しい履
歴を請求するだろう。

着信の二番目は『工藤聡美』だった。今日の午後七時十分。そして発信の一番新しい
ものも、『工藤聡美』だ。こちらは昨日の午後十時過ぎだ。

次に登録番号のリストを表示させた。『あ行』の一番上には『青野』という名前があ
った。その下は『秋山』で、そのさらに下が『安部由美子』となっていた。敦子はボタ
ンを操作し、『青野』と『秋山』のデータを消去した。これで『安部由美子』が一番上

になった。

メールもチェックしてみた。未読のものはない。送信メール、受信メールに目を通した。当然のことだが、工藤聡美とのやりとりが圧倒的に多い。最近のものをいくつか読んだ。どれもこれも中身が空っぽだ。吐息をついた。たとえ名演出家でも、私生活は俗物そのものだ。一時でもこんな男に夢中になった自分が情けなかった。

どんっ、とまた花火の音が届いた。

ふと思いついたことがあり、携帯電話を手にして天井を見上げた。吹き抜けだが、一部がロフトになっており、北と東に大きな窓がある。

敦子は壁に沿って設置されている階段を上がっていった。

予想通りだった。北側の大きな窓から、色鮮やかな花火が見えた。夜空に輝いてから、少し遅れて音が聞こえる。

敦子は携帯電話のカメラ機能を使い、花火を撮影した。写真に記される日付と時刻が、捜査の攪乱に少しでも役に立ってくれれば幸いだ。

一階に下りるとビニール袋に駒井の携帯電話を入れ、自分のバッグにしまった。代わりに、用意しておいた別の携帯電話を取り出した。駒井のものと色は似ているが、形は微妙に異なっている。だが一見しただけでは、違いに気づかないだろう。

仰向けになった駒井の左腕を持ち上げた。軽く肘を曲げ、その手に偽の携帯電話を握らせようとした。ところが指がうまく曲がってくれず、携帯電話は彼の腋のあたりに落ちた。仕方なく、そのままにしておいた。

すべての作業を済ませると、改めて室内を見回した。ここから先、敵は警察だ。生半可な演技では通用しない。物証だけは消しておかねばならない。指紋などは論外。

大丈夫と判断し、外の様子を窺ってから家を出た。元は倉庫だっただけに、人通りなど殆どない。それでも顔を伏せたままで歩いた。幸い、表通りに出るまで誰かとすれ違うことはなかった。

時計を見ると、午後八時四十分だ。急がねばならない。タイミングよく現れたタクシーに手を上げた。

車に乗り込み、運転手に行き先を告げてから手袋を外そうとした。だが今頃になって指先が震えてきて、少し手間取った。

窓ガラスに映った自分の顔を見て、ぎくりとした。目つきがあまりにも険しい。手で頬をマッサージし、口を大きく動かしてから笑顔を作った。何やってるのよ、あなた、女優でしょ――自分にはっぱをかけた。

九時ちょうどに、待ち合わせ場所である喫茶店に到着した。窓際のテーブルに、文庫本を読む安部由美子の姿があった。

「ごめんなさい。待った？」向かい側の席につきながら尋ねた。

由美子は笑みを浮かべ、かぶりを振った。「いえ、あたしも今来たばかりです」

ウェイトレスが近寄ってきたので、二人で飲み物を注文した。敦子はコーヒーで、由美子は紅茶だ。

「悪いわね。みんなと花火を見てたんじゃないの？」

「いえ、あたしは行かなかったんです。それで……衣装を変更するっていうのは、どういうことでしょうか」

「まだ決定したわけではないの。ついさっき駒井さんと電話で話してて、そういう選択肢もあるってことになったのよ。それで由美子ちゃんの意見も聞いておこうと思って」

「あ……そういうことですか」

「どうかな。やっぱり今からだと難しい？」

「全く無理ってことはないですけど、やっぱり程度問題だと思います。手作りのものは何とかなるでしょうけど、業者に発注しているものなんかは、もしかしたら難しいかも」

たとえば、と由美子の説明が始まった。

彼女の話を聞きながら、敦子は時間を気にしていた。死体の状態は刻一刻と変化するだろう。あまりここで時間をかけたくはなかった。

飲み物が運ばれてきた。由美子の話が途切れたので、ちょっとごめんなさい、といって敦子はトイレに立った。個室に入って鍵をかけると、バッグからビニール袋に入れた駒井の携帯電話を取り出した。

まずは発信履歴から工藤聡美の番号を選び、発信ボタンを押した。繋がる気配があり、呼出音が鳴りかけたところで電話を切った。次に着信履歴から敦子の番号を選び、同様のことをした。最後に登録リストから安部由美子の番号を選んだ。その状態で携帯電話をバッグに入れ、席に戻った。

「ごめんなさい。ええと、どこまで聞いたっけ」

「今後のスケジュールのことです」

安部由美子はメモを見ながら話の続きを始めた。怪しんでいる様子はまるでなかった。

「——という状況なんですけど」由美子の説明が一段落した。敦子の意見を求めるように上目遣いしてくる。

「そうねえ……」コーヒーを一口飲むと、テーブルの下でバッグに手を入れ、携帯電話を手で探った。「そういうことなら、主役クラスの衣装については変更しにくいわねえ」発信ボタンを押した。「諦めたほうがいいかな」

「どうしてもということなら、業者に頼んでみることもできますけど」由美子がそういった時、傍らに置いたバッグから着信音が聞こえてきた。彼女はバッグを引き寄せ、中から携帯電話を取り出した。あっ、と小さく声を漏らす。「駒井さんからです」

「出てちょうだい。衣装のことだと思う」

由美子は頷き、電話を耳に当てた。「はい、安部です」

だが次の瞬間、彼女は怪訝そうに眉をひそめていた。

「もしもし？　あれ？　駒井さん？」

「どうしたの？」

由美子は電話を耳から離し、首を捻った。「何も聞こえないんです」

「電波が悪くて切れちゃったんじゃないの？」

「そういう感じじゃなくて、電話は繋がっているように思うんです。物音がかすかに聞こえるし」由美子は改めて電話を耳に押し当てている。

かすかに聞こえる物音とはほかでもない。ここでのやりとりを、敦子のバッグに入っている駒井の電話が拾っているのだ。

「一度切って、こっちからかけ直してみたら？」

「そうします」由美子はボタンを操作し、再び電話を耳に当てた。

駒井の電話は着信音が鳴らないように設定してある。敦子はコーヒーカップを手にした。

「どう？」

「だめです。呼出音は鳴ってるんですけど……」

「そのうちに、またかかってくるんじゃない？」

「そうですね」由美子は電話を切った。何かを疑っている様子はなかった。

その後、三十分ほど衣装についての打ち合わせをした。といっても大半は確認ばかりで、さほど意味のあるものではなかった。

「お疲れ様。わざわざ申し訳なかったわね」喫茶店を出てから敦子はいった。

「とんでもないです。いつでも呼んでください」

「駒井さんにも報告しておいたほうがいいわね」敦子は自分の携帯電話を出すと、画面を見てから驚いた表情を作った。「あれっ……」

「どうしたんですか」

「駒井さん、私のところにも電話をかけてたみたい。着信がある。午後九時十三分。全然気がつかなかった」

「あっ、じゃあ」由美子も自分の携帯電話を出してきた。「あたしにかかってくる直前です。神原さんが電話に出ないので、あたしのほうにかけたんじゃないでしょうか」

「何なのかしらね」敦子は駒井の携帯電話にかけた。無論、繋がるわけがない。「だめ。やっぱり出ない」

「変ですね。最初にかかってきた電話も気になるし」

「そうよねえ」

二人で顔を見合わせた後、敦子は口を開いた。

「ねえ、これから一緒に駒井さんの部屋に行かない？　様子を見に行ったほうがいいような気がする」

「あたしもそれがいいと思います」由美子は真剣な目つきで承諾してくれた。

タクシーを捕まえ、ここへ来る時とは逆の経路を辿った。

駒井の家の前でタクシーから降りた。由美子と二人でドアの前に立つと、インターホンのチャイムを鳴らした。無論、反応はない。それでも敦子は意外そうな顔を作り、由美子に向けた。「こんな時間に、どこへ行ったのかな」

さあ、と由美子は首を捻る。

敦子はもう一度チャイムを鳴らし、数秒間待ってからいった。「……寝てるってことはないよね」

「こんな時間にですか」

「まさか……ねえ」敦子は何気なく、というふうを装い、ドアノブに手をかけた。ぐいと回して引いてみる。

ドアは抵抗なく開いた。後ろで由美子がはっと息を呑む気配があった。

「駒井さん」敦子はドアの隙間から呼びかけた。次に大きくドアを開け、足を踏み入れた。

さあ、ここからが演技力の見せ所だ――。

敦子は身体の動きを止めた。さらに、「えっ……」とやや間の抜けたような声を出す。状況を把握できるまで少し時間がかかった、という演技だ。

だが由美子は違った。室内の凄惨な光景を一目見るなり、ひいいっ、と声にならない悲鳴をあげた。口元を手で覆い、がたがたと震えだした。そんな様子を見て、そうかこういうふつうの反応でよかったのか、と敦子は思った。

「あれ……あれを見て。身体のそば」敦子は指差していった。「ケータイが落ちてる。

電話をかけてる最中になくなったのよ」

由美子は黙って頷くだけだ。声を出せないのだろう。

「とにかく警察に知らせなきゃ。それは私がやるから、由美子ちゃん、山本さんに連絡してくれる?」

由美子は青ざめた顔を何度か上下させた後、かすれた声で、はい、とようやく返事をして部屋を出ていった。

敦子はバッグを開け、ビニール袋に入れた携帯電話を取り出した。呼出音の設定を素早く戻すと、指紋がつかないように気をつけて、死体の脇にある携帯電話とすり替えた。

外に出ると由美子が電話をかけているところだった。彼女の要領を得ない会話を聞きながら、敦子は警察に通報すべく、自分の携帯電話をバッグから出した。

2

ポスターには様々な扮装をした人々が写っていた。百年前の英国人という設定か。タイトルは、『タイタニック号に乗れなかった人々』となっている。ディカプリオも、もしポーカーで負けていれば乗ることもなかったのにな、と草薙は有名な映画のことを思い出していた。もっともあれは架空の人物なのだが。

それにしても変わった一軒家だ、と改めて室内を見回した。百平米はありそうなワンルームで、バドミントンの試合ができそうなほど天井が高い。壁の棚には膨大な数の書物やDVDが並んでいる。CDやレコード、VHSのテープといったものもある。それらを再生するために使用されたのが、反対側の壁に配置された巨大ディスプレイや音響機器だろう。床に点在するクッションやローソファは、音楽や映像を鑑賞する際に役立ったと思われるが、この空間には生活臭といったものが殆どなかった。隅にあるキッチンスペースはコンパクトで、調理用具は殆ど見当たらず、食器類も申し訳程度にしか置かれていない。冷蔵庫は、独り暮らしの学生が使っていそうな小型のものだ。

部屋の主である駒井良介は、広々とした床の上で殺されていた。他殺と断言して、おそらく問題ない。彼の命を奪ったサバイバルナイフは、胸部に深々と突き刺さっていた。その遺体は、すでに運び出されている。もっとも、司法解剖の結果が出るのは早くても明日の午前だろう。

草薙が眺めているポスターは、キッチンの壁に貼られている。写っている役者とは別に駒井良介の顔写真もあった。彼の役割は演出となっていた。

時刻は午後十一時近くになろうとしている。鑑識の仕事は一段落し、現場にいるのは草薙たち捜査一課の捜査員だけだった。

草薙さん、と後ろから声をかけられた。振り返ると内海薫が駆け寄ってきた。

「第一発見者らの話が聞けそうです。所轄で待機してもらっています」

オーケー、と答えてから草薙は天井を見上げた。「しかし、すごい部屋だよな」

「所轄さんの話によれば、元々は倉庫だったらしいですよ。それをどこかの建築デザイナーが居住用に改造したとか」

「ふうん。俺なら、こんなだだっ広いところには住みたくないね。しかもベッドはロフトの上だろ。あんなでかい窓に囲まれてて、落ち着いて眠れるのかね」

「被害者は芸術家ですから、ふつうの人とは感性が違うんじゃないですか」

「ふうん、芸術家ねえ」草薙はポスターに目を向けた。『青狐』なんていう劇団、知ってたか」

「名前を聞いたことはあります。被害者はテレビドラマの脚本なんかも書いています。わりと売れっ子です」

「そうなのか。俺は初めて知った。といっても劇団といえば、宝塚と吉本新喜劇ぐらいしか知らないけど」

内海薫は、薄い色をつけた唇を、ほんの少し曲げた。「吉本新喜劇は、劇団とは少し違うと思いますけど」

「そうなのか。ところでさ――」草薙は顎でしゃくった。「あの脚立、どういうことだと思う？」

壁に並んだ音響機器のすぐ前に、脚立が立てられているのだ。それがずっと気になっていた。

「上のほうの棚にあるものを出し入れする時に使うんじゃないですか」

「それはわかってるけど、どうしてあんなところに置いてあるんだ。あそこには棚なんてないぞ」

「たまたま置いてあるだけじゃないですか」

「オーディオ機器の前だぜ。邪魔だろ」

「ふつうはそうですね。でも芸術家のやることですから」

「またそれかよ」草薙は眉をひそめた。「まあいいや。行こう」

タクシーを使い、所轄の警察署に向かった。署の応接室で待っていたのは二人の女性だった。

所轄の刑事が彼女らを紹介してくれた。三十代半ばと思われる神原敦子は、大柄で顔の造りも派手だ。一方の安部由美子は、おとなしそうな外見をしている。彼女たちはどちらも、被害者と同じ劇団に所属しているということだった。神原敦子は役者兼脚本家で、安部由美子は役者兼衣装係だという。

「貧乏劇団ですから、誰もがあれこれ兼任しなきゃやっていけないんです」神原敦子が感情を押し殺した口調でいった。冗談や謙遜ではなく、本当にそれが実態なのだろう。

彼女らの話によれば、今日は昼過ぎから稽古があり、終わったのが六時頃らしい。その後解散となり、神原敦子は買い物をしてから自宅に帰った。だが衣装のことで気になることがあり、駒井に電話をかけた。それが七時四十分頃だ。駒井は、衣装係と話し合ってみろといった。そこで神原敦子は、その後すぐに安部由美子に電話をかけた。安部由美子は自宅近くの定食屋で夕食を済ませたところだった。二人は九時に喫茶店で会うことにした。

約束通りに喫茶店で会ったが、しばらくすると安部由美子の携帯電話が鳴った。駒井からだった。ところが電話に出てみても、相手は何もいわない。おかしいと思い、一旦切ってからかけ直してみた。すると繋がらなかった。呼出音は鳴るが相手が出ないという状況だった。

約三十分後に二人で店を出た。その時、神原敦子にも駒井から電話があったことが判明した。気になってかけてみたが、やはり繋がらなかった。そこで、二人で様子を見に行こうということになった。駒井は劇団員たちの会合の場として自宅を提供することが多かった。それで彼女たちも部屋に行き慣れていたのだ。

タクシーで駆けつけてみると、玄関の鍵はあいている。心配になってドアを開けたところ、駒井良介の変わり果てた姿があったというわけだ。

「七時四十分頃に駒井さんと話をしたとおっしゃいましたよね。その時、駒井さんの様子に何か変わったことはありませんでしたか」草薙は神原敦子に尋ねた。

彼女は首を振った。「特に気になることはありませんでした」

「誰かと一緒だったというようなことは？」

「さあ……気づきませんでした。ごめんなさい」申し訳なさそうに謝った。

二人の供述に、特に不自然な点はなかった。草薙は、現場に駆けつける途中で不審な人物を見かけなかったか、部屋に入った時に何か気になったことはないか、そして動機や犯人について心当たりはないかといったことを彼女たちに訊いた。

「一つだけ気になることが……」そうきりだしたのは神原敦子だ。「あのナイフ、もしかしたら劇団のものかもしれません」

「劇団の？　どういう意味ですか」

「小道具です。今度の芝居には、ナイフを使う場面があるんですけど、そのために用意したんです」

「本物のナイフを芝居で使うわけですか」

神原敦子は気まずそうな顔で頷いた。

「そのほうが迫力が出るというのが駒井さんの意見でした。彼がネットで注文したと聞いています」

「そのナイフかもしれないと？」

「はい」

「それはふだん、どこに保管してありますか」

「稽古場の物置にあると思います」

「あなたが最後にそれを見たのは？」

「今日の昼間です。稽古中に見ました」ねえ、と同意を求めるように神原敦子は隣を見た。

「あたしも覚えています」安部由美子がいった。

所轄の刑事が部屋を出ていった。早速、確認するためだろう。

では最後に、と前置きして草薙はいった。

「駒井さんと特に親しくしていた方というと、どなたでしょうか。たとえば交際していた女性とかはいらっしゃったんですか」

この時、ほんの少しだが微妙な空気が流れた。安部由美子が気まずそうな表情を見せ、逆に神原敦子は身構えるような気配を発した。

どうですか、と草薙は重ねて尋ねた。さあ、と安部由美子は首を傾げた。しかし神原敦子は、「ええ、いました」と、きっぱりと答えた。

「どういった方ですか」

「やはり、うちの劇団員です」

工藤聡美という名前を神原敦子は教えてくれた。さらに彼女は安部由美子のほうを見て、「こういうことはちゃんと話さなきゃ。隠したって、どうせわかることなんだから」と咎めるようにいった。はい、と安部由美子は頷いている。わけありのようだな、と草薙は察した。

「その方に事件のことは知らせたのですか」

神原敦子は首を振った。「私たちは知らせていません」

「でも、山本さんが知らせたかも」安部由美子がいう。彼女によれば、山本というのは劇団の事務を担当している人物らしい。

「工藤さんの連絡先を教えていただけますか」

神原敦子は眉をひそめた。「今夜は、そっとしておいたほうが……」

「わかっています。それなりに配慮はいたしますので」草薙はメモを取る構えをした。

「私のケータイには入ってません。由美子ちゃん、あなた、知ってる？」

「電話番号とメールアドレスなら」安部由美子は携帯電話を取り出した。

草薙は内海薫と共に応接室を出た。刑事課の部屋に行ってみると、彼等の上司である間宮の姿があった。草薙は二人から聞いた内容を、大まかに伝えた。

「なるほど。工藤聡美というのは恋人か。それなら筋が通る」間宮は納得顔で頷いた。

「というと？」

「被害者の携帯電話の発信履歴によれば、九時十三分に工藤聡美という女性に電話をかけ、その後、神原さんと安部さんに続けてかけている。たぶん工藤さんには繋がらなかったんじゃないか。そこでまず神原さんにかけたが、そっちも繋がらないので仕方なく安部さんにかけたというわけだ。安部さんを選んだのは、登録リストの『あ行』の一番上だったからだろう。それだけ逼迫した状態だったのかもしれん」

「電話をかけたのは助けを求めるためでしょうか」

「おそらくな。検視官の話じゃ、刺されてから少しの間は生きていた可能性がある。その間に電話をかけたと考えるべきだろう。しかし声を出せる状態にはなかった、あるいは話す前に息絶えたということだ」

「たしかにそれなら筋は通りますね」

「もう一つ、携帯電話に残っていた証拠がある。たった今、プリントアウトしてもらった」間宮が机の上から取ったのは、三枚の写真だった。いずれも花火を撮影したものだ。

「なかなか奇麗ですね」

「端に時刻が表示されているだろ？　一枚目は今日の十八時五十分。二枚目は十九時二十七分。そして三枚目が二十時三十五分だ。この最後の写真を撮ってから工藤聡美さんに電話をかけた九時十三分までの間に、被害者は殺害されたと考えるのが妥当だ」

草薙は頷きながら写真を眺め、二枚目と三枚目の間に一時間以上も間があいているのはなぜだろうと思った。

そこへ内海薫がやってきた。工藤聡美に連絡がついたという。

「どんな様子だった？」草薙は訊いた。

「事件のことは知っていました。泣き声でした」

「自宅にいるのか」

「はい。劇団の仲間と一緒にいるようです」

「仲間と？」

「知らせを受けた時、工藤さんは劇団の人たちと一緒にいたそうです。その中のお一人が、彼女のことを心配して、部屋まで送ってくれたみたいです」

「なるほど。話は聞けそうか」

「あまり長い時間でなければ構わないとのことです。住所を確認しました。ここからだと車で二十分ほどだと思います」

「すぐに行ってくれ」間宮がいった。


工藤聡美は、白い顔をした痩せた娘だった。表情が明るければ、その肌の色は魅力的に映るのだろうが、蛍光灯の下ということもあり、今は不健康にしか見えなかった。

1DKの狭い部屋に草薙は内海薫と共に上がり込んだ。隅にミシンが置いてあるのを見て、今時珍しいなと思った。

ガラステーブルを挟んで、工藤聡美と向き合った。彼女の劇団仲間だという女性は、横のベッドに腰掛けていた。こちらは、ややふっくらしたタイプだ。

「知らせを受けたのは十時少し前です。事務局の山本さんから電話をもらいました」工藤聡美は自分の携帯電話を草薙たちのほうに向けた。着信表示には、『21：52 山本』とある。

だが草薙は、その下の欄に着目した。『21：13 駒井』とあったからだ。そのことをいうと、「そうなんです」と工藤聡美は暗い声を出した。

「電話があったってことに後から気づいたんです。ケータイはバッグに入れちゃってて。彼からの最後の電話だったのに……」俯き、涙ぐんだ。

彼女によれば、ある劇団員が住むマンションの屋上からだと花火がよく見えるので、稽古の後、みんなで集まって見物していたのだという。その後、居酒屋に移動して酒を飲んでいたところ、事務局の山本から連絡があったとのことだった。

「駒井さんは花火見物に行かなかったんですね」

「はい。芝居のことで、やるべきことがあるからといって……」

「なるほど。その花火の見えるマンションには、いつ頃からいらっしゃったのですか」

「稽古の後、芝居の小物を買う用があったのでそれを済ませて、一旦自宅に帰ってからだから……八時頃だと思います」

「間違いないです」横からいったのは仲間の女性だ。「あたしが証人になってもいいです」

草薙は頷き、ひと呼吸置いてから改めて口を開いた。

「事件について、何か心当たりはありませんか。駒井さんが誰かに恨まれていたとか」

工藤聡美は辛そうに眉根を寄せ、口元に手をやった。思い詰めたような目を下に向けていたが、やがて小さくかぶりを振った。

「ううん……やっぱりないです。心当たりはありません」

「やっぱり、とはどういうことですか」草薙は彼女の顔を覗き込んだ。「何か少しでも思いついたことがあるのなら、話していただけませんか」

工藤聡美は躊躇《ためら》っている。やはり何か隠していることがあるようだ。

「聡美、あたし、ちょっとコンビニに行ってくるね」仲間の女性が立ち上がった。

「あ……うん」

女性は草薙たちに一礼すると、部屋を出ていった。気を利かせてくれたらしい。

ドアが閉まるのを確認してから、草薙は工藤聡美に視線を戻した。「工藤さん」

じつは、と彼女が唇を開いた。「彼と付き合っていたのは、あたしだけじゃないんです」

草薙は思わず息を呑み、内海薫と顔を見合わせた。意外な話だった。

「あなただけじゃない？　誰かと二股をかけていたということですか」

「そうじゃなくて、私の前に付き合っていた人がいるんです。劇団の中に。でも彼はその人と別れて、あたしを選んでくれました」

「その方は、まだ劇団に？」

彼女は、ゆっくりと頷いた。「います」

草薙の隣で内海薫がメモを取る準備を始めた。

「その方の名前は？」草薙は訊いた。

工藤聡美は大きく呼吸をした後、意を決したように答えた。「神原敦子さんです」

3

翌日の午前、警察署の会議室で、草薙たちは係長の間宮を取り囲んだ。

若手刑事の岸谷が、ナイフに関する聞き込みの結果を報告した。それによれば、やはり稽古場から持ち出されたもののようだ。置いてあったはずの物置から消えているし、小道具係の劇団員にナイフの写真を見せたところ、間違いないと答えたという。

「昨日の稽古後、誰がナイフを片づけたのかはわかっているのか」間宮は訊いた。

「小道具係が、たしかに所定の場所にしまったと証言しています」

「稽古場の戸締まりは？」

「駒井さんの役割だったようです。皆が引き揚げた後も、駒井さんは一人で残っていることが多かったらしくて。昨夜もそうだったとか」

「被害者自身がナイフを持ち出した可能性は？」

「それはないと思われます。鑑識からの報告では、ナイフの柄が布等で拭かれた形跡はなく、複数の指紋が残っていたのですが、被害者のものは見つからなかったそうです」

「指紋の主はわかっているのか」

「ほぼ特定できています。芝居でナイフを使う役者と小道具係のものです。柄に手袋痕が残っているので、おそらく犯人は手袋を嵌めていたのだろうとのことです」

「手袋……ということは、やはり計画的な犯行だな。犯人は稽古場に侵入してナイフを盗んだということか。稽古場の鍵を持っているのは？」

「被害者と山本という事務担当の男性だけです。ただ、犯行に使用されたのは別の鍵のようです」

「別の鍵？　何だ、それは」

「稽古場の入り口付近に、配管点検用の扉があるんですが、その内側に合鍵を隠してあったそうです。それが使われた可能性が高いです」

「何だ、そりゃあ」間宮は口元を歪める。「そのことを知っているのは？」

「これから詳しく調べますが、劇団員なら誰でも知っていたかもしれません」

「劇団員なら……か」間宮は椅子に座ったままで、部下たちを見回した。「問題は、なぜそんなナイフを使ったのかということだな。内部犯だとばらしているようなものだ」

「捜査の目を攪乱させるためかもしれませんね」岸谷がいった。

「内部犯に見せかけた、というわけか」そういってから間宮は、この仮説が気に入ったのか、二度三度と首を縦に振った。「稽古中の芝居にナイフが使用されること、そのナイフが本物だということを知っていた人間がどれだけいるか、調べてみてくれ」

わかりました、と岸谷が答えた。

「あとは人間関係か」間宮が草薙に目を向けてきた。「恋人から、何か話は聞けたか」

「一点、気にかかることがあります」

草薙は昨夜の聞き込みの成果を報告した。

間宮は顎を撫でた。

「あの第一発見者、被害者の元恋人だったのか。そいつはたしかに引っ掛かるな。二人が別れたのは、いつ頃だ」

「被害者と工藤聡美さんの交際が始まったのは半年ほど前だそうですから、やはり、その頃だと思われます」

「半年か……」間宮が呟く。「微妙に時間が経ち過ぎているようにも思えるな。振られた直後ならわかるが、半年も経ってから殺すというのはな」

「その点は同感です。ただ、改めて憎しみが生まれるきっかけが何かあったなら、あり得ないことではないかもしれません」

間宮は椅子にもたれ、腕を組んだ。

「しかしそうすると例の電話はどうなる？　安部さんにかかってきた電話だ。被害者自身がかけたのなら、神原敦子に犯行は不可能だぞ」

「その点ですが、そもそも工藤さんにかけた後、神原敦子や安部さんにかけたというのが不自然です。瀕死の状態なら、そんなふうにはしないと思うんです。たとえ繋がらなくても、恋人にかけ続けるんじゃないでしょうか」

「そうはいっても、実際にそんなふうに電話をかけたんだから仕方がないだろ」

「だからトリックが使われたんじゃないかと」

「トリック？」

「先程、安部由美子さんに確認してみたのですが、神原敦子は喫茶店でトイレに行っています。その時にトリックを仕掛けたのだと思われます」

「説明してみろ」

「まず、予《あらかじ》め安部由美子さんと会う約束をしておきます。安部さんを選んだのは、登録リストの『あ行』にある名前のほうが、刺されて救助を求める人間の行動として妥当だと考えたからでしょう。予定通りに殺害を実行した後、被害者のケータイを持ち出す。そして安部さんと会う。途中でトイレに行き、まずは工藤聡美さんのケータイにかけます。ただし、これはすぐに切る必要があります。相手が出たら大変ですからね。続いて自分の、つまり神原敦子自身のケータイにかける。そして最後に安部さんの番号を表示させた状態で席に戻る。後はテーブルの下で手探りでケータイを操作し、発信するだけです。安部さんによれば、電話には出たけれど相手は何もいわなかったということでした。その時、彼の電話は神原敦子のバッグの中にあった――これならどうでしょうか」

間宮は、じろりと睨んできた。

「指紋はどうなる？　この季節に手袋なんか嵌めていたら、安部さんが不審に思うんじゃないか」

「ケータイをビニール袋に入れておけばいいんです。その上から操作すれば指紋は残りません」

「だがそうすると、逆に現場には被害者の携帯電話がないということになる。たしか安部という女性は、携帯電話の存在を確認していたんじゃなかったか」

「ダミーを使ったんですよ。似たような携帯電話を死体の傍らに置いておき、安部さんが目を離した隙に本物とすり替える。難しいことじゃありません」

「では、あの写真についてはどうだ？」

「花火の写真ですか」

「そうだ。三枚目の写真が撮影されたのは二十時三十五分。もしその時に被害者がまだ生きていたのだとしたら――」

「生きていません」草薙は即座にいった。「あれは犯人が撮影した可能性が高いです。神原敦子が犯人なら、という仮定の話ですが」

間宮は草薙を再び睨みつけてきた。

「証拠はあるか。そういうトリックが使われたという証拠は」

草薙は顔をしかめ、かぶりを振った。

「残念ながら証拠はありません。しかしこういう方法があるわけですから、神原敦子のアリバイは成立しません」

「だが、ナイフが劇団の小道具ではないかといいだしたのも彼女なんだろ？　自分から容疑者を絞るような材料を提供するかな。そもそも、なぜそんなナイフを使った？」

「ナイフが小道具に使われたものだということは、調べればすぐにわかります。気づかないふりをしていたほうが不自然だと考えたんじゃないでしょうか。ただ係長がおっしゃるように、なぜそんなものを凶器に選んだのかについては、今のところ説明はできません」

「それでも神原敦子が怪しいと？」

「調べる必要はあると思います」

間宮は猜疑心の強そうな細い目で草薙をしばらく見つめた後、二重顎をぐいと引いた。

「了解した。そのセン、当たってみてくれ。――ほかに何か意見は」

はい、と手を挙げたのは内海薫だった。彼女はホワイトボードに近づき、そこに貼られた三枚の花火の写真を指差した。

「見た時から気になっていたのですが、一枚目と二枚目の写真は、自宅以外の場所で撮影されたのではないでしょうか」

「どうして？」間宮が訊く。

「御覧のように花火の背景に月が写っています。この時間、月は東の空にあるはずですから、これらが撮影された場所は、花火の打ち上げ地点よりも西ということになります。被害者の自宅は打ち上げ地点より東にあり、背景に月が写ることはありえません。一枚目と二枚目は、稽古場で撮影されたのではないかというのが私の考えです」

間宮は腕組みをしながら写真を睨んだ。

「なるほど。そう考えれば、二枚目と三枚目の間が一時間以上もあいていることも説明できるな」

「二枚目の写真が撮影されたのは午後七時二十七分。稽古場から被害者の自宅までは、いくら急いでも三十分はかかります」

「要するに、犯行時刻は午後八時以降ということか」間宮は部下たちを見回した。「劇団関係者のアリバイを徹底的に洗ってくれっ」

4

水槽の熱帯魚たちを眺めて思った。宝石のように美しい色を備えて生まれてきたばっかりに、こんな狭いところに閉じ込められてかわいそうだ、と。だが一方で、向こう側からはどんなふうに見えているのだろう、と別の興味が湧いた。自分たちの泳ぐ姿に見とれている人間たちの表情に、案外良い気分なのかもしれない。役者だってそうだ。舞台という限られた空間にいながらも、心の中ではいつだって観客たちを見下ろしている。見られている、ではなく、見せてやっている、なのだ。

敦子は行きつけのバーにいた。カウンターテーブルに向かい、一人でシンガポール・スリングを飲んでいる。熱帯魚が泳ぐ水槽は、バーテンダーたちの背後にあった。

事件発生から二十四時間以上が経っている。警察の捜査はどこまで進んでいるのだろう。駒井と敦子の関係を摑んでいないわけはないから、いろいろな人間に対する裏づけ捜査が行われたはずだ。しかしそのことを敦子に知らせてくる者はいない。

「君のことは尊敬しているよ。これからだって貴重な仲間だ。でも恋愛感情はなくなった。ただそれだけのことなんだ」

半年前に聞いた駒井良介の言葉が耳に蘇った。敦子はカクテルグラスを傾け、ふっとあなたは大事なものを失った。そのことに今頃になって気づいたはず。本当にそうかしら。あの世の彼に確かめたい。ただそれだけのこと？　本当にそうかしら。あの世の彼に確かめたい。ただそれだけのこと？

自分の手をじっと見つめた。ナイフで胸を刺したあの感触――。

後ろでドアの開く音がし、いらっしゃいませ、と誰かがいった。来たな、と敦子は直感した。こういう時の勘は、なぜかよく当たる。

すぐ横に人の立つ気配があった。「今晩は」低いが、よく通る声だ。

敦子は相手を見上げ、笑顔を浮かべた。「あら、案外早かったんですね」

「そうですか。お待たせしたのでなければいいんですが」湯川学は腕時計に目を落としながら、敦子の隣に座った。光沢のあるグレーのスーツを着ていた。

「こちらこそ、お仕事の邪魔じゃなかったですか」

「電話でもいいましたが、仕事ではなく会合という名の接待です。役人たちが税金を使って旨いものを飲み食いするのに付き合ったに過ぎない。時間の無駄です」

バーテンダーが近づいてきた。湯川はジンライムを注文した。

「それを聞くとプレッシャーを感じちゃいます。私の用件を聞くのも、先生にとっては時間の無駄かも」

「そうではないと思ったから、こうしてやってきたんです。用件というのは無論、『青狐』に関することでしょう？」

敦子は真顔になり、はい、と答えた。

駒井良介が殺害された事件については、今日の朝刊に載った。ニュース番組やワイドショーでも取り上げられたようだ。それらの報道を湯川が気に留めないわけがなかった。何しろ彼は『青狐』のファンクラブ会員なのだ。といっても、彼が自ら入会したわけではない。それどころか入会費さえも納めていない。

じつは何年か前に物理学者を主人公にした芝居を作ったことがある。脚本を担当したのは敦子だった。その時、実際の学者から話を聞いてみたいと事務局の山本に相談したところ、帝都大学物理学科准教授の湯川を見つけてきてくれたのだ。二人には共通の知り合いがいるようだった。

正直なところ、その芝居の出来はあまり良くはなかったのだが、観劇した湯川は喜んでくれた。これからも時々見させてもらうといってくれた。そこで彼にはファンクラブの特別会員になってもらったというわけだ。実際、年に何度かは見に来てくれる。楽屋に顔を出すこともあった。

カクテルを一口飲んでから敦子はいった。「劇団は、しばらく活動中止です。今日、何人かで集まり、そういう結論に達しました」

湯川もジンライムのグラスを傾けた後、ため息をついた。「仕方がないでしょうね」

「全くわけがわかりません。どこの誰があんなひどいことを……」

「警察はどのようにいってるんですか」

敦子は首を振った。

「今日も稽古場や事務局に刑事さんたちがたくさん来ましたけど、私たちには何も教えてくれません。こちらに質問するばかりで」

「まあ、それが彼等のやり方ですからね」湯川は事情通の顔でいった。

「先生は警視庁に懇意にしておられる方がいらっしゃるんでしたよね。しかも捜査一課に」

「懇意というか、ちょっとした腐れ縁です。切っても切れない仲とでもいいますか」

「その方とは、頻繁に連絡を取り合っておられるのでしょうか」

湯川はグラスを口元に運びかけていた手を止めた。「なぜそんなことを?」

敦子は、わずかに眉根を寄せた。

「今もいいましたように、警察からは何の情報も入ってきません。おかげで劇団員たちの間に、不穏な空気が流れています。だから捜査の進捗状況が少しでもわかればと思ったんです」

「要するに、知り合いの刑事に連絡して、今回の事件の捜査に関する情報を聞き出してほしい、ということですか」

「無理なお願いだとは思うんですが」

「その通り、無理です」湯川は素っ気なくいった。「いくら知り合いだといっても、捜査上の秘密を話してくれるわけがありません。逆に、そんな人間が警察官だったら、我々だって信頼できないでしょう?」

「でも先生は、その刑事さんとは単なる知り合いではないんですよね。何度か捜査に協力されたとか。その際には、捜査上の秘密も打ち明けられたはずです」

「それは警察の側の事情によるものです。今の彼等は僕を必要としていない。だから僕のことは部外者としてしか見ない」

「そうなんですか」

「それにあなたは御存じないかもしれませんが、一口に警視庁捜査一課といっても、いくつも部署があるんです。だから、別の係が担当している事件のことなどは、殆ど何もわからないというのが実情らしいです。今回の事件を、どこの係が担当しているのか、わかりますか」

「いえ、そんなことはさっぱり……」

「でしょうね」湯川は冷めた顔で頷いた。

「でも事情聴取を受けた刑事さんたちの名字ならわかります。控えておいたんです。男の人と若い女の人でした」

「女性？」湯川が眉をひそめた。

「女性の刑事なんて本当にいるんだなと思いました」敦子は携帯電話を取り出し、メモのファイルを開いた。それを見ながら、「内海という女性です」といった。「主に質問をしてきたのは、草薙という男性の刑事さんでしたけど」

湯川の表情に変化は殆どなかった。ゆったりとした動作でジンライムを飲み、小さく首を傾げた。

「残念ながら、どちらの名前にも心当たりはありません。僕の知っている係とは違うようです」

「そうでしたか」

敦子はため息をついた。元々、さほど期待していたわけではなかった。何事も、思ったようにはうまくいかないものだ。

「すみません。力になれなくて」

「いえ、私のほうが無理をいってるんですから」敦子はカクテルを飲み干した。

湯川は指先でジンライムの氷をかき混ぜた後、「不穏な空気、とおっしゃいましたね」といった。「劇団員たちの間に不穏な空気が流れていると。それは具体的にはどういうことですか」

敦子が回答を躊躇っていると、「失礼」と彼は照れたような苦笑を浮かべた。「立ち入った質問でしたね。撤回します」

いえ、と敦子は首を振った。同時に頭の中で素早く計算を巡らせた。ある程度のことを話せば、もしかするとこの物理学者は役に立ってくれるかもしれない。

「じつは内部犯じゃないかと疑われているようなんです」

「内部犯……犯人が劇団の中にいると？」

敦子は頷いた。「駒井さんの胸に刺してあったナイフは今度の芝居の小道具でした。

持ち出せるのは内部の人間だけです」

「そういうことですか」湯川の眉間に皺が刻まれた。

「付け加えると」敦子は、さらにもう一歩踏み込んでみることにした。「最も警察から疑われているのは私だと思います」

眼鏡の向こうで湯川の目が見開かれた。

「死体を発見したのが私なんです。通報者イコール真犯人って、ありそうな話でしょ」

「しかしそれだけでは――」

「もちろんそれだけじゃありません。以前、私は駒井さんと交際していました。でも彼のほうに新しい恋人ができて、それで別れたんです。だから私には彼を殺す動機があるってことになります。捨てられた恨みを晴らすため、という動機が」

何と返答していいかわからないのだろう。湯川は唇を結び、考え込む顔になった。

敦子は頰を緩めた。

「そういうわけで、劇団内に不穏な空気が流れているんです。正確にいうと、私の周りで、ということになりますけど」

「あなたが警察の捜査状況を知りたがった理由は、よくわかりました」

「ごめんなさい。もういいません」

いや、と湯川は片手を上げた。

「もし知り合いと話す機会があれば、それとなく探りを入れてみましょう。もしかしたら何か教えてもらえるかもしれません。とはいえ、あまり期待されても困るのですが」

「ええ。無理しないでください」そういってから敦子は、会計のためにバーテンダーを呼んだ。

5

「そんなことを訊かれても困っちゃうな」吉村理沙は肩をすぼませながら俯いた。そうすることで、男が守ってやりたくなるような気弱さを演じているようにも見えた。まだ卵とはいえ、女優だ。これが素顔だと思い込んではいけない。

「どんなことでもいいんです。些細なことでも。事件に関係なさそうだとか、そういうことは考えなくて結構です」草薙は優しい口調を心がけていった。

「そういわれても……」吉村理沙は眉をひそめる。

草薙の質問は、駒井良介と工藤聡美の関係についてはは承知しているが、それ以外で駒井の女性関係について何か知っていることがあれば話してほしい、というものだった。

銀座の喫茶店にいた。吉村理沙は時折、テーブルの端に置いた携帯電話に手を伸ばす。時刻を確認しているようだ。彼女は『青狐』で芝居をしつつ、夜は銀座のクラブでバイトをしている。昼間に草薙が連絡を取ったところ、店に出る前なら会えるという返事をもらえたのだ。

「すみませんね、これから仕事って時に」草薙は謝った。「お店は、この近くですか」

「七丁目です」

「そうですか。あのあたりなら何軒か知っている店がある。もしよければ名刺をいただけますか」

「あ、はい」彼女はバッグを引き寄せ、名刺を出してきた。

「ふうん、お店ではミクさんというんですか」受け取った名刺を見て草薙はいった。

「今度是非、顔を出させていただきます」

吉村理沙は、よろしくお願いします、と頭を下げてから、「神原さんとのことは御存じですよね」と探るような目を向けてきた。

「神原敦子さん？」

「はい。以前は、あの人が主宰の彼女だったんです」

「そうなんですか」草薙は初耳のような顔をし、メモを取る準備をした。

だが吉村理沙が時折声をひそめたりしながら語った内容は、これまでの聞き込みで得られた内容と大差がなかった。駒井と工藤聡美の関係が発覚した時には、この先どうなることかと劇団員全員が冷や冷やしたが、駒井や神原敦子の態度には何ら変化がなかった、少なくとも皆の前では以前と同じように振る舞っていた、というのも何人かから聞いた話だ。

「主宰も神原さんも、やっぱりプロだよねって皆はいっていました」でも、と吉村理沙は続けた。「あたしは少し違うような気もしていたんですけど」

「というと？」

彼女は周囲を見回す素振りをしてから、顔を近づけてきた。

「あたしがいったって、いわないでもらえますか」

「ええ、それはもちろん」草薙は深く頷いた。

「あたしはね、神原さんは諦めてなかったと思うんです。いつかきっと主宰は自分のところに戻ってくる、そう信じてたんじゃないかなあ」

興味深い意見だ。「そう思う根拠はありますか」

吉村理沙は顔をしかめた。「根拠っていわれたら、女の勘っていうしかないですけど」

「だから、その勘がどんな時に働いたのかを話していただけると助かるんですが」

彼女は、うーんと唸った。

「それはいろいろあります。いつだったか、神原さんが主宰についていったことがあるんです。あの人は私がいないと何もできないって。それってずいぶん自信たっぷりな台詞だと思いません？　だから思ったんです。神原さんは主宰を取り返す気じゃないかって」そういってから大きな黒目をくるくると動かし、「本当にこれ、あたしがいったっていわないでくださいね」と念を押してきた。

約束します、と草薙は答えた。

喫茶店を出て吉村理沙と別れてから、内海薫に電話をかけてみた。彼女もまた聞き込みに回っているはずだ。状況を尋ねてみると、一段落したところだという。情報を共有するため、署に戻る前に落ち合うことにした。

「やはり、思った通りでした」コーヒーショップでカフェラテを一口飲んでから内海薫は切り出した。「帝都テレビの青野プロデューサーと作曲家の秋山さんのお二人が、日頃からよく駒井さんと電話のやりとりをしていたようです。自分からかけるだけでなく、駒井さんからかかってくることも多かったとか」

「つまり、少なくともその二人の番号は、被害者のケータイの登録リストに入ってなきゃおかしいわけだ」

「そうなります」

「御苦労。よくやった」

駒井良介の登録リストに疑問を持ったのは内海薫だ。仮に神原敦子がトリックを使ったとして、なぜ『あ行』の一番上に安部由美子の名前があると確信できたのか。

だがよく考えれば、そんな確信など必要ない。もしほかの人間の名前があれば、消去すればいいだけだ。

そこで駒井の名刺ファイルを調べた。『あ行』で安部由美子よりも上に来る人物名を探したのだ。その結果、何人かの名前が見つかった。青野と秋山は、そのうちの二人だ。

「これでケータイを使ったトリックのからくりは読めてきたな。ただ問題は、トリックを使ったという証拠がないことだ」

「でも劇団関係者で八時以降のアリバイが確認されていないのは、神原敦子だけです」

例の花火の写真を調べたところ、一枚目の写真に写っている窓枠は稽古場の事務所のものに違いないと確認された。二枚目の写真に窓枠は写っていないが、月の位置から、稽古場かその近くで撮影されたものと思われる。二枚目が撮られたのが七時二十七分で、移動に約三十分を要するということで、犯行時刻を八時以降と考えて劇団関係者全員のアリバイを調べたところ、神原敦子だけが証明できないでいるのだ。

「そうかもしれないが、安部さんにかかってきた電話がトリックだったと証明できなければ、神原敦子もアリバイが成立することになる」草薙は唇を噛んだ。

内海薫は吐息をついてからカフェラテを飲み、「動機のセンはどうですか」と訊いてきた。「被害者と神原敦子の関係については」

「進展なしだ。ただ、さっき会った女性は少し面白いことをいってた」

草薙は吉村理沙から聞いた話を披露した。

「取り返す気だった、ですか。一度別れた男を」内海薫は首を捻っている。

「だけどやはり取り返せないことがわかった。それで改めて憎くなり、刺し殺した――というのはどうだ」

「わかりません。そういうこともあるかもしれません」

「おまえならどうだ。殺すか？」

さあ、と気のない答えが返ってきた。「人それぞれですからね。ところで、湯川先生から連絡がありました」

「湯川から？」思いがけない名前だ。「何だ」

「わかりません。ただ、『青狐』の舞台はいつになったら見られるようになるんだ、と訊かれました」

「『青狐』の？　なんであいつがそんなことを気にするんだ」

「ファンクラブの会員だとおっしゃってました。不思議なのは、なぜ先生が今回の事件の担当が私たちだと知っているのか、ということです」

「たしかにそうだ。で、おまえは何と答えたんだ」

「何の話ですか、ととぼけておきました」

ぐふふ、と思わず笑いがこみ上げてきた。「それでいい」

「草薙さんから連絡されたらいかがですか」

「ああ、そうしよう」草薙はアイスコーヒーを飲み干した。

6

こんな時間に門をくぐったことなんてあったかな、と考えた。時計の針は午後十一時を過ぎている。それでも奇妙なことに、帝都大学のキャンパスは無人ではなかった。スポーツウェア姿で走っている者がいるかと思えば、台車を使って何かを運んでいる若い女性がいる。何かと思ってよく見ると、大きなアンプだった。これからバンドの練習でもする気なのか。

いつの時代も大学というのは別次元の空間だな、と草薙は自分の若い頃を思い出した。

湯川は物理学科第十三研究室にいた。連絡したところ、手の空いた時に研究室に来てくれといわれたのだ。

「仕事の邪魔はしたくなかったんだが、どうしても気になることがあってね」そういいながら湯川はインスタントコーヒーの入ったマグカップを作業台に置いた。

「おまえのほうから事件に首を突っ込んでくるなんて珍しいじゃないか。内海から聞いたぜ。劇団のファンクラブに入っているそうだな。芝居好きとは初耳だ」

「何事にも成り行きというものがある。それはともかく、君たちは神原敦子さんを疑っているのか」

コーヒーを飲みかけていた草薙はむせそうになった。

「彼女を知っているのか」

「別段不思議じゃないだろ。彼女は劇団員で、こっちはファンクラブの会員だ。昨夜、相談を受けた。警察の捜査状況を知ることはできないか、とね。以前、警視庁に知り合いがいることを話したからだろう」

草薙は湯川のすました顔を見つめた。「引き受けたのか」

「無理だろうといっておいた。仮に君から何かを聞き出せたとしても、それを彼女に伝える気はない。君に来てもらったのは、彼女と話していて、個人的に興味が湧いたからだ」

草薙はマグカップを置き、背筋を伸ばした。「彼女とはどんな話を？」

「今、いった通りのことだ。警察の捜査状況を探れないかということと、おそらく自分が疑われているだろうという話だ。彼女、駒井主宰と付き合っていたそうだな」

「知らなかったのか。ファンクラブの会員のくせに」

「そこまでコアな会員じゃない。で、どうなんだ。やはり彼女を疑っているのか」

草薙は指先で鼻の横を掻いた。「本当に彼女には話さないな」

湯川は少し目を見開いた。「疑うのか？」

「いや……」草薙は苦笑して肩をすくめた。この男を疑うのは馬鹿げている。「はっきりいおう。現時点では、神原敦子に対する俺たちの心証は限りなくクロだ。だが決め手がなく、引っ張れないでいる。そういう状況だ」

「クロだと見る根拠は？　動機か？」

「それだけじゃない。いくつか根拠はある」

草薙はこれまでの経緯を話し、携帯電話の使われ方に不自然さがあり、トリックが使われた可能性が高いこと、さらに花火の写真から、ほかの劇団員は八時以降のアリバイが成立することを説明した。

「なるほどね」湯川は金縁眼鏡を指先で押し上げた。「不自然さと消去法が根拠か。たしかにクロに近いといいたくなる気持ちはわかる。しかし決め手に欠けるのも事実だ」

「その決め手を摑もうと、今日も一日歩き回ったが収穫なしだ。目撃者も見つからないし、移動に使ったはずのタクシーも特定できずだ。安部さんに電話をかけたのが被害者でないことを証明しないかぎり、神原敦子にはアリバイがあることになる」

「その証明は難しそうだな」

「唯一の味方が死亡推定時刻だ。解剖の結果によれば、安部さんに電話がかかってきた時より、もっと早い時間に死んでいた可能性が高いとされている。しかしあくまでも推定時刻だ」

湯川は頷き、腕を組んだ。

「神原さんが犯人だとして、小道具のナイフを使った理由は何だろう」

「そいつが最大の疑問だ。なぜ、わざわざ内部犯だと特定できるようなことをしたのか」

「人が不可解な行動を取る時、その理由は二つしかない。一つは、ほかに選択肢がなかった場合。そしてもう一つは、他人にはわからない何らかのメリットがある場合だ」

「メリットなんてあるわけがない。ほかに選択肢がなかったとも思えない。出どころを特定できない凶器を用意するのは、そんなに難しいことじゃないからな。犯人は手袋を嵌めて犯行に及んでいる。明らかに計画的犯行だ。それなのに凶器だけは準備できなかったというのか」

「手袋……か」湯川は組んでいた腕を解いた。「被害者は胸を刺されていたんだったな」

「そうだ」

「抵抗した形跡は？」

草薙はかぶりを振った。「見受けられなかった」

湯川は釈然としない顔つきで立ち上がり、白衣の胸ポケットからボールペンを取った。

「どういうことだ。被害者は目隠しでもされていたのか」

「目隠し？　どうして？」

湯川はボールペンを握りしめ、その先端を草薙の胸元に向けてきた。

「隠し持っていたナイフを突然取り出し、正面から襲いかかる――これは不可能なことじゃない。不意をつかれた被害者が逃げられなかった、ということもあり得るかもしれない。だけど手袋はいつ嵌める？　そんなことをしたら被害者の目は犯人の手元に集中する。ナイフを取り出すチャンスがない」

「被害者が後ろを向いた隙に手袋を嵌め、ナイフを出せばいいじゃないか」

「だったら、なぜ背後から襲わない？　そのほうが抵抗されるおそれがなく、確実だ」

「そのつもりだったが、直前で被害者が振り向いたのかもしれない」

「すると、いつ相手が振り返るかもわからない状況で、犯人は手袋を嵌め、ナイフを出したというのか。ずいぶんとリスキーだな。僕なら手袋は使わない」

「そんなことをいっても、手袋を使った形跡があるんだから仕方がない。犯人はおまえとは考え方が違うってことだろ。ナイフに付いた指紋を完全に拭き取る自信がなかったのかもしれない」

「そこだ。そもそもなぜナイフを残していったんだ。やむをえない理由があって、小道具のナイフを使わざるをえなかったとしても、持ち去れば問題なかったはずだ。うっかりしていたとは思えない。小道具のナイフを使うことの危険性については、十分に自覚していたはずだ」

それは、といいかけて草薙は黙り込んだ。湯川のいうことは尤もだ。

湯川はボールペンを胸のポケットに戻し、ゆっくりと歩きだした。

「それもまたやむをえない理由があったということか。ナイフを持ち去らない理由とは何だろう？」

「さっぱりわからんな。射殺の場合は体内から銃弾を取り除くのは大変だが、刃物の場合は簡単だ。刺さっているものを引き抜けばいい。刺したままにしておく理由がない」

「刺したまま……か」湯川は俯いたままで歩き回っている。

「たしかに犯人がうっかりしていたとは思えないよなあ。凶器を残しておけば容疑者が絞られやすい、なんてことは子供でも知っている」

不意に湯川が足を止め、ゆっくりと顔を上げた。

「逆、だとしたら？」

「逆？　何が」

「そちらのほうが犯人にとって有利だったとしたら、だ。さっき君はメリットなんてあるわけがないといったが、本当にそうだろうか。仮にナイフが残されていなかったとしたらどうだ。君たちの捜査はどんなふうになっていただろう」

草薙は肩をすくめた。

「そんなのはいうまでもない。凶器がないなら探すだけだ」

「それだ」湯川は指差してきた。「犯人は、それを避けたかったんだ」

「どういう意味だ」

しかし湯川は答えず、再び歩き回り始めた。おい湯川、と草薙は声をかけた。

湯川の足が止まった。「花火の写真があるといったな。今、持ってるのか」

「ここにある」草薙は背広の内ポケットから三枚の写真を出し、作業台に置いた。

湯川は三枚の写真を手に取り、じっと見つめた。その目は、科学者のものだった。

「日付と時刻が印字されているが、細工された可能性は？」

「それはおそらくない、というのが鑑識の見解だ」

湯川は頷き、再び写真に目を落とした。しばらく考え込んでいたが、やがて顔を上げた。

「一つ頼みがあるんだが、聞いてもらえるかな」

「何だ」

「現場を見せてもらいたい。駒井氏が殺された部屋というのを」

「何のために？」

「確認したいことがあるからだ。民間人に立ち入らせるわけにはいかないというなら、僕が指示する通りのことを君がやってくれ」

草薙はため息をつき、腰を上げた。

「まどろっこしいことをいうな。すぐに手配するよ」携帯電話を取り出した。


約一時間後、二人は駒井良介の家にいた。湯川は吹き抜けの天井を見上げるなり、「予想通りだ」と呟いた。

「どういうことだ。さっさと教えろよ」

「まあ、そうあわてるな。これから確認する」湯川はロフトに上がる階段に向かった。彼の手には東京都の地図と方位磁石があった。

ロフトに上がり、北側の窓を眺めた後、東側を向いた。この時間だと、そこに月はない。

湯川は室内を見回しながら階段を下りてきた。その目が一点で止まった。

「その脚立は何だ。警察が置いたのか」

「いや、違う。最初からあったんだ。何でこんなところにあるのかは、俺も不思議に思っていた」

湯川は脚立に近づき、再び天井を見上げた。その顔がにやにやし始めた。

「何だよ、気味が悪いな。何がおかしい？」

湯川は、その笑みを草薙のほうに向けてきた。

「これが笑わずにいられるか。こんな単純なトリックに天下の警察が騙されていたのかと思うとね」

「何だと？」

「調べてほしいことがある」湯川はいった。「花火を打ち上げるのに、一体いくらかかるのかな」

7

玄関のチャイムが鳴った時、工藤聡美は流し台で手を洗っていた。手が生臭いように思ったからだ。だがいくら洗っても、指先に鼻を近づけると、腐った魚のような臭いが残っていた。

気のせいだ、ということは頭ではわかっていた。あれから何日も経っている。何十回も手を洗った。まだ臭いが残っているなんてことはありえない。しかしふとした拍子に、臭いが気になり始めるのだ。そうするともう気持ちを抑えられない。気がつけば手を洗っている。指先は荒れて、真っ赤だ。水につけるだけでひりひりする。それでもやめられない。

だからチャイムは、今の彼女にとっては救いの神だった。何もなければ、いつまでも手を洗い続けていただろう。

タオルで手を拭き、玄関に出た。はい、とドアの内側から答えた。

「工藤さん。先日お伺いした内海という者です」女性の声が聞こえた。

「うつみさん……」どこかで聞いたことがある。誰だったか。

ドアスコープを覗き、はっとした。事件直後にやってきた女性刑事だ。

チェーンを外し、ドアを開けた。内海刑事は丁寧に頭を下げた。

「突然申し訳ありません。二、三、お尋ねしたいことがありますので、御同行願えないでしょうか」

「あたしに……どういったことでしょうか」

「それは警察署でお話しいたします」内海刑事は事務的な口調でいった。

聡美は、黒い雲が胸に広がるのを感じた。同時に、また例の不快な臭いがし始めた。この刑事も気づくのではないか——そんなわけはないのに、ふと思った。

「今すぐですか」

「お願いいたします。それから、確認させていただきたいものがあります」

「……何でしょうか」

「裁縫道具です。工藤さんは安部さんたちと同じく衣装係だそうですね。作ったり、補修したりされるとか。事件が起きた日も、裁縫道具を入れたバッグをお持ちだったはずです。それを預からせていただきたいのです」

女性刑事の声が、途中から遠ざかったように聞こえた。気を失いかけているのだ、と聡美は自覚した。

わかりましたと答え、ドアを閉めようとした。だが内海刑事は手でドアを押さえ、中に入ってきた。「こちらで待たせていただきます」

聡美は頷き、踵を返した。裁縫道具を入れたバッグはベッドの横にある。それに近づき、手を伸ばした。しかし次の瞬間、彼女はそばの窓を開けていた。さらにそこから身を乗り出そうとした。

「工藤さんっ」鋭い声が耳元で聞こえた。同時に聡美は腕を掴まれていた。すぐ後ろに内海刑事が立っていた。「死ぬなんて、卑怯ですよ」

聡美の身体から力が抜けた。立っていることもできなくなり、そのまま膝から崩れ落ちた。そして、自分の手を見つめた。

不思議なことに、あの臭いは消えている。

ああもう手を洗わなくていいんだなと安堵する気持ちがあった。

8

草薙が電話をかけてから約十分後、湯川が正門から現れた。ぴんと背筋を伸ばした姿勢で近づいてくると、助手席側のドアを開け、乗り込んできた。

「長く乗ってるな、このスカイライン。何年になる？」

「メンテはしっかりやっているから心配するな」湯川がシートベルトを締めるのを見てから、草薙はエンジンをかけた。

「実験の準備は？」

「整っている。各方面に話をつけるのが大変だったぞ」

「僕のせいじゃない」

「それはまあ、そうだけどさ」草薙は車を発進させた。「工藤聡美が自供した」

「そうか。凶器は？」

「裁ち鋏だった。おまえの読み通りだな」

「処分してなかったのか」

「ほかの裁縫道具と一緒に所持していた。新しいものに買い替えたりしたら怪しまれると思って、捨てられなかったそうだ。洗ったそうだが、血液反応が出た」

湯川が頷くのを草薙は目の端で捉えた。しかし物理学者は、さほど満足そうではない。この程度の推理は的中して当然というところか。

なぜ犯人は、容疑者が特定されるような凶器を使い、さらにそれを持ち去ることもしなかったのか。これに対する湯川の答えは、「そのほうが犯人にとって有利だったから」というものだった。

もし現場に凶器が残されていなければ、警察は躍起になって探すだろう。小道具のナイフにも目をつけていたに違いない。本当にそれが凶器ならば問題ない。だがそうでなかったとしたらどうか。実際には、別の凶器が使用されており、それが持ち主を特定できるものだったとしたら。

この推理に至る湯川の仮説は大胆なものだ。神原敦子は真犯人を庇っているのではないか、というのだった。その根拠として、彼女の発した言葉を挙げた。

湯川によれば神原敦子は、「駒井さんの胸に刺してあったナイフは今度の芝居の小道具でした」といったらしいのだ。

胸に刺してあった――たしかに奇妙な表現だ。ふつうなら、刺さっていた、だろう。こんな言い方をしてしまったのは、ナイフが本当の凶器ではなく、単に胸に刺しただけのものだと知っていたからではないか、というのが湯川の説だった。

すると本物の凶器は何なのか。持ち主を特定でき、ナイフと同様の殺傷力を備えているもの。そして持ち歩いていても不思議でないもの。

鋏ではないか、という推理はこうして出てきた。しかも先端の尖った裁ち鋏だ。

草薙は工藤聡美の部屋にミシンがあったことを思い出した。調べてみると、予想通り彼女も衣装係の一人だった。

「指示したのは、やっぱり神原さんか」湯川が訊いてきた。

「そうだ。いろいろと複雑な事情があるらしい」草薙は運転に気を遣いつつ、彼女たちとのやりとりを思い出した。

明らかに精神状態が不安定な工藤聡美から詳しい話を聞き出すのは、容易なことではなかった。話している途中で泣きだしたかと思うと、不意に虚脱状態に陥ったりするのだ。なだめたりすかしたりしながら、どうにか供述させた内容は、以下のようなものだった。

多くの人間の証言通り、あの日の稽古は午後六時過ぎに終了した。工藤聡美は他の衣装係数名と、芝居で使用する小物を買いに行った。その後、花火見物に誘われたが、「一旦部屋に帰って、後から行く」と答えて、仲間たちとは別れた。じつは彼女は稽古場に戻るつもりだった。駒井良介に話したいことがあったからだ。だが途中で彼に電話をかけたところ、すでに事務所を出たというので、彼女も駒井の家に向かうことにした。

駒井の家に着いたのは、午後七時半頃だった。駒井は、すでに帰宅していた。部屋で向き合うと、工藤聡美は緊張しつつも口を開こうとした。とても大事な報告があったからだ。

ところがそれより一瞬早く、駒井のほうが、「じつは俺も君に話しておきたいことがあったんだ」と切りだした。その硬い表情を見て、工藤聡美は不吉な予感を抱いた。何なのか、と尋ねたところ、駒井は彼女にとって最悪のことをいいだした。

二人の関係を終わりにしたい、というのだった。

「今回の芝居を作り上げていくうちに、自分にとって一番大事な人間が誰なのか、よくわかった。それは残念ながら君ではない。一番大事な人間、それは敦子だった。そのことを思い知った。彼女と別れて君と付き合ったのは、一時の気の迷いとしかいえない。そういうことだから、本当に申し訳ないけれど、俺とは別れてほしい」

まるで何度も練習したように流暢な口調だった、というのが工藤聡美の感想だ。実際こういわれた直後は、何かの芝居の台詞なのかと思ったらしい。それほど彼女にとっては現実感のない、いや現実とは認めたくない台詞だった。

しかし駒井は本気だった。自分がいかに真剣なのかを示すかのように、いきなり床に膝をついて座り、深々と頭を下げたのだ。

だったら、と工藤聡美は訊いた。「だったら、あの言葉は何？　いつか君に俺の子供を産んでもらいたいといった言葉は」

それは交際を始めた頃に駒井がいった台詞らしい。

すると駒井は、悪かった、と頭を下げたままでいった。「忘れてくれ」

忘れてくれ？

この言葉が決定打だったような気がする、と工藤聡美は述べている。

頭を下げ続ける駒井から目をそらし、足元を見ると裁縫道具が散らばっていた。気がつかないうちにバッグを落としていたらしい。

裁ち鋏が目に入った。その鋭い刃を見た瞬間、自分のすべきことはこれしかない、と彼女は思った。気がついた時には鋏を手にし、駒井に近づいていた。

駒井が顔を上げた瞬間に刺したのか、刺したから彼が顔を上げたのか、記憶ははっきりしないと工藤聡美はいう。だが彼が純朴な少年のような目をしていたことだけは明瞭に覚えているらしい。自分に何が起きたのか、わかっていなかったのかもしれない。刺された勢いで後ろに倒れた駒井は、床の上で仰向けになり、何秒間か蠢《うごめ》いた後、人形のように静止した。演技だとしたら褒められたものじゃない、駒井なら怒鳴るだろう、と工藤聡美はぼんやり考えたという。

その場でしゃがみこみ、駒井の遺体を見つめていた。どれぐらいそうしていたか、はっきりしない。頭の中にあるのは、二つのことだった。一つは、自分も死ぬしかないなということ。そしてもう一つは、自分が死んだらお腹の子はどうなるのだろう、ということだった。

工藤聡美は妊娠していたのだ。二か月だという。彼女が駒井に報告したかったこととは、まさにそれだった。

彼女を現実に引き戻したのは電話の着信音だった。テーブルの上で駒井の携帯電話が鳴っていた。その表示を見て、息を呑んだ。神原敦子からだった。

工藤聡美は携帯電話を手にし、電話に出た。なぜ出てしまったのか――その時の心境については、うまく説明できないと彼女はいった。強いていうなら、今誰かと話をするならこの人しかいないと思ったような気がする、とのことだった。

電話に工藤聡美が出たことに、当然のことながら神原敦子は戸惑っている様子だった。そんな彼女に対し、謝らなきゃいけないことがある、といった。さらに、駒井を刺し殺してしまったと続けた。

「許せなかったんです。神原さんには申し訳ないと思うけど、どうしても許せなかったんです。でもこのままじゃいけないと思うから、償いはするつもりです」夢中で、そんなふうにいった。

神原敦子の反応については、よく覚えていないと工藤聡美はいった。記憶にあるのは、「あなたが死ぬことはない」という一言だった。償いとは自殺のことだと察したようだ。

神原敦子は、鋏を回収するようにいった。さらに、すぐに仲間たちのところへ行くように、と指示してきた。いずれ駒井のことで大騒ぎになるだろうが、何も知らないふりを装うように、とも。

「あんな男のために刑務所に入る必要なんてない。私が必ず何とかしてあげるから、いう通りにしなさい。警察に何か訊かれたら、私のことをいえばいい。駒井良介に捨てられたことで、神原敦子が彼を恨んでいたかもしれないっていってね。怪しまれないよう、自然に振る舞うのよ。できるでしょ？　あなた、役者なんだから」

工藤聡美は混乱しつつ、指示に従うことにした。神原敦子が何をするつもりなのか、さっぱりわからなかった。それを考える余裕もなかった。しっかり演じなければ――頭の中にあるのは、そのことだけだった。

9

駒井良介の家の周囲には、部外者の立ち入りを禁止するテープが張られていた。殺人が起きたばかりの現場だから当然なのだが、今夜は別の意味もある。

スカイラインから降りた草薙は、湯川を連れて屋内に入った。中では内海薫が鑑識の人間たちと待機していた。

「準備はどうだ？」草薙は内海薫に訊いた。

「こちらは整っています。今は向こうからの連絡待ちです」

草薙は頷き、湯川のほうを振り返った。「と、いうことだ」

湯川は頷き、天井を見上げてから床に視線を落とした。

「神原さんは、なぜ犯人の女性を庇うことにしたのかな」

「問題はそこだ」草薙は顔をしかめ、人差し指を立てた。「庇った、というのとは少し違うらしい」

「違う？　どう違うんだ？」

「それがまた説明するのが難しい。あの種の人間のことは理解できんよ。まるで別世界の住人だ」草薙はそう前置きしてから、神原敦子を取り調べた時のことを振り返った。

取調室で向き合った神原敦子は、草薙が初めて会った時より、はるかに華やかな雰囲気に包まれていた。化粧や衣装が派手なだけでなく、表情に生き生きとした輝きがあった。舞台の上で主役を演じていた若い頃には、きっと大きな武器だったに違いないと草薙は想像した。

「駒井さんの気持ちが私のほうに戻ってきていることには、少し前から気づいていました。態度で感じましたし、舞台人として以前よりも深く尊敬できるようになった、という意味のことを直接いわれたりもしました。彼は才能のある演出家であり、脚本家でしたが、その才能を十分に発揮するためには、適切なバックアップをしてやる人間が必要だったのです。前は、それが私の仕事でした。でも彼自身は、そのことに気づいていなかったようです。私と別れて、ようやく目が覚めたのでしょう。若い女性との恋愛など、自分にとっては何の役にも立たないのだと」自信に溢れた物言いだった。勝利宣言のようにも聞こえた。

あなたのほうはどうだったのか、と草薙は訊いてみた。よりを戻す気はあったのか。すると神原敦子は、とんでもない、と声を一オクターブ上げた。

「彼には私が必要だったかもしれません。でも私に彼は必要なかった。たしかにかつては尊敬し、憧れていました。彼からたくさんのことを教わったのは事実です。その点で感謝はしています。でも恩返しだって十分にしたと思います。何より、恋人を捨てて安易に若い女に走るような男を許すほど、私はお人好しではありません」

　では工藤聡美と別れて、駒井良介は今後どうするつもりだったのだろうか。

　さあ、と神原敦子は首を傾げた。「私の知ったことではありません」あっけらかんとした口調は、冷淡という表現ではふさわしくなかった。心底、駒井良介という男に関心を失っているように見えた。

　ではなぜ今回、あんな仕掛けをしたのか。その点について問い質すと、じつに複雑な供述が始まった。

「携帯電話のトリックは、以前から頭にありました。推理劇のようなものを書く時のために温めておいたものです。だから聡美ちゃんから話を聞いた時、すぐにあれを使おうと思いました。昔使っていた携帯電話が駒井のものと形や色がよく似ているので、ダミーにできると思い、持っていくことにしました。問題は、誰をアリバイの証人にするかです。刺された人間が携帯電話で助けを呼ぶとしたら誰でしょうか。やっぱり恋人か奥さんでしょうね。だけど聡美ちゃんを使うわけにはいきません。彼女のことは事件とは完全に切り離しておく必要がありました。そこで安部由美子さんを選びました。呼び出す口実を作りやすかった上に、携帯電話の『あ行』の一番上に登録してあっても不自然ではないと考えたからです。お人好しで騙しやすかった、というのも理由の一つに挙げたほうがいいかもしれませんね。聡美ちゃんのところへ行く前に、由美子さんに電話をかけました。衣装のことで相談したいことがあるからと。彼女は何ひとつ疑ってはいませんでした」

稽古場から盗んだナイフを凶器に仕立て上げたことについて話す時にも、神原敦子の口調には淀みがなかった。

「裁ち鋏で刺したと聞き、それはまずいと思いました。そのままにしておけば、すぐに犯人がわかってしまいます。だから聡美ちゃんには、鋏を回収するように指示しました。でも現場に凶器がないのでは、警察は必ず探します。劇団員全員の私物を検査することも予想できました。聡美ちゃんが裁ち鋏を紛失したとか、買い替えたとかいえば、きっと怪しまれるでしょう。だからそれらしい凶器を残しておくことが必要だと思いました。とはいえ胸を深々と刺せる凶器など、おいそれとは手に入りません。仕方なく、例の小道具のナイフを使うことにしました。稽古場の戸締まりについては承知しています。ナイフを盗むこと自体は難しくありませんでした。駒井さんの部屋に着いたのは午後八時二十分頃だったと思います。彼は床の上で倒れていました。胸に深い傷があり、そのわりにあまり血が出ていないのを見て、聡美ちゃんの強い思いを感じました。たぶん躊躇なく、ひと刺しにしたのでしょう。私にはこんなふうにはできないな、とぼんやり考えたのを覚えています。その傷口に合わせて、盗んだナイフを突き立てました。肉に刃物が入っていく感触は、今も手に残っています。その後は何度も説明している通りです。彼の携帯電話を取り、代わりにダミーの携帯電話を死体のそばに置いて、由美子さんとの待ち合わせ場所に向かいました」

ここまで聞いたところで、草薙は最大の疑問を口にした。なぜ工藤聡美を庇おうとしたのか、というものだ。恋人を奪われたことで、彼女のことを恨んでいても不思議ではないからだ。

　すると神原敦子は大きく目を見張り、口元に笑みを浮かべた。

「聡美ちゃんを恨んだことなど一度もありません。駒井さんが彼女を選んだことについて、彼女には何の責任もないのですから。それにさっきもいいましたように、今の私は男性としての駒井良介には何の関心もありません。私は聡美ちゃんを庇いたかったのではなく、気持ちを味わってみたかったのです」

　何の気持ちをですかと草薙が訊くと、よくぞ尋ねてくれたとばかりに、企みを告白する喜びに満ちた笑みを浮かべた。

「犯人の気持ちを、です。正確にいうと、人を殺した気持ちを、です。そのうえでアリバイ工作を施す。警察が私を疑うことはわかっていました。私に嫌疑をかけた捜査がどのように行われ、どのようにして私が追い詰められていくのか、それを味わってみたかったんです。胸にナイフを突き刺したのも、それが主な目的でした。凶器に見せかけるだけなら、刃に血を付けておくだけでもよかった。すでに死んだ相手ではあるけれど、刺すという行為はどんな感触のするものなのか、この手に感じたかったんです。作り物ではない、本当の演技。殺人犯という役を、ぎりぎりの緊張感の中で演じてみたかったんです。だってこんな機会は、もう二度とないと思いましたから」

　まるで役者としては当然の選択をしたとでもいわんばかりだった。しかし嫌疑が晴れることなく、殺人犯として逮捕されることは考えなかったのだろうか。それを草薙が問うと、彼女はにこやかとさえいえる表情を作った。

「そんなことはあり得ないと確信していました。日本の警察は優秀です。携帯電話のトリックなんて簡単に見破られるだろうとは思いましたけど、それだけで私を犯人と決めつけるわけがない。いろいろと調べるうちに、きっと真相が明らかにされるだろうと予想していました。そのドキドキ感も楽しみたかった。万一、何かの間違いで犯人だと決めつけられそうになったら、その時には本当のことをいえばいい。死体損壊罪とか、証拠隠滅とか、いろいろな罪に問われるでしょうけど、貴重な体験に比べればどうってことありません。今もいいましたように、聡美ちゃんを庇うためにやったことじゃありませんから。彼女のことを恨んではいないけど、身代わりになってまで守ろうとは思いません」


「死体検案書をよく読むと、刺殺した後、凶器を何度か捻ったような形跡があると記されていた。捻ったのではなく、別の凶器を刺し直していたというわけだ。だけど医者たちを責められない。そんなことをする犯人がいるとは、ふつう思わないからな」

草薙の話が一段落したところで内海薫が携帯電話を取り出した。着信があったようだ。二言三言話した後、電話を切って草薙を見た。「向こうの準備が完了したそうです。五分後に開始するとのことです」

「わかった。――よろしくお願いします」草薙は鑑識課員たちに声をかけた。湯川は興味深そうに上の窓を眺めている。

「全く、迷惑な話だぜ」湯川の横に立ち、草薙は愚痴をこぼした。「結局のところ、俺たちは芝居に付き合わされていたってわけだ」

「しかし素人の仕掛けに手こずったのも事実だろ。元恋人にばかり目を向けて、今の恋人を早々に嫌疑の対象から外したのは君たちのミスだ」

「それをいわれると辛い。この写真がなければ、そんなことはなかったのにな」草薙は内ポケットから一枚の写真を出した。

午後七時二十七分に撮影された写真だ。花火の後方には、丸い月が写っている。

「彼女たち、この写真の存在は？」

「知らんよ。話してないからな。だから警察が真相に到達するのが遅れたのは、自分たちの演技のおかげだと思い込んでいる」

「教えてやらないのか」

草薙は首を振った。「そんな必要はない」

内海薫が時計を見て、「そろそろです」といった。そして部屋の明かりを消した。

数十秒後、ロフトに上がっている鑑識たちの間から、おっという声が聞こえた。その直後、どーん、という低い破裂音が到達した。

草薙は階段を駆け上がり、北側の窓から外を眺めた。遠くの空に花火が上がっている。

業者に頼んで、特別に上げて貰っているのだ。

草薙、と下から湯川が呼んだ。「ここへ来てみろ」物理学者は脚立の上に立っていた。

階段を駆け下り、脚立に近づいた。「どんな感じだ」

「とにかく上がって、東向きの窓を見てみるんだな」そういいながら湯川は下りてきた。

草薙は脚立に上った。いわれたように東側の窓を見た。丸い月が、まず見えた。そして次には、花火が出現した。

おおっ、と声を上げていた。「見えたぞ、花火が」

「これまた予想通りのようだな」脚立の下で湯川が冷めた声でいった。

草薙は言葉を失っていた。事前に説明されてはいたが、これほど鮮やかに見えるとは思わなかった。実際に花火が上がっているのは、ここより北西の空だ。しかし東側の窓からも見える。背後には月がある。

ごく単純なからくりだ。北側の窓から入った花火の光が、東側の窓ガラスに反射しているだけなのだ。しかし周囲が暗いので、本物の花火のように見える。月は無論、本物だ。

「花火大会は毎年行われる。駒井さんは、この位置からだと花火がこんなふうに見えることを知っていたんじゃないかな。そこでまず稽古場の窓から写真を撮り、比較するつもりで、ここからも撮ったんだろう。わざわざ脚立まで用意して」湯川がいった。

「これから恋人に別れ話を切り出そうっていうのにか？　ずいぶんと呑気な話だ」

だから、と湯川は続けた。「駒井さんにとっては大したことではなかったんだろ。恋人と別れるという行為は」

「ふうん……でも、そうかもな。あの連中の考えはわからんよ」

草薙は神原敦子への最後の質問を思い出した。殺人犯の役を演じてみてどうだったか、というものだった。神原敦子は、しばらく考えてから答えた。

「自分にとって、とてもプラスになったと思います。でも残念ながら、やっぱり演技は演技。本物には遠く及びません。私は彼の身体にナイフを突き立てたけれど、生きている人間から命を奪った瞬間の思いは、想像することもできません。草薙さんは聡美ちゃんからも話をお聞きになったんでしょう？　駒井を刺した時のこと、彼女は何といってました？」

その時のことは殆ど覚えていないらしい、と草薙は答えた。それを聞いた神原敦子は大きく顔を歪め、「何と勿体ないこと」といって嘆息したのだった。

彼女の言葉を草薙は湯川に話してみた。物理学者は大きく深呼吸し、東側の窓ガラスを指差した。

「虚像を追い求める人生もあるということだ」

その窓ガラスに虚像の花火が映った。

初出誌
幻惑す――「別冊文藝春秋」第二九二号
心聴る――「オール讀物」二〇一一年四月号
偽装う――「オール讀物」二〇一一年七月号
演技る――「別冊文藝春秋」第二九八号
その他は書き下ろし

単行本
『虚像の道化師』二〇一二年八月　文藝春秋刊
『禁断の魔術』二〇一二年十月　文藝春秋刊
（ただし「猛射つ」は除く）

DTP制作　萩原印刷

本書の無断複写は著作権法上での例外を除き禁じられています。
また、私的使用以外のいかなる電子的複製行為も一切認められておりません。

文春文庫

虚《きよ》像《ぞう》の道《どう》化《け》師《し》

定価はカバーに
表示してあります

2015年3月10日　第1刷
2015年3月15日　第2刷

著　者　東《ひがし》野《の》圭《けい》吾《ご》
発行者　羽鳥好之
発行所　株式会社 文藝春秋

東京都千代田区紀尾井町 3-23　〒102-8008
TEL 03・3265・1211
文藝春秋ホームページ　http://www.bunshun.co.jp

落丁、乱丁本は、お手数ですが小社製作部宛お送り下さい。送料小社負担でお取替致します。

印刷・凸版印刷　製本・加藤製本

Printed in Japan
ISBN978-4-16-790311-4

（　）内は解説者。品切の節はご容赦下さい。

東野圭吾
秘密
妻と娘を乗せたバスが崖から転落。妻の葬儀の夜、意識を取り戻した娘の体に宿っていたのは、死んだ筈の妻だった。推理作家協会賞受賞の話題作、ついに文庫化。（広末涼子・皆川博子）
ひ-13-1

東野圭吾
探偵ガリレオ
突然、燃え上がる若者の頭、心臓だけ腐った死体、幽体離脱した少年。奇怪な事件を携えて刑事は友人の大学助教授を訪れる。天才科学者が常識を超えた謎に挑む連作ミステリー。（佐野史郎）
ひ-13-2

東野圭吾
片想い
哲朗は、十年ぶりに大学の部活の元マネージャー・美月と再会。彼女が性同一性障害で、現在、男として暮らしていると告白される。しかし、美月は他にも秘密を抱えていた。（吉野　仁）
ひ-13-4

東野圭吾
手紙
兄は強盗殺人の罪で服役中。弟のもとには月に一度、獄中から手紙が届く。だが、弟が幸せを摑もうとするたび苛酷な運命が立ち塞がる。爆発的ヒットを記録したベストセラー。（井上夢人）
ひ-13-6

東野圭吾
容疑者Xの献身
直木賞受賞作にして、大人気ガリレオシリーズ初の長篇、映画化でも話題を呼んだ傑作。天才数学者石神の隣人、靖子への純愛と、石神の友人である天才物理学者湯川との息詰まる対決。

ひ-13-7

東野圭吾
聖女の救済
男が自宅で毒殺されたとき、動機のある妻には鉄壁のアリバイがあった。湯川学が導き出した結論は虚数解＝完全犯罪。驚愕のトリックで世界を揺るがせた、東野ミステリー屈指の傑作！

ひ-13-9

東野圭吾
真夏の方程式
夏休みに海辺の町にやってきた少年と、偶然同じ旅館に泊まることになった湯川。翌日、もう一人の宿泊客の死体が見つかった。これは事故か殺人か。湯川が気づいてしまった真実とは？

ひ-13-10

（　）内は解説者。品切の節はご容赦下さい。

石田衣良
ブルータワー
悪性脳腫瘍で死を宣告された男が二百年後の世界に意識だけスリップ。そこは殺人ウイルスが蔓延し、人々はタワーに閉じ込められた世界。明日をつかむため男の闘いが始まる。（香山二三郎）
い-47-16

池井戸　潤
株価暴落
連続爆破事件に襲われた巨大スーパーの緊急追加支援要請を巡って白水銀行審査部の板東は企画部の二戸と対立する。日本経済の闇と向き合うバンカー達を描く傑作金融ミステリー。
い-64-1

乾《いぬい》　くるみ
イニシエーション・ラブ
甘美で、ときにほろ苦い青春のひとときを瑞々しい筆致で描いた青春小説——と思いきや、最後の二行で全く違った物語に！「必ず二回読みたくなる」と絶賛の傑作ミステリ。（大矢博子）
い-66-1

乾　くるみ
セカンド・ラブ
1983年元旦、春香と出会った。僕たちは幸せだった。春香とそっくりな美奈子が現れるまでは。『イニシエーション・ラブ』の衝撃、ふたたび。恋愛ミステリ第二弾。（円堂都司昭）
い-66-5

乾　ルカ
プロメテウスの涙
激しい発作に襲われる少女と不死の死刑囚。時空を超えて二人をつなぐものとは？　巧みなストーリーテリングと独特のグロテスクな美意識で異彩を放つ乾ルカの話題作。（大槻ケンヂ）
い-78-2

石持浅海
ブック・ジャングル
閉鎖された市立図書館に忍び込んだ昆虫学者の卵と友人、そして高校を卒業したばかりの女子三人。思い出に浸りたいだけだった罪なき不法侵入者達を猛烈な悪意が襲う。（円堂都司昭）
い-89-1

内田康夫
しまなみ幻想
しまなみ海道の橋から飛び降りたという母の死に疑問を持つ少女と、偶然知り合った光彦。真相を探るべく二人は、小さな探偵団を結成して母の死因の調査を始めるが……。（自作解説）
う-14-14

文春文庫　最新刊

虚像の道化師　東野圭吾
文庫オリジナル編集で七篇収録、「ガリレオ」シリーズ強力短篇集

高速の罠 アナザーフェイス6　堂場瞬一
一人息子が行方不明に!?　県境を越えて大友鉄が難事件に挑む!

アルカトラズ幻想 上下　島田荘司
猟奇殺人がまさか――!?　予想不能、怒濤の展開に鬼才の筆が冴え渡る

焚火の終わり 上下　宮本　輝
妻を亡くした茂樹と異母妹の美花。岬の家での、生の歓びあふれる長篇

この社会で戦う君に「知の世界地図」をあげよう　池上　彰
池上彰教授の東工大講義 世界篇
悪い経営者の見分け方など「世間」のしくみを徹底講義。社会人も必読

督促OL　修行日記　榎本まみ
ハードな職場、督促コールセンターで気弱OLが二千億円を回収するまで

花鳥の夢　山本兼一
信長や秀吉の要請に応え安土桃山絵画の新境地を拓いた狩野永徳の生涯

かけおちる　青山文平
有能な藩執政の妻はなぜ逃げたのか。大藪賞受賞最旬作家の傑作時代長篇

崖っぷち侍　岩井三四二
負け組大名に仕える強右衛門。戦国から江戸にかけて逞しく生きる新しい侍像

のろのろ歩け　中島京子
台北、北京、上海。恋にも似た、女たちのささやかな冒険を描く旅小説

武曲　藤沢　周
融と研吾。「殺人刀」か「活人剣」か。まったく新しい剣豪小説!

嘘みたいな本当の話　内田樹 高橋源一郎選
日本中から集まった「小説より奇なる」一四九の実話。日本が〝物語る〟本

奇跡のレストラン　アル・ケッチァーノ　一志治夫
食と農の都・庄内パラディーゾ
話題の「地場イタリアン」の背景には地方再生のヒントが隠されている

生命と記憶のパラドクス　福岡伸一
福岡ハカセ、66の小さな発見
働きバチは女王バチより実は幸せ?　生物学者の、常識を覆す人気エッセイ

キッズタクシー　吉永南央
タクシードライバー・千春には人を殺した過去が。文庫書き下ろし長篇

猫は大泥棒　高橋由太
都にはやる「おネエ殺し」。化け猫まると仲間が活躍するシリーズ第二弾

惑い月　鳥羽　亮
八丁堀吟味帳「鬼彦組」
与力・彦坂新十郎の元に腕利き同心が集った「鬼彦組」。シリーズ第八弾

銀座の喫茶店ものがたり　村松友視
銀座という街の懐の深さが見えてくる、45の名店を巡るエッセイ集

みうらじゅんのゆるゆる映画劇場　みうらじゅん
どんな映画も「そこがいいんじゃない!」で肯定。情熱の映画エッセイ集

サザエさんの東京物語　長谷川洋子
「いじわるばあさん」は地のママ?　実妹による長谷川町子の愛しい素顔

すみれ　青山七恵
少女の家にやってきた三十七歳のレミちゃん。端正な筆、感涙のラスト

2050年の世界　英『エコノミスト』誌は予測する　英『エコノミスト』編集部　東江一紀・峯村利哉訳　船橋洋一・解説
核戦争は起きるのか。エイズは克服できるのか。人類の未来を大胆予測!